佐崎一路
Illustration
高瀬コウ
（キャラクター原案 まりも）

空穂《うつほ》
天涯《てんがい》

刻耀《こくよう》
命都《みこと》
緋雪《ひゆき》

アチャコ

リビティウム皇国のブタクサ姫 13

佐崎一路

Illustration
高瀬コウ
（キャラクター原案 まりも）

目次

これまでの物語

久しぶりに【闇の森《テネブラエ・ネムス》】に戻ってきたジルの前に現れたのは、聖女スノウと崇められる、カーディナルローゼ超帝国〈神帝《ドミュナス》〉の緋雪。緋雪から、封都インキュナブラの調査を依頼されたジルは、《旧神》を奉ずる者たちの魂魄を材料にして形作られたこの幻想の都で、世界の歪な成り立ちを知ることになる。〈神子〉ストラウス、〈聖母〉アチャコと対峙するジル。戦いは続くが――⁉

登場人物

ジル（シルティアーナ）

「醜く愚鈍なブタクサ姫」と呼ばれていた少女。暗殺されるが生き返り、レジーナの弟子に。修行に励み、稀なる能力を開花させる。

フィーア

ジルの使い魔《ファミリア》の〈天狼《シリウス》〉。

ルーク

帝国の皇帝の孫。ジルに好意を寄せる。

セラヴィ

神童と呼ばれる司祭。

コッペリア

ヴィクター博士の人造人間《オートマトン》。駄メイド。

レジーナ

【闇の森《テネブラエ・ネムス》】の魔女。実は帝国中興の祖。

マーヤ

レジーナの使い魔《ファミリア》で〈黒暴猫《カバリュ》〉。

シャトン

白猫の獣人族《ゾアン》。とある人物の直弟子。

ラナ

狐の獣人でジルの侍女。

エレン

ジル付きのメイド。

緋雪《ひゆき》／聖女スノウ

超帝国の〈新帝《ドミナス》〉の仮の姿。真紅帝国《インペリアル・クリムゾン》の姫。

天涯《てんがい》

【闇の森《テネブラエ・ネムス》】の守護神〈黄金龍王《ナーガ・ラージャ》〉。真紅帝国《インペリアル・クリムゾン》の宰相。

命都《みこと》

緋雪の親衛隊総隊長。熾天使《セラフィム》。

侯爵《マーキス》／稀人《マロード》

緋雪の第一の眷族。〈吸血鬼の王《ヴァンパイア・ロード》〉。

イラスト：高瀬コウ

大陸MAP
シレント央国
インユリア侯国
央都シレント
リビティウム皇国
クワルツ湖
オーランシュ
辺境伯領
ユニス法国
エルフの森
レジーナの庵
グラウィオール帝国
闇の森
デア＝アミティア
連合王国
大樹界
帝都コンワルリス
魔人国
ドルミート
旧ケンスルーナ
旧ユース大公国
クレス王国
首都ウィリデ
クレス自由同盟
諸島連合
愚者の砂海

【第一章】秘宝の正体と聖母の秘密

【封都インキュナブラ】

大陸のいかなる地図にも記されておらず、そしてまた、いかなる者にも知られていない幻の都。

その正体は、【闇の森《テネブラエ・ネムス》】の中心部に位置する通称『喪神《そうしん》の負の遺産』――かつてこの世界を創造し、そして破壊しようとした、《蒼き神》《旧神》《邪神》と呼ばれ、《神魔聖戦《フィーニス・ジハード》》において〈神帝《ドミュナス》〉によって滅ぼされた旧《ふる》き神の痕跡――いかなるものをも阻む特異空間に包まれた、《旧神》を奉ずる者たちの魂魄《こんぱく》を材料にして在りし日の姿を形作られた、文字通りの幻想の都であった。

本来ならば存在しないはずのその地の調査を、カーディナルローゼ超帝国〈神帝《ドミュナス》〉にして、《旧神》を斃《たお》した当事者である、聖女教団が崇める聖女スカーレット・スノウ本人から直々に依頼されたジルは、これを快諾し――なお、その当時ふたりとも、しこたま酔っ払った状態であったことをここに付け加える――紆余曲折の末、封都インキュナブラへとたどり着いた。そして偶然出会った聖騎士《パラディン》ロベルト・カーサス卿の案内で、この小世界を統べる〈聖母〉アチャコと、その御子にして旧神の〈神子〉ストラウスが座す本拠地である【花椿宮殿《ラ・フルール・ド・カメリア》】へと足を踏み入れることになる。

途中、この世界の住人が邪念を抱いたことで変質するという〈堕天使〉との戦いや、カーサス卿の許嫁《いいなずけ》であるエリカ・ラディスラヴァ・ベニーシェク伯爵令嬢の、悋気《りんき》からくるいわれなき冤罪などの騒動を経て、とにもかくにもジルは、【花椿宮殿《ラ・フルール・ド・カメリア》】のさらに中枢に位置する大和殿《だいわでん》へと案内されるのだった。

そうしてまみえた、ジルと〈神子〉ストラウス。

ストラウスは、圧倒的な力の差によって、ジルの能力を封じる。

投獄され、途方に暮れるジルを救い出したのは、十三歳ほどの白銀の髪をした少女——すなわち、グラウィオール帝国第四十五代皇帝にして、中興の祖と謳われる《太祖女帝》オリアーナの在りし日の姿であった。

無事に脱獄を果たしたふたりは、引き離されたフィーアを取り返すために社稷壇《しゃしょくだん》と呼ばれる宮殿の一部を破壊……結果的に、封印されていた数多の怨念の集合体《闇の澱》《おり》を解放することとなり、この世界の歪《いびつ》な成り立ちを知ることになる。

憎悪と呪詛を放つ《闇の澱》を浄化すべく、ジルの孤軍奮闘の戦いが始まったのだった。


「……マズいわね。陰と陽は表裏一体。これ以上亡者を消されると、聖域自体の損傷になるわ」

遠隔視《リモートビュー》によって、床の上に投影されている、ジルと《闇の澱》との戦いの様子を俯瞰しながら、イラついた様子でアチャコが歯噛みした。

「いかに膨大な数であっても、しょせんは実体のない亡者の集合体。統一された自我と、肉体という殻を持たない以上、浄化術を使う巫女《みこ》を前にして不利は否めないでしょう。我の見積もりでは、百五十二分後に完全消滅させられるはず」

淡々と応じるストラウスの言葉を聞きながら、忌々しげに投影されたジルの姿を見下ろすアチャコ。

と、その視線が逸れて、少し離れた回廊の柱に隠れながら、固唾を呑んでジルと《闇の澱》との人知を超えた戦いに見入っている、ひとりの女官が偶然に目に留まった。

「――ほう。ちょうどいいところに、ちょうどいいモノがいたものね」

目を細めて女官の表情を見定めてみれば、《闇の澱》に対する恐れよりも、ジルに対する敵愾心《てきがいしん》や嫉妬にあふれているのが見て取れる。

「確か、巫女姫とやらを魔女だと言い放った女官ですな。まあ、虚言であるのは一目瞭然でしたが、それを傍証として利用できたので、今後とも使い道がありそうな駒でしたが……」

ストラウスの補足に、アチャコは蛇を思わせる仕草で舌舐めずりをした。

「今後ではなく、いますぐに利用しなさい」

「ふむ……確かにこの者は、ほかに比べれば優秀な部類ですが、それでもこの規模の心的闇《クオリア》を引き入れて堕天使と化せば、半時間と持ちませんぞ？」

「構わないわ。代わりにこちらの小娘《巫女姫》を贄《にえ》にできれば、十分にお釣りがくるから」

冷徹に言い切ったアチャコの言葉に従って立ち上がったストラウスが、投影された女官――エリカの傍らまで歩み寄ると、己の伸びた爪で軽く左手の指先を切って、滴り落ちる鮮血を、ポタポタとその上に垂らした。

鮮血に染まったエリカのミニチュアを実体があるかのように軽く抓んで、無造作に《闇の澱》の中へと放り込むストラウス。

その途端、渦を巻くようにして闇が一気にエリカの体内へと雪崩れ込むと、風船が膨らむようにその体が膨張し、やがて人とも蛇ともつかぬ異形の怪物へと変貌するのだった。


「うあああああーーっ！」

ふいに斜め後ろから聞こえてきた断末魔を思わせる絶叫と、私に向けられる凄まじい殺気を感じて身を躱せば、カーサス卿の婚約者であるエリカさんが、眦《まなじり》を吊り上げた鬼気迫る形相で、両手でナイフを構えて、私へ向かって突進してくるところでした。

「死ねっ！　あんたさえいなければ、ロベルトが心を動かすことなんてなかったのよ！」

「――へ……?!」

花盆底靴《かぼんぞこくつ》とは思えない速さで体当たりするように向かってくるエリカさんの、意味不明な叫びに思わず呆然としてしまいましたけれど、いくらナイフを構えているとはいえ、素人の動きを捌けぬわけもなく、反射的に『光翼の神杖《アリ・デイ・ルーチェ》』を翻して、石突の部分でエリカさんの手を打ってナイフを叩き落とし、棒立ちになったところを、鳩尾《みぞおち》のあたりを軽く叩いて後退させます。

「ぐっ……‼」

もともと荒事には慣れていないのでしょう。お腹と口元を押さえて（嘔吐を堪えているのでしょう）、よろよろとかなり離れた位置まで後ずさりしたエリカさんですが、なおかつ私を睨みつける眼光には、怯んだ様子は欠片《かけら》も見受けられません。

「……え～～と、あの、私がなにかご不快な思いをさせたのでしたら謝罪いたしますが、いまは少々立て込んでおりますので、のちほどお願いできないでしょうか？」

なるべく刺激しないように、そう妥協案を提示したのですが――。

「……なんで、わざわざ火に油を注ぐのでしょうね。このボケは……」

オリアーナ皇女様が深いため息をついたのと同時に、エリカさんも突如激昂しました。

「ふざけるな！　私など眼中にないというの⁉　バカにするなあああああっ‼」

その怒りに呼応するかのように――いえ、実際に呼応して――《闇の澱》が、

『『『『おおおおおおおおおおっ‼　感じるぞ、怒りを！』』』』

『『『『感じるぞ、我らに同調する無念を‼』』』』

『『『『力をくれてやる！　代わりに貴様のその体、我らの依り代《よしろ》としてもらうぞっ‼』』』』

噴水のように噴き上がったかと思うと一転してアーチを描き、瀑布のような勢いで、棒立ちになっているエリカ嬢目がけて雪崩れ落ちてきました。

「いけない！」

咄嗟に私はエリカさんの周りへ結界を張るべく、魔法陣を刻んだ魔晶石を等間隔に放り投げます。

が――。

「きゃあああああああああああああああっ、避けちゃだめですわ～～っ‼」

迷惑だとばかりに、避けたり、地面に落ちた魔晶石を蹴り飛ばしたりするエリカさん。

結果、なすすべなく見守るしかなくなった私の目の前で、エリカさんに《闇の澱》が憑りつき、およそ全身の穴という穴から、吸い込まれるように侵入していきます。

「ぐはあああ……あああああぁぁぁ……」

苦悶とも快楽ともつかない悲鳴を上げるエリカさん。

無論のこと、座視するわけには参りませんので、私も再度全力の浄化術を放つべく、『光翼の神杖《アリ・ディ・ルーチェ》』を構えて詠唱を開始しました。

「〝天に星あり。地に花咲き乱れ。人は愛もて欠片を集め、闇を照らせし光もて夜明けに至らん。万物は悠久を超えて流転すれど、欠けたるものなし〟――〝円環聖法陣《ホーリー・サークル》〟！」

再び放たれた『円環聖法陣《ホーリー・サークル》』が《闇の澱》に囚われて、影も形も見えないエリカさんのいた位置へ到達した刹那――。

乾いた音を立てて『円環聖法陣《ホーリー・サークル》』が弾けて消え去り、同時に《闇の澱》も完全に祓《はら》われたかに見えたのですが……。

「……なにかいる？」

光と闇が消え去ったそこに、小山のようなものが鎮座しているのに気付いて小首を傾げた瞬間、

「があああああああああああああああああああっ‼‼」

蹲《うずくま》っていた――いえ、とぐろを巻いていた――女性の上半身に大蛇の尻尾を持った怪物が、爛々

と敵意を漲《みなぎ》らせた視線を私へ向けて、身を起こしました。

「なっ……!? ――〝多重連撃《アクセション》・浄化の光炎《ピュリファイ》〟」

準備していた短縮呪文を咄嗟に放ったところ、あちらも不意を突かれたのか、不規則な軌道を描く五条の『浄化の光炎《ピュリファイ》』が怪物の全身へと直撃しました。

――ですが、その結果は。

「無傷!?」

「受肉されたね。こりゃ、物理攻撃か攻撃魔術に切り替えないとダメだね」

思いがけない結果に愕然とする私へ、オリアーナ皇女様が憮然とした口調で言い放ちます。

「我は女媧《ジョカ》。人の持つ業より生まれた者」

女媧と名乗った蛇女が、エリカさんの声（微妙に複数の声が重なっているかのようなビブラートで聞こえますが）で、名乗りを上げました。

メデューサかと思ったのですが、ちょっと違うみたいですわね。魔物というよりも、土着の神と同等の莫大な魔力を内包しているのが見て取れます。

ついでに念入りに魔力探知《サーチ》を行いましたけれど、残念ながらエリカさん本人の魔力波動《バイブレーション》は完全に呑み込まれて消滅、もしくは同化してしまったようです。

「すなわち憎悪、傲慢、憤怒、侮蔑、狡猾、残忍、淫蕩、怠惰、姑息、背信、強欲、不実、享楽、不義、横暴、不安、焦燥、恐怖、後悔、不信、無念、嫌悪、殺意、邪推、劣等感、懊悩、煩悶、諦観、空虚、失望、羨望、悲観、苦悶、理不尽、疑念、裏切、虚飾、忘恩、敗北、落胆、敵意、孤独、

拒絶、悲痛、執念、偏見、そしてなによりも嫉妬が我を生んだ」

おどろおどろしい口調で言い放つ女媧。

最後の一言で、ふとカーサス卿の説明を思い出しました。

確か〈堕天使〉には九つの等級があって、《嫉妬《インウィディア》》は上から二番目の八等級に位置していて、聖騎士《パラディン》であるカーサス卿ですら手に負えず、〈神子〉ストラウスによって、どうにか封印された……というほど極めて強力だということを。

とはいえ、それはそれといたしまして——。

「……どうでもいいですけれど、ここにはフィーアの気配はありませんね。魔術経路《パス》は繋がったままですので、もしかして最初から場所を間違えていたのでしょうか？」

社稷壇のあった跡。《闇の澱》が完全に抜け出して、すっかり空っぽになった竪穴があるだけの地下を見下ろし、そう私が小首を傾げて真直《しんちょく》の関心を口に出したところ、

「聞いているのか、貴様っ‼」

なぜか激昂した女媧に怒鳴られました。

ともあれ視線を女媧に巡らせて、私はうんざりと答えました。

「——ええ、聞いていますわよ。ありきたりな恨み言ですわね」

は〜〜っ……嫌になりますわね、亡者の妄執って。誰も彼もが同じようなことを繰り返して、そのくせ被害者だから復讐をする権利があると、変な選民思想に染まっていて後ろ向きで。せめて魂だけは汚さないくらいの矜持を持てないのでしょうか？　すべてを失ったうえで心まで堕してし

まったら、残るものは本当になにもないと思うのですが。

あと、私的《わたしてき》には真面目に聞いているつもりなのですが、なぜか往々にして『さっきから聞き流しているんじゃない！』とか『ちゃんと聞いているの⁉』とか、不本意な評価を得ることが多いのですよね（師匠《レジーナ》とかエステルとかから）。

「私って同時に複数の思考を並列して励起できますので、こっちはこっちで真剣に聞いているのですけれど……」

体はひとつしかないので、一番心配なフィーアの行方を探っていただけで、きちんと大真面目に聞いていますわよ。

「あんたって、見た目がボケーーっとして見えるから、歯痒いのよ。もうちょっとシャキーンとできないものかしらね」

げんなりしたオリアーナ皇女様の皮肉に、いちおう反論しておきます。

「だって要約すると『世の中が悪い。人間の悪意が原因だ』と、外部に責任転嫁しているだけですもの。それは、悪い人間もいますし、悲惨な境遇には同情しますけれど、だからといって加害者側に回って、当然の権利みたいな開き直りをするのはいかがなものでしょうか。単なる八つ当たりですわ」

そもそも、完全な悪人も完全な善人も、等しく存在しませんもの。どんな人間もただただ生きるのに必死なだけで、草木禽獣《そうもくきんじゅう》同様に、善とか悪とかを意識する余地などないのが普通でしょう。

「それでも、ふとした瞬間に善と悪とを意識して、恣意的に行動に移すことができる。それが人の美しさと醜さだと私は思います。――まあ、異論もあるでしょうが、いろいろと違いがあるから人間なのでしょうに」

私の素直な心情の吐露に、オリアーナ皇女様が鼻で嗤《わら》いながら同意しました。

「まあね。世の中が善人ばかりだったら、さぞかし息苦しくて鬱陶しいでしょうね」

「ふざけるな！　そんなおためごかしの綺麗事で、我の無念が晴れるかーーーっっっ!!!」

怒りの形相も凄まじく、女媧が大きく広げた口から黒焔《こくえん》を発しました。

「〝水流よ凄烈なる流れもてすべてを阻め〟――〝水障壁《アクア・シールド》〟」

即座に現れる、私と女媧とを隔てる瀑布のような水の壁。

「〝光輪よいと眩しき輝きにて闇を駆逐し光に照らせ〟――〝光障壁《シャイン・シールド》〟」

さらに、いかにも闇属性の黒焔に対抗して、光り輝く盾を数枚重ねて施術します。

「〝魔素《マナ》よ壁となりて我が身を護り給え〟――〝障壁《シールド》〟」

ついでに念を入れて、全属性に対応できる（その分、強度は若干落ちますが）、無属性魔術の『障壁《シールド》』を多重詠唱《マルチタスク》で、合計三重に張り巡らせました。

そこへ着弾する黒焔。

「くっ――!?」

三重の防護壁が、ほとんど抵抗らしい抵抗もできずに貫通され、それでも僅かに稼げたタイムラグを利用して、私はギリギリのところで跳び退って身を躱すことに成功しました。

同時に――。

「〝炎の種子よ、飛礫となり疾く爆ぜよ〟――〝火弾《ナパーム》〟」

温存していた火＋水の複合魔術『火弾《ナパーム》』を、雨霰《あめあられ》と女媧の全身に放ちますが、女媧が鬱陶しげにとぐろを開放して、勢いよく身を震わせると、『火弾《ナパーム》』が線香花火のように弾け飛び、ついでに女媧の巨体が鞭のようにうねった拍子に、周囲の樹や草花、宮殿の一部が玩具のようにバラバラになって宙を舞います。

期せずして煙幕を張ったような状態になったこの瞬間を逃さず、私はポケットから神剛鉄《オリハルコン》製の虹貨《こうか》を一枚取り出して、指で弾く形に構えました。

「〝万物よ。疾風《かぜ》を超え、雷光《いかずち》を超え、天の階《きざはし》へと至れ〟――〝神威《カムイ》〟」

本日二回目となる『神威《カムイ》』。それも、金剛鉄《アダマンタイト》を超える強度の神剛鉄《オリハルコン》による亜光速弾を放った刹那、女媧が尻尾で上半身を巻き込むようにとぐろを巻いてガードしたのを目の端で捉えつつ、撃った私はといえば、反動で体が爆発したかのように空中に投げ出され、もんどりうって五十メルトは離れた地面に叩きつけられたのです。

「……さ、さすがに、短時間での連射は無理のようですわね……」

雑巾みたいに絞られたような体の痛みに咳き込みながら――あら、吐血か喀血かわかりませんけれど、口から血が出ていますわね――全力で自分に治癒術を施します。

これ、常時『自動治癒《バイタルガード》』を施術している私じゃなかったら、多分即死していたでしょう。諸刃の剣もいいところですが、さてその結果はといえば……。

「――ふ……んっ」

ガードした尻尾が千切れ、ついでに両手も消し飛んでいた女媧ですが、平然とした表情で欠損部分に目をやると、たちまちのうちに元通りの姿に再生しました。

「コホッ!　コホコホッ……やはり、いま使える中級魔術では、この程度が限界ですわね。虹貨一枚を無駄にして、大赤字もいいところですわ」

口の中の血溜まりを捨て、どうにか完治した体を起こして再度女媧と対峙する私ですが、見た目は同じく無傷でも、この調子で削り合いをすれば、どう考えても私のほうが先に限界がくるでしょう。

「大技は使えませんし、困りましたわね……。え～と、お互いに無益な戦いはやめて、話し合いで解決しませんか?」

ここは平和的な解決を提案してみたのですが、

「舐めているのか、貴様ああああああああああっ!!!」

余計に激怒させる結果になってしまいました。

むう……『言葉は通じるけれど、会話はできない』の典型ですわね。

この瞬間、どうしたものかしらと途方に暮れる私を、オリアーナ皇女様がなにかを決心したような、透徹《とうてつ》した瞳で見据えていたことに、迂闊ながら一向に気付きませんでした。

「決まりですな。巫女姫とやらは、あと三十七手目で女媧の表面を抉《えぐ》って、内部に直接浄化術を叩き込むつもりのようですが、その瞬間、女媧はいわば脱皮をして中枢部分を分離し、身軽になったその姿で、逆に巫女姫とやらに噛み付いて腐毒を流し込みます。結果、巫女姫とやらは、見るも無残な姿で腐り落ちるでしょう」

すでに起きた出来事を語るかのように、なんの感慨もなく、このあとの展開を語るストラウス。

この封都に暮らす住人にリンクして集合知を見出し、それをラプラスの魔じみた高度演算能力によって『予言』として断定する。無論、すべての事象をあまねく計算することはできないが、それでもおよそ九十九%の確率で、ストラウスは近い未来を予測することが可能であった。

「ふふふ、醜く爛《ただ》れて最期を迎えるというのね？　いいわ、いいわよ。さぞかし甘美な断末魔を奏でてくれるでしょう」

それを聞いたアチャコがほくそ笑みながら、艶然と舌舐めずりをした。

一方、ジルを追いかけて【闇の森《テネブラエ・ネムス》】にたどり着いたルークとセラヴィ。ついでに途中で合流したコッペリアと、【闇の森《テネブラエ・ネムス》】の近くにある、北の開拓村に帰省していたエレンも交じって、稀人侯爵《マロードマーキス》に『喪神の負の遺産』への同行を願い出たのだが、

『お前たちでは力不足だ。どうしてもついてくるというなら、俺に力を示してみろ！』

という挑発に乗って、超帝国の騎士である〈吸血鬼の王《ヴァンパイア・ロード》〉相手に手合わせをすることになった四人であったが、結果は圧倒的な剣技によってルークは子供扱いされ、セラヴィの魔術は隔絶した魔力の違いによって力尽くで潰される始末であった。

努力は認めるが……と、鬼面を象った仮面の下で汗ひとつかかずに〈吸血鬼の王《ヴァンパイア・ロード》〉が苦笑いを浮かべた瞬間、

「喰らえ。クララ様直伝っ、必殺下から百発百中カンチョー《ゲイ・ボルグ》!!」

ルークを相手にして剣技での圧倒的な次元の違いを見せ、軽くひねっていた〈吸血鬼の王《ヴァンパイア・ロード》〉稀人侯爵《マーキス》こと、クロード流開祖であるアシル・クロード・アミティアの背後から、コッペリアの非常に下品な技が放たれた。

なお、この場にジルがいたとしたら、

『そんな技を伝授した覚えはありませんわーーーーっ!!!』

と確実に絶叫して、

『私は単にクー・フーリン……とある英雄の逸話として、強敵の肛も……守りのない部分を自慢の槍で狙っては百発百中だったという話をしただけです!』

そう憤慨しただろう。そんなコッペリアの攻撃を、馬鹿か……? という顔をして余裕で躱す稀人侯爵《マーキス》。

「――なんのォ、分離ッ!!!」

蝙蝠が翼を広げるかのようにマントを広げ、ふわりと空中へ避けた稀人侯爵《マーキス》。それを追って、コッ

ペリアのロケットパンチが螺旋軌道を描きながら不規則に飛ぶ。

「ほう……っ！」

意表を突かれたという顔の稀人侯爵《マーキス》が、それでも余裕をもって剣を振るおうとしたところで、立て続けにセラヴィが護符を投擲した。

乱れ飛ぶ『電撃《ライオット》』と、合わせて地面から槍のように突き出る『土槍《アースジャベリン》』が、空中に逃れた稀人侯爵《マーキス》を追う。

「ふふん、即興のコンビネーションとしてはまあまあだ。さては、似たような窮地を何度となく潜り抜けてきたとみえる。思い付きやその場しのぎではないな」

称賛しながらも、まるで体重がないかのように、高速で向かいくる『土槍《アースジャベリン》』の先端を蹴って、

「──奥義『霞吹雪《カスミフブキ》』」

一瞬にして幾人にも分裂した稀人侯爵《マーキス》が、てんでんバラバラの動きでロケットパンチを弾き飛ばし、『電撃《ライオット》』を薙ぎ払って消し飛ばし、『土槍《アースジャベリン》』を切り飛ばした。

まあこんなものか、と微苦笑を口元に浮かべた稀人侯爵《マーキス》に向かって、一連の稽古の様子をじっと傍観していたバルトロメイが警告を放った。

「禽困覆車《きんこんふくしゃ》。油断大敵であるぞ、侯爵殿《マーキス》」

一瞬困惑した稀人侯爵《マーキス》の分身たちであったが、その刹那──。

「はあああああああああああああああッ‼」

ルークが双剣を手に、稀人侯爵《マーキス》を上回る数の分身を見せたのだった。

「おおっ⁉」

本来、ルークが習い覚えた〝クロード流波朧剣〟には存在しない。生まれ持っての瞬発力と努力の結晶であるこの技——知らずに本家の奥義に踏み込んでいた、その修練と、確かに後世に伝えられていた己の技を目にして、稀人侯爵《マーキス》の口元に初めて楽しげな笑みが生まれた。

稀人侯爵《マーキス》のひとりの分身に対して、双剣を持ち、ふたりないし三人で立ち向かうルークの分身。単純計算で四～六倍の手数で圧しているかに見えるが……。

「筋は悪くない。だが、動きが単調で直線的だ。はっきり言えば猿真似レベルだな。——よく見て感じろ！　俺の動きを、体捌きを！」

その言葉通り、まさに霞《かすみ》のようにルークの斬撃をすべて躱した稀人侯爵《マーキス》。さらに追撃の一振りがきたのを、咄嗟に右の剣で受けて左手でカウンターを放とうとしたルークだが、その手元で剣先がまるで曲がったかのようにぐにゃりと変化し、したたかに剣の腹で右左の手首を打ち据えられた。

「くうううぅぅぅ……」

「『浪之霞《ナミノカスミ》』——本来は手首の腱や血管を切る技だ」

地面に落ちた二振りの剣を悔しげに見下ろしながら、手首を押さえるルーク（当然分身は解けている）を前にして、格の違いを見せた稀人侯爵《マーキス》が、勝ち誇るでもなく当然という口調で淡々と言い聞かせた。

これでさすがに諦めただろう、と稀人侯爵《マーキス》が踵《きびす》を返したところで、

「——あ」

最初の頃は水色の目を輝かせて、この立ち合いを眺めていた稀人侯爵《マーキス》の相方？　妹分？　愛玩生物枠？　ともかくも懐いている半精霊《ハーフスピリット》のアンナリーナであったが、途中から飽きたのか――精霊はとにかく移り気である――ふわふわと翔妖精《フェアリー》が持つ翅《はね》のような半透明の翼を広げて、宵闇に沈む【闇の森《テネブラエ・ネムス》】の中を、恐れげもなく勝手気ままに飛び回っていた。しかし、稀人侯爵《マーキス》が一息ついた……と見て取って、仔犬が親のもとに駆け寄るように、稀人侯爵《マーキス》のところへ戻りかけたが、不意に目を丸くしなにかを言おうとして、稀人侯爵《マーキス》が思わずその視線を追いかけて背後を振り返ったその瞬間――。

ポコン！　と音を立てて、モップの柄が稀人侯爵《マーキス》の仮面に当たった。

「ふ、ふふん……どーよ！」

ドサクサ紛れにモップを叩きつけたエレンが、小さな胸を張って言い放つ。

「であるから、言ったであろう。油断大敵、禽困覆車と」

嘆息するバルトロメイ。

無論、非力な少女がモップで殴った程度でダメージを与えられるわけもないが、しばし唖然とする稀人侯爵《マーキス》。

まったくのノーマークだった素人同然の少女に、達人が不意を打たれた格好になったわけで、本人としても、

「はははははっ。これは文字通り、一本取られたな！」

もはや笑うしかない事態であった。

「で、では、僕たちもジルのところへ――?!」

愛剣を拾って鞘に収めながら、希望を込めてルークが尋ねる。

「――仕方がない。約束だからな。とはいえ、連れていけるのは『喪神の負の遺産』までだ。そこから先は、どうやったって無理だからな」

稀人侯爵《マーキス》もまた剣を収めて、素っ気なく答える。

「それで十分だ。それに変化があるっていうなら、いいほうに転ぶ可能性も――」

頷いて同意したセラヴィが言い終えるよりも先に、

「やかましいいいいいいいいいーーーーっっっ!!! こんな夜中に人ン家《ち》の前で、なにドタバタやってるんだい。けったくそ悪いったらありゃしないよ!!」

吹き飛ぶような勢いで庵の玄関が開け放たれ、しわがれているのに異様によく響く割れ鐘のような声とともに、巨大な黒猫――S級魔獣〈黒暴猫《カバリュ》〉――を引き連れた、偏屈そうな黒尽くめの老婆が現れた。

この庵の主であり、ジルの魔術の師匠でもあるレジーナである。

途端に、その場にいた全員――バルトロメイや稀人侯爵《マーキス》、果ては〈撒かれた者《スパルトイ》〉たちまで――が、背筋を伸ばして姿勢を正した(アンナリーナだけはプレッシャーを感じないのか、キョトンとあどけない顔で周りを見回しているが)。

彼女の眼光と声には、誰であろうと逆らえない気迫があるのである。

「た、太祖様、お久しぶりでございます」

血の繋がりのあるルークが、一同を代表して――身内がなんとかしろとの無言の要請に負けたともいう――おずおずと挨拶をする。

その声に、のしのしと大股で庵の中から出てきたレジーナが、直立不動の姿勢になっているルークの前まで行くと、頭の先から爪先まで念入りに睨《ね》め回し、旅行先で思いがけずに借金取りにでも出会ったようなしかめっ面になったかと思うと、声高らかにがなり立てた。

「どこのモヤシかと思ったら、エイルマーのところの坊主《ボウズ》かい。久しぶり……だというのに、あんたといいジルといい、礼儀知らずにも年寄りに挨拶もしないで、素通りしようとしてたんだからねぇ。偉くなったもんだねえ。尻に殻を被ったヒヨコの分際でねえ‼」

「そ、そんなことは！　太祖様は瞑想中だとのことで……」

必死に言い繕おうとするルークを、ギロリと睨みつけるレジーナ。それだけで、雷に打たれたかのように、口を噤んで石になるルーク。

「――フン！　どいつもこいつも、義理も情もない薄情者ばかりさね。そのくせ、厄介事ばかり運んできやがって……まったく。金輪際あたしの手を煩わせるんじゃないよ！」

盛大に鼻を鳴らしながら、ルークの前を通り過ぎて、稀人侯爵《マーキス》のもとへと一直線に向かうレジーナ。

「オリア……レジーナ様？」

困惑する稀人侯爵《マーキス》を、手にした長杖《ロッド》で叩きそうな勢いでレジーナが言い放った。

「なにをボケっとしてるんだい！　さっさと『喪神の負の遺産』まで道を開きな！」

「「「「「……はァ!?」」」」」

素っ頓狂な声を張り上げる一同（ルーク、セラヴィ、コッペリア、エレン、稀人侯爵《マーキス》、バルトロメイ）を見回して、もどかしげに吐き捨てるレジーナ。

「どいつもこいつも、混ぜ棒にも劣る木偶の坊だね！　急がないと、バカ弟子が手遅れになるよ！　それでもいいなら、馬鹿面ぶら下げてその場に立ってなっ！」

いささか投げやりながらも、悪態の裏に切迫した雰囲気を感じ取った一同が息を呑んだ。

漆黒の闇に覆われた【闇の森《テネブラエ・ネムス》】に、場違いな、少女の調子っぱずれの唄が響いていた。

「うんにょろにょろ～！　ぽこぺん、ぽこぺん、だーれがつっついた、ぽこぺん♪」

気の抜けるかけ声を張り上げて半精霊《ハーフスピリット》のアンナリーナがなにもない空中を突くと、まるで障子に穴が開くかのように、ポツンポツンと虹色（というか、人間の視覚では捉えきれない色彩）の穴が点々と開く。

それを眺めながら、自身の使い魔《ファミリア》である巨虎ほどの体躯のマーヤと、その背中に当然のように鎮座しているレジーナ。そして巨大な戦斧《ハルバート》を肩に担いだ、軽く見積もっても身長が優に二メルト半はある巨漢のバルトロメイをちらりと値踏みした稀人侯爵《マーキス》が、

「アンナ、今回はデカ物が通るので、だいたい直径三メルトほどで頼む」

要望を出し、「ほ〜〜い」と軽い返事をしたアンナリーナが半透明の翅を震わせ、空中を泳ぐようにホバリングしながら、きっちりと三メルトの直径の穴を形作った。

「ぽこぺん、ぽこぺん、アーンナがつっついた、ぽこぺんぺん♪」

最後に、アンナリーナが全身の力を込めて、両手を組み合わせた指先を思いっきり円の中心部に刺し込むと、三メルトの空間が渦巻くようにそこへ折り畳まれ、その場に異空間に通じる穴が開いたのだった。


「「「「お〜〜〜おっ!!」」」」


初見のルーク、セラヴィ、コッペリア、エレンの口から、期せずして驚嘆の声が輪唱される。

〝妖精の道〟ともまた違う——たとえるなら、〝妖精の道〟がこの世界と紙一重で隣接しているのに対して——この〝精霊の道〟は明らかに『高次元の世界』だという神秘的な雰囲気を持ち、魔術に関してはほぼ素人のエレンでも、それは肌でひしひしと感じ取れた。

当然、専門家であるセラヴィやコッペリアの関心は高く、そのまま穴の傍まで駆け寄って、上下左右から矯《た》めつ眇《すが》めつ舐めるように眺め回して、

「厚みはゼロで、背後からはなにもないようにしか見えないな」

興奮気味に〝精霊の道〟と、それを事もなげに開いたアンナリーナが稀人侯爵《マーキス》に頭を撫でられて、子供のように無防備な笑みを浮かべているのを見比べるセラヴィ。

一方――、

「うむ、やっぱり最後はカンチョーがモノを言うんですね。やはり、ワタシの理論は間違っていなかった！」

「感心するところ、そこっ⁉」

感じ入った様子で自画自賛をするコッペリアに、エレンのツッコミが入っていた。

「……いや、冗談抜きでこれは凄いですね。風の精霊以外にはほとんど感受性がない僕でも、ここに多種多様な精霊がいるのが肌で感じ取れて、その精霊力の強さに溺れそうです」

そんな専門家ふたりほど、魔術や神秘学に造詣が深くないルークでさえも、目を瞠って感嘆の声を放つ。

もっともそれに付け加える形で、『この大きさではゼクスは無理ですね』と、実利的な面から嘆息をするのだったが……。

「先に注意しておくが、〝精霊の道〟はこの世界だけではなく、隣接する別な世界へも繋がっているので、下手に迷うと、一面火の海の世界やなにもない虚無の世界、巨大なトカゲが闊歩する世界などに放り出されて、生涯を送ることになる。一度はぐれたら砂漠に落ちた針を探すようなもので、まず見つけることは不可能となるので、間違ってもアンナリーナの道案内から外れるなよ」

興味深げに〝精霊の道〟を観察する一同に、稀人侯爵《マーキス》が念のための脅しをかける。

途端、気後れして後ずさるルーク、セラヴィ、エレン。対照的に、なおさら求知心が刺激されたのか、コッペリアが身を乗り出すように高次空間の穴の中を覗き込んだ。

「う～～む、飽和状態の精霊力で、さしものワタシの優秀なセンサーでも、ほとんど先が見えませんねー」

理解不能なのが我慢ならんとばかり、もう一歩コッペリアが踏み出した——刹那、

「「「「「あ……」」」」」

掻き消すようにコッペリアの姿が消え去った。

「——しまった！　どことも知れない世界へ投げ出されたか⁉　くっ……まさか足を踏み入れないうちに飛ばされるとは……俺の見通しの甘さが招いた失態だっ、すまん‼」

臍《ほぞ》を噛む稀人侯爵《マーキス》に対して、セラヴィ、エレン、ルークが口々に慰めの言葉——というには、なおざりな口調で——をかける。

「いや、あいつが勝手に下手を打った結果だ。というか、精霊との相性が最悪なんだよなぁ」

「そうそう〝妖精の道〟でも弾かれるのに、〝精霊の道〟とか、もう水と油以上に合わないのは確定ですから」

「まあ彼女《コッペリア》なら、どんな世界からでも平然と戻ってきそうですから、大丈夫ですよ」

目の前で仲間が神隠しに遭ったというのに平然としている三人と、軽く肩をすくめるだけのバルトロメイに（レジーナははなから眼中にない）、

「いいのか、おい！　洒落抜きで、どこへ飛ばされたかわからないのだぞ⁉」

再度、事態の深刻さを憂慮して念を押す稀人侯爵《マーキス》。

「「大丈夫ですっ‼」」

微塵の躊躇もなく即答する三人。

「……そうか。それだけの強い信頼があるんだな」

信頼できる友とはいいものだ……と、遠い目で――きっと凄惨な過去とかで親友を亡くした経験があるんだろうなぁ、と容易に察せられる悲哀の籠もった口調で――独り言ちる稀人侯爵《マーキス》を前にして、

（あー、なんか浸っているところを悪いけど……）

（コッペリアの場合、信用・信頼以前に心配するだけ無駄というか……）

（やらかすのはいつものことなので、慣れているだけなんですけど……）

セラヴィ、エレン、ルークは生暖かい視線を向けながら、胸中で反論するのだった。

ちなみに〈撒かれた者《スパルトイ》〉たちは、コッペリアが消えた瞬間、万歳三唱したのを付け加えておく。

「いつまで遊んでるんだい、さっさと行くよ！」

そこへ、レジーナの癇癪《かんしゃく》が飛んできた。

当然ながら一同は言い訳や無駄口など叩かずに、アンナリーナを先頭にして稀人侯爵《マーキス》、レジーナ（とマーヤ）、ルーク、エレン（とフィーア）、セラヴィ、バルトロメイの並びで一列になって、〝精霊の道〟へと足を踏み入れるのだった。

とりあえず牽制の意味を込めて、女媧の顔面目がけて『氷弾《アイス・バレット》』を放ちます。

「中級魔術になると、いちいち詠唱しないといけないので、タイムラグの影響で牽制になりませんわね。かといって、初級の『氷結矢《フリーズ・アロー》』が通用するとも思えませんし」

余裕で防御された私は愚痴をこぼしつつ、防御のために一度動きを止めた女媧に、精神系の術をぶつけてみました。

「〝聖女よ。大いなる慈愛の心もて震える子羊に救いの手を差し伸べよ、その心に平穏を〟――〝異常回復《コモンキュア》〟」

これで、取り込まれたエリカさんの自我が万が一目覚めれば、会話が成立するかも……と、淡い期待を寄せてのことです。

「エリカさん！　私がわかりますか？　闇に呑まれてはいけません。しっかりと、自分の意思を取り戻してください！　そんな姿を見たら、カーサス卿が嘆き悲しみますわよ」

私の言葉に、僅かに女媧の瞳に知性が宿ったような気がしました。

「――う……うう……ロベル……ト」

動きを止めた女媧の口から、切れ切れのエリカさんらしい呻き声が聞こえます。

「そうです！　ロベルト・カーサス卿のことを思って、自分を取り戻すのです！」

手応えを感じた私が、続けざまに『異常回復《コモンキュア》』を浴びせながら、エリカさんの愛と良心を取り戻すべく語りかけたところ――。

「ロベルトッ‼　私とロベルトの仲を裂く、にっくき女め！　貴様が死ねば、なんの憂いもなくなるわッ!!!」

「えええええ〜〜っ！　なんで逆に悪化するわけ?!」

さすがは《嫉妬《インウィディア》》の化身たる〈堕天使〉。なにを言っても斜め上に変換されるようで、余計に凶暴化した女媧が両手の爪の先から黒焔を噴き出しました。ついでにうねるように胴体で地面を叩くと、地面のそこここから、まるで地雷が爆発したかのような衝撃波が噴き上がり、さらに女媧は濃硫酸でもここまで強力ではないでしょうと言いたくなるような毒液を吐き出しました。

「ちょ、ちょっと、これは洒落になりませんわ！」

全体攻撃＋一撃必殺の攻撃のコンボを前にして、私は防御と回避と回復で手一杯になり、反撃を打つ手も隙も見出すタイミングが掴めません。

というか、いまだ手の内をこれだけ温存していたということは、さらに初見殺しの奥の手を切っていない可能性すらあります。場所も敵地《アウェイ》で孤立状態ですし、仮に女媧をなんとかしても、まだ〈聖母〉や〈神子〉といった黒幕があとに控えています。これは一度逃げて、態勢を立て直したほうが得策かも……。

そう私が戦略的撤退を視野に入れた刹那――、

「ぐあああああああああああああああああっ!!!」

女媧の死角から突如として放たれた、強烈な黄金色の霊光《オーラ》を纏った斬撃が、女媧の背中を弧の形に切り裂いたのです。

「エリカッ！　もうやめるんだ！　しっかりしろ、君は〈神子〉様と〈聖母〉様に操られて、本来の理性を失っているんだ！」

爆発的な黄金色の霊光《オーラ》を迸《ほとばし》らせたカーサス卿が、片手に十字型の細剣《レイピア》を、もう一方の手に幅広の長剣を握って、かき口説くかのように必死に女媧を説得しています。

それにしても、女媧《これ》を見て一目でエリカさんってわかるなんて、愛の力は偉大ですわね。

そう感動した私を余所《よそ》に、カーサス卿は滂沱と涙を流して懺悔します。

「すまない、エリカ。私は〈聖母〉様の指示で〈神子〉様が君を〈堕天使〉へと変貌させるさまを見ていたのに、己の職務と私情を天秤にかけて、止めることができなかった卑劣な男なんだ！　なにが聖騎士だ！　なにが最高の婚約者だ！　最低の男だ、私は‼　すまない、本当にすまない！」

「ロベルト――ロベルトォォォォ!!!　やはり私よりも、この女を選ぶというのォォォォ!?!」

ですが、錯乱した女媧《エリカさん》は般若の如き形相で、剣を下ろして無防備に棒立ちになっているカーサス卿へと掴みかかっていきます。

「危ない‼」

私の警告に対して、哀しみとも後悔ともつかない視線をちらりと寄越したカーサス卿は、

「巫女姫ジル殿っ。すべての元凶は〈聖母〉アチャコにある！　〈神子〉ストラウスはただの傀儡《かいらい》だ！　間違うな、〈聖母〉に注意しろっ‼」

断固たる口調でそう言い放つと、あえて棒立ちのまま、女媧の突撃を受け止めました。

「……ぐ、ぐうううう……」

まるで抱擁するかのように、カーサス卿へとぶつかった女媧の両手が、黄金の霊光《オーラ》と青い鎧を貫

通して黒焔を放ち、同時にその首元へと噛み付いた牙から溶解液が注入されます。

生きたまま燃やされ、溶かされる苦痛に喘ぎながらも、カーサス卿は優しげな眼差しを女媧《エリカさん》へと向け、微笑みを浮かべました。

「すまない、君をここまで追い詰めたのは私の不甲斐なさが原因だ……ごふっ……だが、なあエリカ。君はどう思っていたか知らないけれど、私は君との婚約を後悔したことなど一度もなかった。いつか君と……はあはあ……平凡でも笑い声が絶えない家庭を……」

「………ロベルト……？」

一瞬だけ、濃縮された悪意の澱の中から、浮上するかのようにエリカさん本来の表情が現れ、それを確認したカーサス卿が満面の笑みとともに、

「……ともに逝こう、エリカ。互いに罪を犯した者同士、たとえ煉獄に落ちても寂しくはないさ」

どこにそんな余力があったというのでしょう。渾身の力で両手の剣を女媧の両胸へと突き刺し、

「聖光弾《ホーリーライト》っ‼」

ありったけの霊力を解放――もはや自爆行為ですわね――したのでした。

「待――――！」

止める間もないうちに圧力さえ感じられる爆発的な霊光《オーラ》が弾け飛び、咄嗟に両手で顔を覆って目を閉じた私が、恐る恐る目を開けたときには、すべてが終わっていました。

船の舳先《へさき》に付いている船首像《フィギュアヘッド》めいた女媧の上半身が、爆発したかのように四散して、全体の九割を占めていた胴体部分も内側からの浄化術の影響で、ところどころがひび割れ破砕して、地肌が剥

き出しになったまま女媧は七転八倒しています。

カーサス卿の姿は影も形もなく、ただ幅広の長剣だけが墓標のようにその場に突き立っていました。


『主《クォ・》よ、何処に行き給ふか《ヴァディス》』


剣の銘でしょうか。剣に刻まれたそれが、まるで遺言のように見えます。

そんな感傷に浸る間もなく、頭を潰された女媧が目に見えて回復していく様子が目に入りました。

「普通、蛇は頭を潰されたらおしまいでしょうに……」

とはいえ、カーサス卿のお陰で内部からの浄化術には比較的脆いという弱点が判明した以上、打つ手はいくらでもあります。

「〝天に轟く聖なる天鈴たちよ、幾重もの永久《とこしえ》なるしらべを奏で、不浄なる魂を冥土へと送還せよ〟

――〝多重連撃《アクセション》・浄化の光炎《ピュリファイ》〟、〝多重連撃《アクセション》・浄化の光炎《ピュリファイ》〟、〝多重連撃《アクセション》・浄化の光炎《ピュリファイ》〟、〝多重連撃《アクセション》・浄化の光炎《ピュリファイ》〟」

エリカさんの魂はカーサス卿とともに召されました。ここに残っているのは古《いにしえ》の悪意の残滓のみ。

そう割り切れたことで、完膚なきまで浄化することに躊躇はなくなりました。

とりあえず地肌が剥き出しになっている部分に、連続して『浄化の光炎《ピュリファイ》』を撃ち込みます。

尻尾の先でバタバタと地面を叩いて、地下からの爆発で苦し紛れの攻撃を仕かけてきますが、頭部がなくては当たるものも当たりません。

逆に言えば、頭部が再生していないいまが、絶好の好機といえるでしょう。

「〝天に星あり。地に花咲き乱れ。人は愛もて欠片を集め、闇を照らせし光もて夜明けに至らん。万物は悠久を超えて流転すれど、欠けたるものなし〟」

渾身の力を込めて、浄化術の最終奥義を女媧の再生中の頭部に撃とうとした——刹那、観念したかのように不意に女媧が動きを止め、その場からピクリとも動かなくなりました。

「？　——〝円環聖法陣《ホーリー・サークル》〟！」

微妙な引っかかりを覚えたまま私が放った『円環聖法陣《ホーリー・サークル》』は、特大のカキ氷器で氷の塊を削るかのように、女媧の頭部のあたりから順に胴体部分を削っていきます。


「——これで三十七手目」

大和殿の玉座に悠然と足を組んで座っていた〈神子〉ストラウスが、決まりきった結果を口に出すかのように淡々と呟いた。

この勢いであれば、ほどなく全体を浄化できるでしょう。

そう安堵しかけたところで、突如として、いまだ健在な胴体の中央部分がひび割れ、

「――ぐしゃあああああああああああああああ！！！」

煙のような湯気とともに、分厚い胴体の鱗を内部から押し剥がして、もとの女媧を三回りは細くした蛇もどき――ただし、ぶよぶよとまだ表面が固まっていない、生肉のような外見をしたそれ――が、一直線に私へ向かって跳躍してきたのです。

「だ、脱皮した⁈」

思いがけない展開に唖然とする私の虚を突いて、女媧の成れの果てが鞠《まり》のように跳びはねて、一瞬で私の目前まで迫ってきました。

「――くっ⁉」

魔術を使う余裕がないうえに、懐に入られたので武器を使うこともできない。と瞬時に判断した私は、反射的に掌底突きを繰り出していましたが――。

（ダメ！　殺《や》られる！）

絶望的に無駄な抵抗だということも、理性が同時に告げていました。

肉腫のようになった女媧が、大きく口を開けて溶解液の滴る涎を垂らしているのを、死を覚悟したせいでしょうか。異様に長く感じる時間の中で見据え、それでも最後の瞬間まで目を背けまい、そうコンマの世界で覚悟を決めた、そのとき――。

「うおおおおおおおおぉぉぉぉぉぉ～～～～～っっっ！？！？」

ドップラー効果を伴った、悲鳴か嬌声か微妙な声を上げながら、太陽のない蒼天を割って、突如現れたオレンジ色の髪の見慣れたメイドが、自由落下の衝撃とともに女媧の頭上へと直撃しました。

すると、まるでコマ送りのコマが切り取られたかのように、次の瞬間目の前から女媧の姿が消失し、それと同時に私の時間の感覚ももとに戻りました。

それから改めて恐る恐る足元を見下ろしてみれば、

「おーーっビックリした！　落下地点に変なナマコがあったのでクッションになりましたけど」

潰れたカエルのようになった女媧の上で、コッペリアがまるで未来から来た殺人ロボットのようなポーズから、片膝を立てて立ち上がったところです。

「ん――？」

そこで、私が目の前にいるのに気が付いたのでしょう。

「お……おおおおっ。クララ様じゃないですか！　どこから湧いて出たのですか？」

「……それって私の台詞だと思うのですけれど。とりあえず積もる話はあとにして、あなたが潰したコレを先になんとかしますわね」

「了解です！　なんだかよくわかりませんけど、このワタシが来たからには大船に乗った気でいてください！」

どっちかというと泥舟のような気がしますわねと、内心で嘆息しながらも、まずは目の前の女媧の成れの果てを今度こそ跡形もなく浄化すべく、細心の注意を払って『浄化の光炎《ピュリファイ》』を、これでもかというくらいかけるのでした。

そうして女媧の最後の欠片を『円環聖法陣《ホーリー・サークル》』で浄化したところで、さすがに浄化術の連続で消耗をきたした私は、一息ついて改めて、コッペリアが突然この場に現れた経緯について尋ねます。

「う～～ん。どこから話せばいいものか……。結構積もる話になりますので、そういうことでしたら、休息がてら一服されたらいかがですか？」

というコッペリアの提案に従って、体力と魔力を回復させるために（一般的な冒険者や魔術師であれば回復薬《ポーション》である程度持ち直せるのですが、私の場合はもともと魔力量が大きいうえに薬物への抵抗力があって、あまり効果がないため、結局のところ自然回復に任せるのが一番なのです）小休止をすることにして、オリアーナ皇女様へも声をかけようと振り返ったところ、いつの間にかその姿が消えていることに気が付きました。

「！？！」

そういえば、戦っている途中から声がしなくなりましたけれど……まさか、不測の事態に巻き込まれているのでは?!

慌てて、先ほどまでオリアーナ皇女様が隠れていた植え込みまで小走りにいって覗き込んでみれば、オリアーナ皇女様は影も形もなく、代わりに一枚の絵が落ちていました。

キャンバスに描かれたそれは、改めて確認するまでもなく、ここに来る途中でヴァルファングⅦ世陛下から下賜された、高原と鈴蘭の花、そして並んで佇む白銀の髪をした父娘の絵です。

『収納《クローズ》』してあったと思ったのですが、なぜこれがここに？　と、疑問を覚えた瞬間に答えが閃きました。

「……ああ、そういうことですか。これを共感魔術の媒体に使われた……そういうわけですわね」

合点がいった私は、感慨と感謝の気持ちを込めて、改めてその絵を『収納《クローズ》』し直しました。

その間に、庭園のど真ん中に、どこからともなく取り出した折り畳み式の椅子とテーブルを置き、純白のテーブルクロスに同色同一デザインのナプキンなどを手際よく用意して、温かな香茶《こうちゃ》を淹れ、ジンジャークッキーを準備してくれていたコッペリア。

「ささ、どうぞどうぞ、クララ様」

「……敵地でこんな大胆に寛《くつろ》いでいていいのかしら？」

「いいんじゃないですか？　慌てても、どうにもなるものでもありませんし。いまはクララ様の回復と、情報の擦り合わせを優先すべきと思います。それにどーせやることっていえば、邪魔する奴らを蹴散らして、この閉鎖空間から脱出するだけですよね？」

単純明快なコッペリアの言いようですが、確かに的を射ています。

納得した私は勧められるまま、椅子に座って、ジンジャークッキーをお茶請けに、アフタヌーンティーを楽しむことにしました。

「――うん。美味しいですわ」

考えてみれば、まともに飲食物を口にしたのは、随分と久しぶりです。

というか、この空間にある物質は亡者の亡骸を素材にしているのですから、食べ物や飲み物はイコール死体を貪り啜るも同然ということで、余計な飲食をしなくて本当によかったと、いまさらながら安堵するのでした（まあ、モノを食べるということは命をいただくということですので、綺麗事は言っていられませんが、モノがモノだけに、やはり生理的に嫌悪感を覚えずにはいられません）。

お茶とお菓子を満喫しつつ、

「それにしても、これだけ大騒ぎをしているのに、いまだに誰も来ないというのも変な話ですわね」

「ビビってるんじゃないんですか」

私が思わず口に出した疑問に、コッペリアが軽い調子で相槌を打ちます。

「……あり得ますわね」

相手の出方を窺うために、挑発がてら、こうしてこれ見よがしにお茶をしているわけですが（コッペリアは「お茶の時間なので準備しました」だけで、特になにも考えていないと思いますけれど）、ここまで無視されると逆にいろいろと勘ぐってしまいます。

普通なら、こちらの出方を窺っているのか、準備万端整えて手ぐすねを引いて待ち構えているのかと邪推するところですが、コッペリアが言う通り、なんとなく皆怖気《おじけ》づいて逃げたのではないかと思えます。あくまで勘ですが。

常識的にはあり得ないことですが、ここの住人たちの覇気のなさ、無気力で他人任せな黄昏た様子を思い出すに、その可能性が一番高そうに思えるところが困ったものです。

いいえ、敵対する立場としては全然困らないのですが、そうであるならあまりにも情けなさ過ぎて、弱い者イジメをしているようで釈然としません。

「はは～ん、狼が襲ってきても、逃げ回ることしかできない羊の群れってことですね」

この世界の住人について、見聞きした情報や感じたことを掻い摘んだうえでの私の推測に、コッペリアがしたり顔でそう頷きました。

「そうですわね。迷える仔羊を教え導くとかいうのも、巫女姫の役割のような気もしますが、仮にこの偽りの楽園から解放されたとしても、当人たちに勤労意欲がなければ——そして確実に働く気はないでしょうから——意味がありませんわね」

いくら手助けしたところで、自ら動こうとしない以上、はっきり言えば生きることを放棄して、緩やかな自殺をしているも同然です。そして、当人以外に自殺を防ぐことはできません。

「——結局は信じるしかありませんわね。人の生きる意思に」

嘆息した私の脳裏に、先ほどの女媧の言葉が甦りました。

『すなわち憎悪、傲慢、憤怒、侮蔑、狡猾、残忍、淫蕩、怠惰、姑息、背信、強欲、不実、享楽、不義、横暴、不安、焦燥、恐怖、後悔、不信、無念、嫌悪、殺意、邪推、劣等感、懊悩、煩悶、諦観、空虚、失望、羨望、悲観、苦悶、理不尽、疑念、裏切、虚飾、忘恩、敗北、落胆、敵意、孤独、拒絶、悲痛、執念、偏見、そしてなによりも嫉妬が我を生んだ』

確かに人の世は悪意と苦難に満ちていますが、それでも人は明日を信じて生きています。ならばそれを知る私が、ここの住人が最初の一歩を踏み出せるよう、世界には『希望』があるのだということを、ただそれだけでも伝えなければなりません。

ふと、地球神話の『パンドラの箱』の逸話が思い出されました。

この世界の人間にとっては、私は災厄の詰まった箱を開けようとしている、パンドラなのかも知れませんわね。

「まあ、いいじゃないですか。どうせこんな場所に飼われている人間なんぞ、そこら辺の有象無象同様に等しく無価値なんですから、いっそパーっと派手に滅びをもたらしてやったらどうですか？」

私の懊悩を知ってか知らずか、『ひとりコロすのは可哀想だから皆ゴロしにしましょう』的なライトな感覚で、この世界の住人を塵芥《ちりあくた》のように一蹴するコッペリア。

相変わらず、命に対する価値や人間の尊厳などを、一顧だにしていませんわね。憎悪に憑りつかれていた女媧と、まったく無関心なコッペリア。『愛の反対は憎悪ではなくて無関心』とも言いますけれど、この場合どっちもどっちな気がしますわ。

「そういう私も人間なのですけれど……？」

ともあれ、さすがにその価値観は看過し得ないと思っての私の反論に対してコッペリアは、

「ははははははははははははははっ」

さも面白い冗談でも聞いたという顔で、快活に笑いました。

これはどういう意味の笑いでしょう？　気にはなりますが、ともあれまずは情報交換が先です。

私は香茶で喉を湿らせながら、さらに踏み込んでこの街――封都インキュナブラ――についてと、先ほどまで戦っていた女媧、それにこの地を支配する〈神子〉ストラウスと〈聖母〉アチャコについて、コッペリアに説明をしました。

ついでに現在、私の魔力がストラウスによって半封印状態であることも、あまさず伝えます。

「封印ですか？　チェックしたところ、これといってクララ様に異常はありませんけど……あ、待ってください。クララ様の周りに妙な魔素《マナ》の偏りがありますね。欺瞞されているので自覚はないでしょ

うけど、魔素《マナ》の空白地帯があって、魔術を構成できなくしています。クララ様だからこそ曲がり形《なり》にも魔術が使える状態ですね」

順調に人間を超越してますね～、と付け加えながら、ハタと思い付いた表情で手を打つコッペリア。

「さっきのナマコの化け物といい、クララ様が遭遇した〈堕天使〉といい、逃げ出した半精霊《ハーフスピリット》といい、ここって一種の実験施設なんじゃないですかね。精霊とかドラゴンとかを、原初の混沌を模した世界で融合させたっぽい感じの」

「半精霊《ハーフスピリット》？」

聞き慣れない言葉に思わずオウム返しをして首を傾げると、今度はコッペリアが、私がいなくなったあとの出来事を、立て板に水で語り始めました。


「――ということで、いまいち得体の知れない〝精霊の道〟とやらを観測しようとしたところ、いきなりこの場所に飛ばされてきたというわけでして」

コッペリアの説明には、いろいろと重要な情報や示唆が含まれていましたが、それよりも私にとって聞き捨てならない、なによりも捨て置けない情報がもたらされたのでした。

「フィーアがなぜか俺の外にいて、ルークとセラヴィを連れてやってきた……ですって⁉」

「あ、真っ先に反応するのはそこなんですか」

呆れたようなコッペリアのツッコミに、私は当然とばかり大きく頷きました。

「当然ですわ！　そもそも頭を冷やすために、あのふたりから逃げて【闇の森《テネブラエ・ネムス》】まで戻ってきたのに。どんないきさつがあって、二人三脚で追ってくるのかしら⁉」

恋の三角関係で敵同士になった男子ふたりなら、お互いに確執を抱いて別行動を取るのが常道でしょうに。なんで仲よく困難を越えてくるのでしょう？　大方ルークがのほほ〜〜んとなにも考えずに呉越同舟を提案して、セラヴィは利用できるものなら利用するの精神で、表面上の紳士同盟を結んだ……とかの展開でしょうね。

と、密かに確信する私でした。

「いつまでも逃げていては問題の解決に繋がらないと思いますが？」

コッペリアにそう諭されるように言われると、なにやら自分が途轍もない我儘《わがまま》娘になった気がします。

「そうはいっても、どちらかを選ぶということは、片方を傷付けるということで……」

「生殺しは、なおさら質《たち》が悪いんじゃないですか？」

こんなときに限って常識を語るコッペリア。

「つーか、普通に考えればルーカス殿下でいいじゃないですか。クララ様も好意を持ってらっしゃるのですし、相手もベタ惚れで顔も地位も権力も名声も将来性も、大陸で一番ですよ。なんで躊躇しているのか、ワタシには理解できないのですが？」

続けざまにグイグイ来ます。

「……ルークの場合は、明日にでも輿入れとかの話になりそうで、そこのところが重いというか（いろいろと隠し事もあるのに……)」

私の言い訳にコッペリアが訳知り顔で頷きました。

「ははぁ。つまり、結婚前にもうちょっと遊んでいたいということですか」

思いっきりぶっちゃけられ、図星を突かれた私は思わず逆上して、反射的に声を張り上げてしまいました。

「だって十五歳ですのよっ!」

まあ、この世界の女の子の結婚適齢期は十三歳から十八歳ですので、見事にど真ん中ではあるのですが。

「じゃあしばらくは、愚民とルーカス公子を天秤にかけて、適当に弄《もてあそ》んで、飽きたところで、どちらかを良人《おっと》にしてはいかがですか? ワタシ的には両方の子供を生んでみて、出来のいいほうを種馬にすべきだと思いますが」

「どこの悪女ですか、それ!」

コッペリアのとんでもない折衷案(?)を、私が全力で拒否したのはいうまでもありません。

「ううう……っていうか、なんでルークもセラヴィも私なんかを巡って、こんなに一途というか命懸けなのでしょう……」

そう嘆いた私の肩を、「クララ様」と優しく叩いたコッペリアが、やたらいい笑顔で一言——。

「そうやって自虐のフリをして自慢するのって、『マウント女』とか呼ばれて同性に嫌われるので、やめたほうがいいですよ?」

「自慢じゃありませんわ！　本気で嘆いているのですのっ‼」

「マジなら、それはそれでウザ絡みですね〜」

ヤレヤレと肩をすくめるコッペリアの飄々とした態度に、わりと本気でイラつく私がいました。


「バカな⁉　――くっ！　この局面でイレギュラーとは」

思いも寄らないコッペリアの乱入によって、未来予測が百八十度変わってしまった現実を前に、わなわなと身を震わせ歯噛みする〈聖母〉アチャコを前にして、泰然自若……というよりも、そもそも人ならざる者が人を演じて喜怒哀楽を模しているような薄っぺらな態度で、〈神子〉ストラウスが困惑の表情を作ってみせた。

「このタイミングで新たな不確定因子が加わるとは、確かに予想外ですね。しかも社稷壇の亡者が浄化されたことで、封都の存在そのものが揺らいできております」

「忌々しい小娘がっ。聖女の模造品……なりそこない如きが、この私の邪魔をするとは！」

遥か昔から唾棄し、その名を口にするのも忌々しいとばかり毛嫌いしていた相手を思い出して、八つ当たりで幻影のジルを踏み潰すアチャコ。

疑似星幽体《アストラル》の投影によって作られていた、ジルとついでにコッペリアのフィギュアが、たちまち霧散する。

本物の星幽体《アストラル》の投影であれば、これで本体にもダメージを与えることができるのだが（実際、封都内の住人であれば、生殺与奪権はこのふたりの掌の内にあるも同然であった）、外部からの異分子であるジルとコッペリアに関しては、観測したデータをもとに疑似的なコピーを作るのが限界であり、現時点では直接的な影響を与えることは不可能であるのが、歯痒いところであった。

「時間をかけて、封都内部の物質を飲み食いしていれば、内部から干渉もできたものを……いささか性急に事を進め過ぎたか。ストラウス、現在の『予言』の精度は？」

「女媧が浄化されたことと、住人の半分を我に捧げさせたことで、七十二％まで下がっています」

焦った様子もなく、淡々と答えるストラウス。

「くっ……ならば細かな内容と将来のものは省いて、このあとの連中の行動を予言しなさい」

妥協案として、計算能力のリソースを比較的至近の未来予測にあて、精度を高める方針へと転換したアチャコ。

それを受けてストラウスが『予言』を始めた。

「……彼女たちは脱出の手がかりを掴むために、我と我が母から情報を得ようと、九十八％の確率で無人の『双神高楼』に忍び込んでくるでしょう」

「ふん、飛んで火に入る夏の虫ということですね。丁重にもてなしてあげるとしましょうか」

妖艶さと酷薄さが混じり合った笑みをニヤリと浮かべたアチャコに対して、ストラウスが困惑した声音で尋ねた。

「しかし、宮殿内の騎士も衛兵も、すべて持ち場を離れて逃げ出していますが？」

「逃げ出した者には処分が必要ね。まとめてエネルギー塊に換えて受肉をさせましょう。ちょうど手頃な核もあることだし」

そう言って意味ありげにアチャコが開いた掌の上に、澱んだ紫色の光を放つ魂魄が現れた。

霊視できる者であれば、その中に苦悶の表情を浮かべるベナーク公が視《み》えたであろう。

「それでは、いきますわよ！」

「了解です、クララ様‼」

結局、誰からの妨害も入らないまま小休止を取れた私とコッペリアは、相談のうえで、この世界からの脱出の糸口を探るために、〈神子〉ストラウスと〈聖母〉アチャコの秘密を探ることにしました。

準備万端整えた私たちは、ふたりがかりで丸太を担いで、『双神高楼』の正面扉を力尽くで打ち破るために、助走をつけて思いっきり突進します。

「いや～、やっぱりクララ様は、根っからの武闘派ですね～」

「〝慎重かつ迅速に〟ですわ！　わざわざストラウスが待ち構えている『大和殿』に向かうのは愚行ですし、どうせこちらの動きは察知されているのでしょうから、留守宅の玄関から飛び込むのが一番手っ取り早いですもの！」

我ながら短兵急だという自覚はありますが、フィーアが無事でこの封鎖世界から脱出済みであることと、ルークたちが迫ってきていると聞いて、いろいろな意味でテンションが振り切れてしまったのでしょう。

ともあれ、外部に放出できる魔力が限定されている状況ですので、私は丹田に蓄積されている魔力すべてを肉体の強化や補助魔術に回して、そのままコッペリアともども、怒涛の勢いで双神高楼の正面大扉に丸太を叩き付け、

「たのもーうっ!!!」

道場破りのようなコッペリアの口上とともに、分厚い観音開きの門を一撃で打ち破り、私たちは神殿の中部へと飛び込んだのでした。

「どこが『忍び込んでくる』なのか⁉　いきなり正面扉をぶち破ってきたわよ‼」

「誤差の範囲内です」

同時刻、血相を変えて詰め寄るアチャコと、平然と言い返すストラウスがいた。

一抱えほどもある攻城槌のような丸太（念のために私が『収納《クローズ》』していたものです。地球でいう世界共通語であるオタク《otaku》さんのカバンの中身のように、〝万が一〟に備えていろいろと詰め込んでいた甲斐がありました）全体に、接触による伝導魔術で『強化』と『硬化』『軽量化』『物理反射』などを施していたお陰か、私とコッペリアのふたりがかりによる、助走をつけてからの突進で、双神高楼の閉じられていた分厚い扉――ざっと東大寺の正面扉を内側から閂《かんぬき》で閉じていた規模ですわね――をやすやすと粉砕でき、

「よくぞ来たな、乃公《だいこう》が――ぐはっ!!!」

「「「「ぎゃあああああああああ!?!」」」」

「「「「うわあああああああああああっ!!」」」」

「「「「うそぉんんんんんんん?!?」」」」

その勢いのまま、丸太を担いで建物の中へと猪突猛進する私たち。

「……いま、扉と一緒になにかを吹き飛ばしませんでしたか？」

内部が薄暗かったせいで、外から飛び込んだ一瞬、明暗の差で視界が途切れた僅かな間に、なにかをまとめてはね飛ばしたような気がして首を巡らす私ですが、後ろで丸太を担いでいるコッペリアは、朗らかな笑顔を浮かべて親指を立ててました。

「杞憂ですよ、クララ様。ゴミくずかチリ紙、せいぜい鼻くそみたいなのが飛んでいっただけです。そんなことよりも、クララ様の背中はワタシがしっかりと守りますので、前方を注意してください」

と言われて、確かに敵地で気を抜くわけにはいきませんわねと、私も改めて気を張り直して、幻

惑されそうな『魔力探知《サーチ》』はあまり信用せずに、五感を研ぎ澄ませ、この先に潜む危険に神経を集中することにしました。

ふと、気のせいか後方から複数の呻き声が聞こえたような気がしますけれど、

「壊れた扉が軋む音ですねー」

というコッペリアの言葉を信じて先へ進みます。

そのまま広い回廊を伝って、二階へと上る私たち。

さて、実際に足を踏み入れた双神高楼は、外観からは広々とした建物に見えますが、出入り口は一カ所だけで（いま、壊しましたけれど）、内部は閑散としていて階段はなく、代わりに栄螺堂《さざえどう》のような螺旋構造のスロープが付けられており（それも二重螺旋構造です）、幅も広くて、丸太を担いだままでも、悠々と上に上れる構造になっていました。

基本的に観音扉の出入り口から入って、螺旋回廊を上って逆側から下りて、また出入り口から出ていく順番のようです。

「変な造りの建物ですね。なにか意味があるのでしょうか？」

貴人の住居とは思えない、葬祭場か祭祀場のような雰囲気を前に、背後でコッペリアが首を捻ります。

「栄螺堂のような構造と、出入り口の位置関係からして、原始宗教的には母体回帰による生まれ直し――〝玄牝《げんぴん》の門〟を意味しているのではないかしら」

確か『女性から命が生まれるように万物は尽きることがない』というような意味だったと思いま

す『玄牝』というのは。

「ははぁ、するともしかして、この世界の得体の知れない生命体の産出拠点かも知れませんね、ここは」

納得するコッペリアとともに、私は丸太を担いだまま螺旋回廊を上ります。

「……？」

ふと、この遺伝子構造にも似た建物の造りに既視感《デジャヴ》を覚えて、私は首を捻りつつ、回廊の壁や壁際に置かれた、旧神時代の歴史を描いたものでしょうか、天まで届くような巨大な塔の絵や、当時の祭具、聖典の類《たぐい》、蒼い……どこまでも蒼い光に包まれた《神》の前に平伏す六人の使徒（気のせいか数人に見覚えがあるような気もします）を描いたタペストリーを横目にしながら、コッペリアとともに全力で最上階を目指しました。

幸いというか、不自然にも途中の妨害も罠もないまま、私たちはハイペースで螺旋回廊をグルグルと上っていきます。

別に上階に手がかりがあると決まっているわけではないのですが、見た感じでは最上階に大きな部屋があるようですので、まずはそこに最短距離で向かう……という感じで、コッペリアとも無言の合意ができていました。

「――というか、いつまで丸太を担いでいなければならないのでしょう？」

ふと、現状を客観的に見て、私がそう疑問を呈しました。

丸太《これ》はもう必要ないですわよね？　常識的に考えても邪魔なだけですし、そもそも乙女が丸太を持ってどすこい討ち入りするのも、絵面的にどうかと思いますわよ。

　私の不満を受けてコッペリアが、

「クララ様、それはフラグというものですよ」

　まさにフラグを立てたところで、私たちは双神高楼の二重螺旋回廊が合流する二階へと到達しました（普通の建物なら優に十階くらいの高さに位置していますが、途中になにもないのでこれでようやく二階で、この上が最上階です）。

　淡い光を放つ直径二メルトほどのミラーボールのような照明のもと、目の前に広がっているのは空虚な――どこか物悲しい雰囲気の大伽藍と、竜とも人ともつかぬ雄々しい姿の蒼い神と、紅い……口元から牙を覗かせ、魔物の大軍を背後に邪悪な笑みを浮かべる女神（色彩からして緋雪様でしょうね、モデルは）との最終決戦を描いた巨大な宗教画だけです。

　まあ、旧神を信奉する彼らにとっては、この構図が正解なのでしょう。どちらが正しいかではなく、どう信じるかの問題ですから、特段文句を言うつもりはありませんが……。

　ほかには螺鈿《らでん》細工の椅子や机など家具一式も置いてありますが、回廊からの引き続いた展示物のように、一切の生活感がありません。

「……ここ、本当に〈神子〉や〈聖母〉が使っているのかしら？」

　三十畳ほどの部屋を見回して、私は思わずそう呟いて小首を捻っていました。

　まるで、モデルルームか演劇で使われるセットのように、小綺麗ですが空虚な印象のある――よくも悪くも個室というものは、使っている人間の癖や気を抜いた素顔が反映されるものですが、ここにはそれが欠片もありません。

疲れを癒やして明日への活力を取り戻す自分だけの空間……といった、実際的ななにかがぽっかりと欠けているように思われます。

これもまた、儀式のための舞台装置という風に私には見えました。

とはいえ、家主の留守中に勝手に私室に足を踏み入れたことに変わりはありませんので、いちおう、

「おじゃましまーす」

一声かけて奥へと進みます。

とりあえず、邪魔な丸太をいったん床に置いて、コッペリアとふたりで手分けをして、机の引き出しや飾り棚などをひっくり返し、〈神子〉と〈聖母〉に関する手がかりがなにかないか、家探しをする私たち。

「ったく、建物の豪華さのわりにシケてますね。金目のものもなんにもないです。せっかく来たのに肩透かしですから、丸太を振り回して、手当たり次第にぶっ壊していきますか、クララ様？」

当てが外れたという口調で不満顔のコッペリア。

「それ、押し込み強盗に入って盗むものがなかったので、八つ当たりで火をつけていく極悪人の台詞ですわよ！」

そう咎める私に対して、コッペリアが不本意そうに反駁します。

「丸太を担いで強行突入した段階で、ほぼ押し込み強盗だと思いますけど？」

「丸太は自衛のための手段ですわ。扉の向こうに、どんな恐ろしい相手が待ち構えていたか、わかったものではありませんでしたもの」

いわば、鬼が出るか蛇が出るかわからない藪を、棒でつつくくらいの用心です。

そういえば、男性が女性に先を譲るレディファーストの本来の目的は、扉の向こうに女性を先に行かせて男性の安全を確保したり、いざというときの盾にするために前を歩かせたもの……という説がありますが、だったら女性は、自分で防御を固めないとやっていられません。

「そうなんですか？　クララ様は愛とか正義とかその場のノリで、世のため人のためなら自己犠牲を厭わない、ノーガードの究極のドMだと思っていたので、正直その考えは意表を突かれましたね。ちなみにワタシ自身は、クララ様以外の他人《ヒト》のために働いたら負けだと思っています」

「……あなたとは一度腹蔵なく話し合って、きっちりとケリをつけたほうがよさそうね。いろいろと……」

コッペリアの私に対する評価と、人造人間《オートマトン》とも思えない価値観にはいろいろと問題があるようですので、折を見てじっくりと腰を据えて、意見の擦り合わせをする必要性を痛感したのでした。

そんな私に向かって、

「クララ様。前から思っているんですが、女子同士の会話はもっとふわっとしたもんですよ？　結論を出さずに『そうよねー』『わかるわー』と、共感だけしておくもんです」

なってませんね～、と言いたげな口調で、即座にダメ出しをするコッペリア。

「敵地で、命がかかった状況で、途方に暮れて今後の方針を聞いたとき、『わかります』だけ言われて、どうなるのよ⁉」

爆発寸前の時限爆弾を前にして、「赤と青、どっちのコードを切れば⁉」と迷うところで、「ヤバいっすね〜」とだけ言って、傍らで共感する相棒なんて願い下げですわ！

「いや、クララ様なら……クララ様なら、ドラゴンがブレスをぶっ放す直前でも、『あらら、困ったわね〜』だけで済ませられるはず！」

「変な期待と信頼を寄せないでください‼」

自信を持って言い切ったコッペリアを窘《たしな》めていたそのとき、伽藍の反対側の回廊から数十人……ことによれば百人以上の衛兵だか騎士だかの集団が、殺気立った雰囲気で足音も荒く上ってきました。

完全武装ですけれど、心なしか暴走したトラックにでも薙ぎ倒された直後のように、ボロボロに煤けた風情なのが気になります。

「あら、ちゃんと職務に忠実な方々もいらっしゃったのね。ですが、気のせいかしら？　まるで人身事故の被害者が、ひき逃げ犯人を前にしたときのような、憤懣やるかたない殺気を放っていますけれど」

「そーですねー」

妙に空々しいコッペリアの相槌を合図にしたかのように、

「両手両足を突いて傾聴せよ！　神聖なる奥の院を汚せし大逆の徒どもよ。汝らの罪は、七度生まれ変わっても雪《そそ》ぐことはできぬ！　忠孝仁愛を旨とする乃公の忍耐も消え失せた。なかんずく乃公の寵愛を受ける誉れを台無しにし、結果、〈神子〉様や〈聖母〉様の逆鱗に触れ、乃公をこのような姿に変えた汝に対する憤りと怒りがいかばかりか、傾聴せよっ！」

一同の中から現れた派手派手しい長袍《チャンパオ》の男性――見た目は私と同年配で、けれども老獪《ろうかい》な雰囲気を感じさせる年齢不詳の青年――が、傲岸不遜な口調と態度で、集団の前に出てきて頭ごなしに命令しました。

「……誰ですか、いきなり出てきて土下座しろとかいう、この見るからに薄っぺらい馬鹿は？」

コッペリアが不快げな態度を隠さずに（まあ、いまだかつて本性を隠したことはありませんけれど）、傲岸不遜の青年を一瞥して吐き捨てました。

「――さあ……？」

見覚えはありませんが、口調と態度が著しくベナーク公に似ていますので、もしかすると親族かも……と、推測した私でしたが、当の本人がまるで舞台の主役のような大仰な仕草と、自己陶酔っぽい語り口で名乗りを上げました。自己顕示欲の塊みたいな相手です。

「頭が高い！　平伏せよ！　侍中ヘルベルト・ヤン・ネポムク・ベナークとは仮の姿。乃公こそは、世界最古にして最高なるイーオン聖王国を統べる、至上なる大教皇ウェルナー・バーニであるぞ！」

〝え⁉　もしかして、この癇癪が強そうな青年がベナーク公の中の人ですの⁈〟

唖然とする私に向かって、コッペリアが補足情報を伝えてくれました。

「クララ様、クララ様。イーオン聖王国っていえば正史からは抹消されていますけれど、もとは大陸を実効的に支配していた大国ですよ」

「へ～、グラウィオール帝国よりも格上だったのですか？」

「ええ……というか、遡れば帝国自体がイーオン聖王国の属国から独立した歴史があります」

コッペリアの説明が聞こえたのか、心なしか大教皇《ベナーク公》ウェルナーがドヤ顔を浮かべました。

「大英帝国が名を轟かす前の神聖ローマ帝国みたいなものかしら……？」

地球世界の知識をもとにそう連想する私ですが、だとすれば。

「立場的には大教皇《コレ》ウェルナーがルークの上位互換になるわけですか……？」

思わず、目の前でふんぞり返っているコレとルークの幻影を脳内で並べて、ボヤく私がいました。

滅びるのもむべなるかな……という感じですわね。

そうした含みを持たせた私の結論に、コッペリアが同感という顔で頷きました。

「まあ、イーオン聖王国を実質的に潰した最後の大教皇《ベナーク公》ウェルナーといえば、バカで無能で好色だったと有名ですからね。実際、ワタシも見た瞬間に納得できました」

「そうよね。いきなり上から目線で女の子に土下座を強要するとか、聖職者以前に、人間としての倫理観を疑いますものね」

受け入れがたい気持ちで嘆息する私に合わせて、コッペリアが私見を口にします。

「あれですよ。大方、コイツの見た目や金や権力で靡かない、それどころか虫唾が走るほど嫌っていた真っ当な感性の相手がいて、思いあまった結果、錯乱して品行下劣な本性をさらけ出し、せめて一発やらせてくれと土下座した……とかの黒歴史があって、その代償行動として女を土下座させて悦に耽る趣味にでも目覚めたんじゃないんですかね？　いわばブーメランですね。気持ち悪いですね～」

コッペリアの聞こえよがしの言いたい放題を前にして（まあ私も相槌を打っていましたが、あくまでメインはコッペリアの放言ですので）、大教皇ウェルナー《ベナーク公》の顔が怒りで真っ赤に燃え上がっていました。

わなわなと震える全身から発せられる憤怒の魔力波動《バイブレーション》が、床や壁、天井で反響して、ズズズズズズッ――という地鳴りとなり、双神高楼の巨大な建物全体が地震のように震えます。

いまにも落ちてきそうなほど揺れる照明を見上げながら、私はため息をついてコッペリアを窘めるのでした。

「さすがに言いすぎですわ、コッペリア。人を見かけや言動、印象で語るのはやめなさい」

「qawsedrftgyhujikolp!!!!」

刹那、大教皇ウェルナー《ベナーク公》が言語にならない金切り声で喚くのと同時に、一際巨大な震動が双神高楼を翻弄するかのように揺さぶり、同時に周囲の兵士たちが、磁石に砂鉄が引き寄せられるように大教皇ウェルナー《ベナーク公》のもとへと殺到し、そのまま泥団子をこねたかのように、ひとつの塊となって融合し出しました。

「……ほら、コッペリアが挑発するから、また面倒臭い展開になってきましたわよ」

「いや、いまのはクララ様が最後の一押しをしたと思いますけど」

お互いに罪のなすり付け合いをする私とコッペリアの目の前で、ふたつの顔――片方はベナーク公で、もう片方は大教皇ウェルナー《ベナーク公》――を持ち、六本の腕にそれぞれ十字型の剣を構えた、広大な伽藍内部でさえ窮屈に感じられるサイズの巨人……さしずめ〈両面宿儺《りょうめんすくな》〉といった見た目の鬼神が誕生し、怒りに燃える眼差しで私とコッペリアを睥睨するのでした。

「「殺ス殺ス殺ス殺ス！　貴様ラ、壊レルマデ犯シマクッテ殺シテヤルッ!!!」」

猛り狂う両面宿儺を前にして、その蛮声と叫びの内容に不快感を覚えた私とコッペリアは、阿吽の呼吸で足元の丸太を拾い直すと、魔力で強化するや否や、ふたりがかり全力でもって、丸太を両面宿儺の股間目がけて投擲したのでした。

声にならない絶叫を放ち、股間を押さえて仰向けに倒れる両面宿儺に向かって、お代わりの丸太を振り回しながら人間離れした腕力とスピードで殴りかかり、ラッシュで圧倒するジルとコッペリア。

融合された聖騎士の技量でもって、股間を押さえている両手以外の四本の手を使い、どうにかそれを技で受け流している両面宿儺の不利な状況を、大和殿の玉座の間から眺めながら――普通、これって化物と人間の戦い方としては逆の立場になるのじゃない？　あと、ジルとコッペリア《このふたり》は会話にギャグをはさまないと死ぬのかしら？　と思いつつ――アチャコが苦々しい口調でストラウスに語りかける。

「せいぜい『色欲《ルクスリア》』か『強欲《アワリティア》』がいいところだと思っていたのだけれど、いきなり最上級の

『驕慢《スペルビア》』となるとは、予想以上ね。とはいえ、双神高楼で戦わせる必要はないでしょう？　アレに万が一のことがあれば……」

　気遣わしげに双神高楼二階の様子を眺め、気もそぞろなアチャコに対して、ストラウスは微かに笑みを浮かべて、

「現在の不安定な状況では、上級クラスの〈堕天使〉への転化を行うには、双神高楼の儀式場を使うのが最善でした。それに別に問題はないでしょう。あそこにあるのはただの残り滓。私という存在へと霊的な昇華を果たす前の原点にしか過ぎません。逆に疑問なのですが、なぜそれほど気にかける必要があるのですか、我が母よ？」

　優しげにそう言い聞かせるのだった。

　他意のない純然たる疑問だと理性ではわかってはいるものの、そこに心なしかあてつけがましさを感じて、アチャコは押し黙った。

「………」

　無言のまま、目の前のストラウスと、双神高楼内の幻像とを見比べていたアチャコであったが、

「……たとえいかなる姿であろうと、我が子を想うのは母としての本能。ストラウス、たとえば私が死んだら、あなたはどう思いますか？」

　どこか縋《すが》るような問いかけを発する。

「哀しみましょう、心より。我が母よ。貴女がそう望むのなら」

　淡々とそう答えるストラウスを前にして、もどかしげな……あるいは苛立たしげな表情になった

アチャコは、

「お前は——っ……！」

　感情的になにかをぶつけかけ、寸前のところで押しとどめた。

　そうしてストラウスから視線を外して、なにも言わずに背を向けたのだった。

「さすがはクララ様。金的への攻撃に、一切の躊躇がありませんでしたね！」

「当然ですわ。非力な女子が、屈強な男性相手に身を守るには、金●を蹴り上げ、目に指を突っ込んで、髪の毛が引き千切れるまで引っ張るのがセオリーですから」

　股間を押さえて、その場でジャンプをしながら身悶える両面宿儺相手に、コッペリアとふたりで小ぶりの丸太を振り回しながら、再び股間を狙う——と見せかけ、フェイントをかけて弁慶の泣き所《むこうずね》を強打しつつ、間髪を容れずに私はそう答えました。

　ふたつの顔でステレオの絶叫を放ちながら後退する両面宿儺。

　大教皇《ベナーク公》ウェルナー本来のものなのか、融合された騎士たちの技術なのかは不明ですが、両面宿儺の剣技は非常に真っ当なもので、一国の騎士団長クラスの技量があります。しかも、それが六本の腕から繰り出されるのですから、まともに相手をしていては、体格差と手数の違いから、いくら私が強化していようと、コッペリアとふたりがかりでも、正面からやり合えるのは数合がいいところでしょう。

ですが、その真っ当な剣技を縦横無尽に使うためか、女媧と違って人型に近いゆえに、逆につけ入る隙がいくつもあったのは僥倖でした。

なんとなれば、まず前提として、この世界での剣技は基本的に片手で両刃の剣を持って、もう一方の手で盾もしくは斧や棍棒などのサブウェポンを持つことを基本としています。地球世界でいうところの西洋剣術に近いでしょう。

その性質上、剣も切れ味よりも丈夫さが重視された両刃の剣が主体であり、日本刀のように先端に近い部分で沿わせて切るのではなく、全体で押し潰すように叩きのめすか、もしくは突き主体のフェンシングのような戦闘スタイルになるのが普通です。

そのため、いかに効率よくメインウェポンとサブウェポンを組み合わせるかを試行錯誤し、実戦を想定して槍などの長柄の武器、接近した際には槍を捨てて剣や短剣を使い、さらに組打ちを合わせたものを『剣術』とまとめて『〇〇流剣術』としています。

ただし、地球の東洋武術と違うのは、飛び道具を並行して学ぶという意識がなく（それは弓兵や魔術師の仕事と蔑んでいます）、また代々にわたって技を練って昇華させるという概念がないため（あくまでテキストを覚える……という感じで発展性がないのです）、意表を突いた不測の事態――ぶっちゃけ、初見殺しに滅法《めっぽう》弱いという欠点があるように、私には思えます。

この両面宿儺もそうした剣士の延長……と見て取った私たちは、最初に飛び道具《丸太》で先制し、そのあとは正面からやり合わずに、徹底的に急所狙いでボコっているわけですが――。

「……なにげにクララ様って容赦《エゲツ》ないというか、卑怯を卑怯と思わないところがありますよね。というか、それ護身術ですか？」

　物理攻撃の合間合間に、得体の知れない液体が入ったビーカーを投擲しながら（着弾して中身がかかったところから、火が出たり、溶けたり、紫色に変色したりしていますが、決定打にはほど遠いようです）首を傾げるコッペリア。

「攻撃的防御ですわ」

「そんな理屈は初めて聞きましたが……」

　ですが、そこに痺《シビ》れる、憧れるゥ！　と喝采を放ちながら牽制の手を休めて、代わりに向こう脛を押さえて絶叫した両面宿儺の背後に回ったかと思うと、

「必殺っ、ゲイ《Gay》・ボルグ《Bolg》ーーーッッ!!」

　ふんどし越しに秘口――後蕾、肛孔、後孔、肛蕾、狭間、バックなどなど、専門用語ではあげつらわれますが――要するにお尻の●目がけて、異様に慣れた手捌きで丸太を突き刺すコッペリア。

「……微妙に発音が違いますわよ？」

　伝説の魔槍であるゲイ《Gae》・ボルグ《Bolg》。確かに用法は間違ってはいませんけれど……。

　一瞬の抵抗ののち、湿ったような怪音とともに、五メルトはありそうな丸太の半ばほどまでが両面宿儺の体内へと沈み込みました。

「「アッーーーーーーーーーーー!!!!」」

　途端、雷に打たれたかのように両面の目と口を大きく見開き、一瞬棒立ちになった両面宿儺。

そうして、そのまま口から泡を吹いて前のめりに倒れたところを、好機とばかり、より大型の丸太でタコ殴りにする私とコッペリア。

ボコボコボコボコ……。

「……気のせいかしら？　以前にもこんな場面があったような気がするのよね。私――というか、誰かの記憶の中で……」

既視感《デジャヴ》を覚えながら小首を傾げる私に向かって、コッペリアが「気のせいですよ」と、気楽に答えます。

「既視感《デジャヴ》なんてものは脳の錯覚です。それともクララ様、以前に変質者のケツに杭を差し込んでボコボコにしたことがあるんですか？」

ボコボコガスガス……。

「……いえ、ありませんわ！」

あってたまりますか‼

「そういえば変質者で思い出しましたけれど、魔人国ドルミートの――」

単純作業に飽きた私が、ふと思い付いた話をコッペリアに振りました。無論、手を休めることはありませんけれど。

ガスガスメキメキ……。

五分後。思い出話に花が咲く私たち。

「でも、魔王《シャイタン》アントンの依頼で赴いた敵の根城で、いきなりボスの膝の上にいたペットの三毛猫を攻撃したときはびっくりしましたわ。――まあ、結果的にボスだと思っていた魔族は傀儡で、猫のほうが真のボス『大首領シャミセンⅢ世』だったわけですけれど」

『ふはははは、よくぞ見抜いた！』と、猫が立ち上がってマントを翻した姿が可愛かったので、思わず嬌声を放って首の下を撫でていましたわ。猫パンチされましたけれど。

「三毛猫の雄って段階で怪しかったですからね～。あと、お約束ってやつですよ。不死身を自称する奴がいたら、まずペットやマスコットを狙えというのが鉄板《セオリー》ですから」

「命を分散していて、同時に倒さないと復活するというパターンもありますわよね？」

地球世界のゲームとかなら。

「そういえばそうですね。……念のために両方とも息の根を止めておいたほうがいいでしょうね」

なにとは言わずに、丸太を突き下ろす速度を上げるコッペリア。

ゴツゴツメキ…グシャ……。

「――で、そもそもの問題は、私ひとりが和を重んじて、人間関係を円満円滑にしようと努力するところにあると思うのですよ。つまり私が要求しているのは、各自がもっと場の雰囲気や状況を察知して、会話や行動で穏便に人間関係を維持してほしいというか……」

日本人特有の『空気を読む』という特殊能力ですわね。

「クララ様。おっしゃることを軽くシミュレーションしてみますと、その技能は、マスターし過ぎてしまうと自分の意見がなにも言えなくなってしまう、諸刃の剣という結論が出ましたが？」

気の進まない表情でコッペリアが言い返しました。

まあ、確かに『すべてかゼロ』か『白か黒か』で、極端にデジタルで思考と行動をしているコッペリアには、至難の業かも知れません。

「いえ、ワタシの賢者の石による人工知能は、曖昧《あいまい》さにも対応していますよ？　そうでなければ『サービス残業五百時間か会社を辞めるか』レベルのクララ様のもとで働いていられませんよォ！」

「そんなブラックな職場ではありませんわ！」

ちょっと異空間で鬼神や蛇神相手にバトルをするくらいで。

そうこうするうちに、
メキグシャメキグシャ……。

足元から聞こえてくる音が泥をこねるような鈍いものに変わってきたのを感じて、私とコッペリアはお互いに目配せをし合いました。

「……そろそろかしら？」

「……そうですね。そろそろ原形をとどめていないかと」

敵とはいえ、鈍器で撲殺するという残虐行為から目を背けるために、日常会話を挟んで直視しないようにしていた私たち。

ともあれ、『いっせーのーせ《サンノーガーハイ》』で手を休め、足元の両面宿儺へ視線を落としたその瞬間――。

「――ウガオオオオォォォォォォーーーーッッ!!!」

半死半生の両面宿儺が、雄叫びとともに六本の腕と両足を使って、便所コウロギ《カマドウマ》のようにその場から飛び跳ねました。

「きゃっ⁉」

「……しぶとい」

爆発したかのようなその勢いに、丸太を吹き飛ばされる私とコッペリア。

見るも無残な有様になっていた両面宿儺ですが、なにかに魅かれるかのように跳び上がって、天井からぶら下がっていた丸い照明に手を伸ばします。


「バカな⁉　ストラウス、すぐに両面宿儺《あの愚か者》を止めろ！」

この様子を大和殿から遠隔視《リモートビュー》で眺めていたアチャコが、切羽詰まった勢いでストラウスへ命じた。

だが――。

「両面宿儺《アレ》を止めるということは、破壊すると同義ですが？」

飄々とした風情のまま、ストラウスは軽く肩をすくめてみせる。

「――くっ。やむを得ないわ。アレに代えられないもの」

苦渋の選択をするアチャコの顔を一瞥して、もう一度悠然と肩をすくめるストラウス。

「正気の判断とは思えませんな、我が母よ。貴女の言動は矛盾している。そもそもあのようなものに拘泥すること自体が誤りであると判断いたします。ならばこの機会に、無駄な未練は捨ててしまいなさい」

ストラウスの素っ気ない態度に、地団太を踏む勢いで歯噛みするアチャコ。

「お前は……ぐぐ……もうよい！　直接私が行って止めてこようっ」

その言葉とともにアチャコの全身が虹色の光に包まれ、次の瞬間弾けるように、その場から彼女の姿が消え失せるのだった。

最前までアチャコがいたあたりを眺めて、ストラウスが独り言ちる。

「『転移術《トランスファー》』か。だが、いまからでは間に合わないだろう」


「穢れた手でそれに触るな、下郎がっ!!」

刹那、聞き覚えのない切迫した女性の声が聞こえ、反射的にその方向を見てみれば、人間離れした美貌の妖精族《エルフ》――いえ、神聖妖精族《サンクトゥスエルフ》である――〈聖母〉アチャコが血相を変えて、いままさに螺旋回廊を上ってきたところでした。

「〈聖母〉！　実在したの!?」

これまでずっと肖像画と伝聞でしか知らなかった〈聖母〉の登場に、ツチノコを目の当たりにした気分で思わず唖然としたそのとき、照明に手をかけた両面宿儺が、それを抱え込む形で無造作に力を込めると、一瞬輝きを増した球体全体にヒビが入り、次いで琥珀？　黄金色？　に輝く液体が噴き出します。

「――むっ⁉　これは万能薬《エリクシル》と第五元素《エーテル》の混合液！　強力な再生薬です、クララ様！」

即座にその正体を看破したコッペリアの警告が響き渡りました。

〈聖母〉アチャコの制止を無視して、それどころかグッグッと、腐敗した汚泥のような嗤いを放ちながら、さらに球体を締め付ける力を強める両面宿儺。

それに合わせて、球体の内部から滝のように噴き出す、黄金色とも赤ともつかない光沢を放った、コッペリアが言うところの『再生薬』。おそらくは、以前目にした錬金術による『万物溶解液《アルカエスト》』の上位互換なのでしょう。触れたところから見る間に両面宿儺の傷が癒えていきます。

「――くっ、貴様ぁ……っ‼?」

それが逆鱗に触れたのでしょう。憤怒という言葉すら生温《ぬる》い降魔《ごうま》の相を満面に漲らせ、私とコッペリアは完全に眼中にない様相で、炎を噴き出しそうな視線を両面宿儺へと向ける〈聖母〉（他人のことは言えませんが、とても聖母《マドンナ》とは思えない形相です）。

口で言っても聞かないと判断した彼女が、即座に左手に嵌めていた指輪のひとつに触れたところ、まるで最初からそこにあったかのように、空だった手の中に一本の鞭が忽然と現れました。

乗馬などで用いられる革製の鞭《むち》ではなく、金属製で短めの、いわゆる『鞭《べん》』という武器に見えます。

「『収納の指輪』?!　地味ですけど、個数制限以外はほぼキャパが無限のアーティファクトですよ、クララ様！」

驚嘆！　というか、珍しいものを見た、眼福眼福――とでも言いたげな口調で、コッペリアがその指輪の正体を解説してくれました。

「――？」

そう声をかけられた私といえば、「へえ、いちいち亜空間から引っ張り出す手間がなくて便利そうね」と頭の片隅で思いながら、意識の大半を、いま初めて目にした〈聖母〉アチャコの全身へと向けていました。

どういうわけでしょう。なぜか彼女の雰囲気に既視感《デジャヴ》を覚えるのですよね。初めて会うのに初めてではないような、そんな気がして必死に記憶をひっくり返して……ですが、該当する記憶がないことに、どうにも納得できずに何度も首を傾げてしまいます。

まあ、そんなことを言ったところで、「錯覚です」の一言でコッペリアに切って捨てられるでしょうけれど。なぜか初対面の気がしないのですよね。

特にあの髪飾り。どこかで……どこかで、なにげなく目にしたような……。

そんな私の疑問を置き去りにして、

「死ねッ！」

すっかり回復した両面宿儺に向かって、その場から数度鞭を振るうアチャコ。

到底届く距離ではありませんが、大方なんらかの魔術的攻撃手段が取れる武器なのでしょう。とはいえ、目視でも霊視でも、特に目立った変化は見られませんでしたが――。

刹那、両面宿儺の三対六本の腕が肩口からスパッと切断され、天井からぶら下がる球体にしがみ付いていた巨体が、茫然自失といった表情のまま落ちてきて、床を抜けるほど揺らして、もんどり打って倒れ伏しました。

驚嘆すべきは、鞭を振るった瞬間、距離もタイムラグもまったくなしに、いきなり両面宿儺の腕がまとめて切断されたようにしか見えなかったところにあります。

「コッペリア、いまの攻撃見えた⁉」

不可視の光線なりマイクロレベルの刃なり、あるいは空間を超えたり、次元ごと切ったりしていないか、私以上に観測能力が高いコッペリアに確認してみましたが――。

「いいえ、まったく。空間的にも位相的にも『棒を振った』という事象以外、まったく変化がありませんでした」

そのコッペリアも、不可解な表情で首を横に振ります。

そんな私たちの困惑に応えるかのように――実際には、床に這いつくばる両面宿儺に向かってでしょう――吐き捨てるかのように、手にした鞭をこれ見よがしにひけらかして、アチャコが言い放ちました。

「〝使徒の傷痕《クレドブラーガ》〟。この鞭は『傷』という概念を与えるもの。ゆえに防御することも躱すことも不可能である」

「げっ、概念兵器ですか⁉!」

珍しくも、嫌そうな、あるいは厄介そうな顔で驚愕を露《あらわ》にするコッペリア。

「概念兵器？」

「事象に直接干渉できる類の禁呪が込められた兵器ですよ。伝説級武器《レジェンダリウエポン》の一部にある、『なんでも切れる剣』とか『絶対に切れない盾』とかのアレですね」

「……それって、矛盾の最たるものではないかしら？」

そんな私の素朴な疑問に対して、コッペリアは「いいえ」と、即座に否定しました。

「この場合は『剣で刺し貫けば』盾を簡単に貫通できます。あくまで『切れない』だけですから、それ以外の攻撃手段に対しては、まったくの無防備になります。あと『なんでも切れる』ってことは、鞘に収まらず下手をすればそのまま落下して、地面をどこまでも切って回収不能になります。そのあたりに概念兵器の使い勝手の悪さがあって、ほとんどが色物兵器と化しているのですが……」

とはいえ詳細がわからないうちは、脅威としか言いようがありませんわね。

あの『使徒の傷痕《クレドプラーガ》』という鞭。『傷を作る』という結果を先に、事象そのものに干渉してくるのでは、確かに防御も回避も不可能でしょう。

唯一の救いは、最初に私たちに向かって放たれなかったことで、多少なりとも対策を講じる時間を得られたところにありました。

もっとも、あの指輪を見るに、伝説級武器《レジェンダリウェポン》など山ほど手の内にありそうな気がするので、まったくもって楽観視はできませんけれど。

「千のコマ切れになって死ぬがいい！」

眦を吊り上げたアチャコが、芋虫のように床を這いつくばる両面宿儺に向かって、再び『使徒の傷痕《クレドプラーガ》』を振りかざそうとしたその瞬間、球体にへばりついていた両面宿儺の六本の腕が、五月雨のようにボトボトと落ちてきました。

そのうちの一本。特に球体の深くまで差し込まれていた右上腕が、一番最後に地響きを立てながら両面宿儺の顔（大教皇ウェルナー側《ベナーク公》）のすぐ脇に落ちてきて、その拍子に閉じられていた掌が開き、コロリと音を立てるようにして、うすだいだい色《ペールオレンジ》をした肉の塊のようなものがこぼれ落ちます。


体積の半分を占める大きな頭に小さな手足、へその緒も付いた……。


「……赤ちゃん？」

面食らう私に、マイペースを崩すことのないコッペリアが、掌で目の上にひさしを作って、遠目に見えた内容を口にしました。

「生まれていれば三十七週未満の早産児。性別はオスですね」

「──生まれていれば？」

コッペリアの引っかかる言い方に、私がオウム返しに聞き返すと、

「おそらくは死産ですね。『再生薬』のお陰で生きている状態を保っていますけれど、魂魄も生命反応もありません。肉人形《フレッシュゴーレム》も同然です」

まあ、本来『ゴーレム』は『胎児』って意味ですから、それ系統の研究成果ですかね～、と気楽に続けるコッペリア。

どのような理由で再生薬に浸かっていたのかはわかりません。ただ、胎児の遺体を無理やり引き

ずり出し、衆人の目の前に暴き出したというその光景に胸が痛くなった私ですが、それ以上――いえ、私など及びもつかない悲痛な、聞いているだけで胸が張り裂けそうな絶叫を放ったのはアチャコでした。

「嗚呼《ああ》ああああああああああああああああああああっ、坊やっ!!!!」

「――坊や？」

髪を振り乱して胎児の死体へと走り寄りかけたアチャコに先制して、両面宿儺の大教皇ウェルナー公《ベナーク》の顔が、その胎児の死体に覆い被さりました。

「「「――っ！？！」」」

そうして、これ見よがしに上体を起こして、口の中に入っている胎児をいつでも咀嚼できる……とばかりに見せつけます。

「動クナ聖母――否、アチャコ。指先一本デモ動カセバ即座ニ神子ハ肉片ト化スノデアル」

両面宿儺の反対側にあるベナーク公の顔が、同時にアチャコの反撃を掣肘《せいちゅう》します。

「くっ…………！」

咄嗟に『使徒の傷痕《クレドプラーガ》』を振り上げて、苦渋の表情で思いとどまるアチャコ。あまりの悔しさに、噛み締めた唇から血が滴り落ちています。

ギリギリで思いとどまったのは賢明でしょう。たとえ首を飛ばしたところで、あの状態ではその気になれば、最後の力で口の中のものを噛み千切ることは十分に可能でしょうから。

それはともかく、聞き逃せない単語に、私とコッペリアは思わず顔を見合わせてしまいました。

「〈神子〉……？」

「双子だったのでしょうか？」

ベナーク公の脅し文句に困惑を隠しきれない私たち。

あの死産した胎児が〈神子〉だというなら――実際、〈聖母〉アチャコの取り乱しようはとても演技とは思えず説得力があります――〈神子〉ストラウスとの関係は？

「くっ……ストラウス……ッ！」

ここにいないストラウスに向かって助力を乞うアチャコですが、そんな彼女の姿をせせら笑うベナーク公。

「無駄ダ無駄ダ。アレニトッテハコンナモノ、タダノ肉ノ塊ニシカ過ギン。イカニ星幽体《アストラル》パターンヲ複製シタトコロデ、人ナラザル人間モドキ。ソレハ乃公トトモニ、コノ実験場デ百五十年カケ、アレヲ造リ出シタ貴様ガ一番ヨク知ッテイルダロウ？　霊体代ワリニ〈白炎鳥《ホワイト・フェニックス》〉ヲ、肉体トシテ《水槍龍王《すいそうりゅうおう》》ヲカケ合ワセタモノノ、肝心ノ魂魄ニ当タル部分ガ空ッポデハナ」

「黙れっ、黙れーーーっ‼」

絶叫を放つアチャコを舐《ねぶ》るように、両面宿儺のベナーク公の顔が続けます。

「サンザン乃公ヲ馬鹿ニシテキタ貴様ダガ、ナンノコトハナイ貴様自身ガ蒼キ神ノ娼婦。タダノ性奴隷モ同然デアッタダロウ？　ナニガ聖母、ナニガ妻ダ。体ヲ売ルシカ能ノナカッタ娼婦モ同然ノ存在ガ！」

「黙れと言っている！　それ以上、言うなーーーーーーっ！！！」

アチャコの狂乱の様子を心地よい風情で眺めながら、ふと気が付いたという風な顔で、両面宿儺の四つの目が私のほうを向きました。

「ククククッ、知ッテイルカ？　蒼キ神ノ本命ハ貴様タチガ現在奉ジテイル紅キ女神ダッタノダ。アレハイイ女ダッタカラナ。コノ女トハ比ベモノニナラン」

嘘か本当か、思わず目を丸くする私。それではもしかして、世に名高い《神魔聖戦《フィーニス・ジハード》》の真相って、痴話喧嘩の発展形ですの⁉

唖然とする私を無視して、ベナーク公はさらに続けます。

「ソシテ結果的ニ聖母アチャコ女《コノ》ハ蒼神ニ捨テラレタノダ。マア当然ダナ、ショセンコノ女ハ紅キ女神ノ粗雑ナ代替物ダカラナ。ソシテソノトキニ命モ砕カレタ……」

『砕かれた』の意味合いが微妙ですわね。『殺された』ことの暗喩なのか、文字通りなんらかの方法で命を魔術的な誓約《ギアス》で縛られていて、それを通じて破壊されたのか……なんとなく後者のような気がしました。

ですが、そうなるとなぜ目の前のアチャコさん（話を聞いていると、なんだか同情してしまいました）が命を繋いでいらっしゃるのでしょう？　魔術的な誓約《ギアス》。ましてや当時の最高神が施したものを、たとえ神聖妖精族《サンクトゥスエルフ》といえども破棄できるとは思えませんが……？

「ダガ――」

「もうやめろっ！　やめてくれ‼」

悲痛なアチャコさんの懇願を無視して、ベナーク公がそのわけを口にしました。

「本来、死ヌハズダッタコノ女ノ代ワリニ、知ラズ胎《ハラ》ノ中ニイタ餓鬼ガ死ンダノサ。健気《けなげ》ナモノダ。本能的ニ母親ノ代ワリニナッタノダロウ。ダガソレニシテモヒドイ母親ジャナイカ、自分ノ身代ワリニ子供ヲ犠牲ニスルナンテ！」

「あ……ああああああああああああ……あああああああああああああああああっ!!!!!」

壊れたスピーカーのように「あ」という一言だけを繰り返し、焦点の合わない目で、胎児を瞳に映しながら慟哭《どうこく》の叫びを上げ続けるアチャコさん。

「ハハハハハ、ダガ滑稽《こっけい》ナノハコレカラダ。コノ女ハソノコトヲ認メラレズニ、死ンダ餓鬼――蒼キ神ガ意図シナカッタ私生児ヲ『神ノ子』トシテ生キテイルカノヨウニ振ル舞イ、模造品ヲ造リ出シテ〈神子〉だ〈聖母〉ダナドト箔付ケヲ始メテ悦ニ耽ッテイルノダカラナ。ダガ、所詮、模造品ハ模造品ニ過ギン。母親ノ嘆願ニモナンラ行動ヲ移サナイジャナイカ。アレハ〈神子〉ナドデハナイ。文字通リノ偶像ダ」

ベナーク公の露悪的《ろあくてき》な暴露によって、がっくりとその場で項垂《うなだ》れるアチャコさん。

実際、その言葉の通り、ストラウスの助勢の気配は欠片もありません。

「サテ、聖母サマ。命令ダ。巫女姫トヤラノ四肢ヲ飛バシテ乃公ノ傍ニ連レテコイ。達磨ニシテ、壊レルマデ犯シ抜イテヤロウ」

口に胎児を含んだまま、舌舐めずりをする両面宿儺。

「――クララ様っ！」

刹那、コッペリアが割って入り私が身を翻すよりも早く『使徒の傷痕《クレドプラーガ》』が翻り、

「が……?!!」

魔術防御など存在しないかのように、袈裟懸けに放たれた『傷』という概念によって、私の右腕と左足が斜めに切断されたのでした。

「――クララ様っ!!」

コッペリアの悲痛な叫びが響くなか、灼熱の鉄棒を押し当てられたかのような痛みが右手の二の腕、そして左足の太腿のあたりに奔《はし》り、あまりの痛みに――事前に覚悟を決めていたのならともかく、『傷痕』という事象が突如として与えられたため――ショックで心臓が止まりかけたほどです。

そうして、くるくると宙を飛ぶ自分の右手を現実感のないまま斜めに見つつ、倒れた私の頭に浮かんだのは――痛みのせいで意識が混濁していたのでしょう――どうにもとりとめもなく、つまらない日常のことだけでした。

――右手がないと料理が上手にできなくなりそうね。

――そういえば、そろそろフィーア用のクッキーを補充しないと。

――コッペリアとエレンにも手伝ってもらって……。

――ついでにマフィンとかも作って、アラースとコロルの分も。

――ああ、早く帰らないと、皆がお腹を空かせて……。

――帰ったら………。

横倒しに倒れたところで、自分の左足が太腿のところから切断され、それでバランスを崩したのを、遅ればせながら理解しました。

同時に猛烈な痛みと、出血性ショックの各種症状を知覚します。

いまのところどうにか意識はありますが、この様子では数分としないうちに意識不明になるでしょう。

「クララ様ーーーっ⁉」

血相を変えたコッペリアが転がった私の腕を引っ掴んで、アチャコ（さすがに問答無用で手足を切り飛ばされて『さん』付けする気にはなりません）に背を向け盾になる形で、私に覆い被さるように縋り付きました。

「意識はありますか⁉　出血がひどいです。とりあえずワタシのエーテル代替血液を静脈注射で補いますが、このペースでは心臓への負担が大きすぎます。意識をしっかりと持って、治癒術を施術してください！」

テキパキと慣れた手つきで私の左手にテルフュージョン連結管を刺して、自分の左手に――ロケットパンチの接合部分をずらし――管を直結させるコッペリア。

血液とは非なる紅い液体が流れ込むのを確認しながら、私の切断された手足を接合させ、甲斐甲斐しくポーションやら霊薬《アムリタ》やらを振りかけます。それに合わせて私も手探りで治癒術を施しますが、どうも思ったほど効果が出ないようです。

「くっ――！　〝傷を与える〟という概念の影響で、治る傍から傷が再生され、逆に体力を消耗する

結果となっている。概念兵器の効果が打ち消されるまで、治癒は不可能……それまでクララ様の体力気力が持つ確率は――」

歯がみしながら、エプロンポケット型の亜空間収納袋に手を入れて、

「あれでもないこれでもない」

と焦りながら、牛の首やら食器、ぞうきん、おもちゃなどガラクタを放り出すコッペリア。

どこかで見たことがある光景に私がかすむ目で苦笑しかかったところで、

「――邪魔だ」

そんなコッペリアの背中に向かって、こちらも切羽詰まった形相のアチャコが『使徒の傷痕《クレドプラーガ》』を縦横に振るいます。

「……いけない、逃げて、コッペ――」

いくら頑丈なコッペリアといえど、問答無用で『傷を与え』られては、ただでは済まないでしょう。

「そうはいきません。このコッペリア、『やるな』と言われると逆になになんでも反対するのが大好きだからです」

自分でも思いがけなく力が入らない、秋の終わりのキリギリスのような声に対して、コッペリアが断固とした口調で、それはそれで説得力のある返答をしました。続けて、

「それに、世界が滅ぶのはどーでもいいですが、クララ様の損失は看過できませんので、死なばもろともです。――これがホントの冥土《メイド》の道連れってやつですね」

そう笑って言いながら不動の姿勢で、懸命に私の救命措置を継続するコッペリア。

普段はおちゃらけているのに、土壇場で我が身を犠牲にすることを厭わないコッペリアの献身に、私の頬を痛みとは別の涙がこぼれ落ちました。

ですが、案に相違してとどめの痛みは襲ってこず、コッペリアもピンピンしたまま両膝を突いた姿勢で処置を続けています。

「…………？」

なぜ？　という疑問に答えて、アチャコがコッペリアの背中を見据えて舌打ちしました。

「──ちっ、生命体ではないのか」

その呟きに、私はハッと閃いて、自分の体と床とを霞む目で必死に見比べ確認します。

見たところ、服にも床にも一切の傷痕はありません。『使徒の傷痕《クレドプラーガ》』の先端が描いた軌道から逆算すれば、どうしたってどちらにも余波が及んでいるはずですのに、傷ひとつないというのはおかしな話です。それはつまり──。

──『なんでも切れる剣』ってことは、鞘に収まらず下手をすればそのまま落下して、地面をどこまでも切って回収不能になります。そのあたりに概念兵器の使い勝手の悪さがあって……。

同時に、先ほどのコッペリアの台詞が脳裏に甦りました。

そう、そうです！　あの『使徒の傷痕《クレドプラーガ》』が無作為に『傷を与える』のなら、剥き出しで持っている段階で、そこいらじゅうが無限に傷だらけになっているはずです。それがないということは、制限があるということ。そして先ほどのアチャコの台詞から類推される結論は……。

「コッペ……あの鞭は、生身の部分にしか傷を……与えられな……それに、対象を目視しないと……効果が……遮蔽を……布一枚でも防げるはず……」

「‼　──了解《く》しましたっ」

私の意を酌んだコッペリアが、エプロンドレスの亜空間ポケットから、先ほど中庭でアフタヌーンティーを飲んだときに使った純白のテーブルクロスを出して、カーテンのように私の全身をすっぽり隠す形で広げます。

同時に二本の竜の牙を放り投げて、その場に〈撒かれた者《スパルトイ》〉を生み出し、テーブルクロスを持つように命令しました。

これで『使徒の傷痕《クレドブラーガ》』の攻撃は防げるはず。

「──フ……『氷結《フリーズ》』」

とりあえず出血を止めるために、手足の断面を凍らせて、ついでに無理やり接合させます。

「……まずいですね。バイタルが危険値へ迫っています」

一段落ついたところで緊張の糸が切れたのか、憔悴したコッペリアの声が徐々に遠くなっていくのを知覚しながら、私は必死に意識を繋ぎ止めようと目と耳に神経を集中して、周囲の情報からこの絶体絶命の状況を打破する方策を探ります。

いまのところ両面宿儺はニマニマと嗤いながら、私たちの危機を傍観しているだけのようです。

一方、テーブルクロス一枚で必殺の攻撃が無効化されたアチャコは、私たちの小細工に激昂した様子で、

「おのれ、小癪な！　ならば我が力の神髄を見せてやろう！」

『使徒の傷痕《クレドブラーガ》』を利き手側ではない左手に持ち替えて、代わりに儀式用らしい短剣と、首からぶら下げるタイプのペンタクルを取り出しました。

「《風の精霊王《ヴェントレークス》》！　《地の精霊王《フムスレークス》》！　我が意に従えっ！」

風の象徴である短剣と地の象徴であるペンタクルを媒介にして、即座にその場に四大精霊王のうちの二柱を顕現させるアチャコ。

さすがは神聖妖精族《サンクトゥスエルフ》だけのことはあります。私の知る限り事前準備も媒体もなしで、即興で精霊王を召喚した例など、〈妖精王《オベロン》〉様と〈妖精女王《ティターニア》〉様のふたりがかりで、一柱が限度でしたのに、単身で同時に二柱とは……。

ですが、あまりにも行動が近視眼的ですわ。いくら我が子（の亡骸《なきがら》）を人質に取られているとはいえ、私なら敵の敵は味方と考えて密かに協調路線を模索するところですが、そういった考えは一切ないようです。

「……これは、さすがに厳しいですね」

神には及ばないまでも、それに準じる精霊王二柱を前にして、コッペリアの口から珍しく悲観的な言葉が発せられました。

「貴女だけ……逃げてもいいの……よ？」

答えのわかっている私からの誘いに、コッペリアは晴れ晴れとした顔で答えます。

「〝豚は豚連れ牛は牛連れ〟っていうではないですか。最後までお供しますよ、クララ様」

「……それを言うなら〝牛は牛連れ馬は馬連れ〟よ。ブタとか言わないで……」

「――クララ様、意外と余裕がありますね。そんなにブタが嫌いなんですか？　ブタに親でも殺されたんですか？」

呆れたようなコッペリアの軽口に答えようとして、私は意識が急速に霞んでいくのを自覚しました。

ダメ……いま眠りについたら多分、もう目覚められない。

そう頭の隅で思いつつ、急速な睡魔に抗いきれず、眠りに落ちる寸前、どこからかフィーアの遠吠えが、そしてルークや、ほかにも聞き覚えのあるたくさんの人たちの、私を励ます声が聞こえた気がしました。

❀幕間　フェンリルの覚醒と封鎖世界の崩壊……………………

〝精霊の道〟を通って三十分ほど。

本来であればS級の魔物でも容易に近付けない、【闇の森《テネブラエ・ネムス》】の中央部にわだかまる巨大な白い蓋のような『喪神の負の遺産』を前にして、稀人侯爵《マーキス》を筆頭とした一同は足踏みをしていた。

「――なんだ、これは⁈」

夜明け間際の払暁《ふつぎょう》の時刻。薄明を浴びて浮かび上がった白魔のドーム。だが、見飽きるほど見慣れたそれが、かつて見たこともない姿に変貌しているのを目の当たりにして、半精霊《ハーフスピリット》のアンナリーナを肩に乗せた稀人侯爵《マーキス》が、驚愕の声を放った。

「相変わらずけったくそ悪い壁だね。なおさら見苦しくなっているじゃないかい」

マーヤに跨がったままのレジーナが、盛大に顔をしかめて吐き捨てる。

「ぐーるぐる、ぐ～るぐるぐる♪」

歌うように、目前の光景を少ない語彙で表現するアンナリーナ。

実際、そう言い表すのが適当としかいえない姿に『喪神の負の遺産』は変貌していた。

本来であれば、真っ白な霧がお椀の蓋のような形でこの場にあって、どこまでも均一なドームの表面が、視界の隅々まで広がっているはずであった。だがいまはそれが不規則に波打ち、さらにはゴッホの絵のように、無数のカルマン渦を巻いて蠢《うごめ》いている。

「バカな……百五十年近く観察していたが、こんな異常事態は初めてだ。可及的速やかに超帝国本国へ報告しなければ――！」

「落ち着かれよ、侯爵《マーキス》殿。偉大にして聡明なる姫様と円卓の魔将殿らが、この大事を見逃すわけがない。しかして静観を選んでいるということは、とりもなおさず、そこに我々には与《あずか》り知れぬ深慮遠謀があるはず。もしくは、侯爵《マーキス》殿で十分に対処可能と判断しているのであろう。ゆえに古来より〝一片の氷心玉壺《ひょうしんぎょくこ》に在り〟と申すように、周囲が浮足立っているときこそ、将たる者が率先して意《い》気自如《きじじょ》、春風駘蕩《しゅんぷうたいとう》たる威風を示すべきではござらぬか？」

動揺する稀人侯爵《マーキス》を精神論で諌めるバルトロメイ。

なお、ルーク、セラヴィ、エレンの三人は、目の前に聳える山脈のような『喪神の負の遺産』の圧倒的なスケールを前に絶句して、取り乱すよりも先に茫然自失となっていた（そもそも普段との違いがわからないので、異常事態だという認識がない）。

「……しかし、ただここで手をこまぬいて、眺めているだけでは話になるまい。せめて多少なりとも内部の状態を確認できれば――」

ちらりと視線を向けられたアンナリーナは、足をバタバタとさせて一言――。

「ム～～リ～～。フツーだったら、ちょっとガンバレば奥まで行けるけど、いま入ったらぐちゃぐちゃになるよー」

半分は精霊――それも『喪神の負の遺産』内部で生まれた――であるアンナリーナは、唯一『喪神の負の遺産』内部と外部を行き来できる存在である。もっとも自由自在とはいかず、荒い海の中を素潜りで進むような労力と制限が存在するようで、よほど凪《な》いだ状態のときでもなければ、自ら進んで行きたいものではないらしい。

時化《しけ》どころか、見るからに超大型台風でも襲来しているようなこの状況で突入するなど、自殺行為も同然ということになるだろう。

「……打つ手なしか……」

断腸の思いで稀人侯爵《マーキス》がそう絞り出すと、その言葉で我に返ったらしいセラヴィとエレンが色めき立って詰め寄る。

「どういうことだ。ジルの安否確認もできないということか⁉」

「ここで指をくわえて見てるだけ⁉ それじゃあ、あたしたちなんのために来たか、わからないじゃないの！」

「心慌意乱《しんこういらん》であるな。しかしながら、この場で無駄な議論に時間を費やすよりも、勇往邁進《ゆうおうまいしん》してこそ、浮かぶ瀬もあるのではないかな？ かの男子《おのこ》のように」

そうバルトロメイが指し示す先では――。

「――この中にジルが閉じ込められているのですね？」

ルークは座して待つ時間など寸毫《すんごう》たりとも惜しいとばかり、『喪神の負の遺産』を前にして、伝家の宝刀・聖剣メルギトゥルを構えていた。

帝族であり、レジーナの子孫でもあるルークの潜在魔力量は、並の魔術師を大きく凌駕する（少なくともセラヴィの数倍はある）。特段魔術の訓練を積んでいなかったため、いままではそれを効率的に行使することができなかったが、ジルから譲り受けた（ルークはあくまで借りているつもりだが）この聖剣によって、その魔力を効果的に放出する蛇口を得たルークは、己の全魔力と精神力を上乗せして、光り輝く魔力の刃をかつてないほどの威力で解き放った。

上段に構えた光の刃が、茜色に染まる上空の雲を切り裂く。

「ほう、やるものであるな」

「これはなかなか……竜種でもまとめて一刀両断できそうだな」

「ふん！　色ボケの火事場の馬鹿力だね。けど、まだまだ収束が甘い。未熟もいいとこさ」

下手をすれば成層圏まで到達しているかも知れない聖剣メルギトゥルの刃を前にして、感心するバルトロメイと稀人侯爵《マーキス》。対照的に、苦虫を噛み潰したような顔でダメ出しをしたのは、身内のレジーナである。

祈るような気持ちでエレンがルークの背中を見詰め、セラヴィが品定めでもするような目つきで『喪神の負の遺産』と見比べる前で、

「――でやーーーーっ!!!」

渾身の気合とともにルークが聖剣メルギトゥルの刃を『喪神の負の遺産』目がけて一文字に切り落とした。

一瞬だけ波打つドームの表面がたわみ、刹那、肉食魚がひしめく川面に肉の一切れを放り込んだかのように、莫大な――かと思われた――聖剣メルギトゥルの光刃があっさりと呑み込まれる。

「……くっ……」

心身ともに消耗して、がっくりと膝を落とすルーク。

「ルーカス公子様！」

「山火事に松明で対抗しようとしたようなもんだ。総合的なエネルギー量が比較にならないな」

血相を変えてルークに駆け寄るエレンと、鼻白んだ表情でそう結果を評するセラヴィ。

「なんの。〝愚公山を移す〟と申して、いかに無駄に見えようとも、努力の積み重ねで人は山をも崩すことができるのである。努力を嘲笑うことなど、ゆめゆめあってはならぬ」

そんなセラヴィをバルトロメイが窘めるのだった。

『とはいえ、どうしたものか……』

バルトロメイの長口上を聞き流しながら、ほぼ全員が途方に暮れたその瞬間――、

「うおぉんっっっ（マスター）！！！」

エレンに抱えられたまま、ぐったりしていたフィーアが、突如として悲痛な咆哮を放った。

「「「――ジルッ?!?」」」

その切迫した響きから、その場にいた全員の胸に途轍《とてつ》もない不安が閃光のように去来し、ルーク、セラヴィ、エレンが同時に口走る。

「みゃおおおおおおおおおおおおおおおおおおおおおおおっ!!」

それを肯定するかのように、レジーナの使い魔《ファミリア》である〈黒暴猫《カバリュ》〉マーヤが全身の毛を逆立て、『喪神の負の遺産』へと遠吠えを放った。

「――ちぃ、いまバカ弟子が死にかけている。魔術経路《パス》を通じて駄犬《フィーア》が感知したようだね」

マーヤの叫びを通訳したレジーナが焦りにも似た表情で、渦巻く『喪神の負の遺産』を見据える。

「「「「っっっ⁉」」」」

「待て待て。短慮軽率な行動は、事態を悪化させるだけであるぞっ！」

ルーク、セラヴィ、エレン、そして稀人侯爵《マーキス》が顔色を変え、無策で『喪神の負の遺産』へ飛び込もうと走りかけた機先を制する形で、鉄板のような巨大な戦斧《ハルバート》の刃が、その進行方向上を塞いで地面に突き刺さった。

と、物理的にも足止めされたエレンの腕の中からフィーアが飛び出し、『喪神の負の遺産』に向かって走り出す。

「あっ、待ってフィーアちゃん⁉」

エレンの制止も振り切って疾走《はしり》しながら、仔犬大だったフィーアが牡牛大の〈天狼《シリウス》〉と化し、さらには家ほどもある〈神滅狼《フェンリル》〉へと姿を変える。

「ウォオオオオオオオンンンッッ‼‼」

そのまま躊躇《ためら》いなく『喪神の負の遺産』へと頭から突き進むフィーア。

「ちっ。いくら〈神滅狼《フェンリル》〉でも、あの傷でこの状態の虚霧に飛び込むのは自殺行為だよ！」

切羽詰まった形相で舌打ちをしたレジーナが、慌てる一同――特にルーク――に視線をやって叫んだ。

「い、い、」

「ルーク‼」

生まれて初めて尊敬するオリアーナ太祖女帝《レジーナ》に名を呼ばれたルークが、目を白黒させながらも背筋を伸ばす。

「はいっ！」

「もう一度聖剣で虚霧を切り裂きな！　ただし、さっきみたいに散漫に全体に対して攻撃するんじゃない。フィーアの進む先に道を作るつもりで、針の先のように一点に集中させるのさ！」

「は、はい」

レジーナの指示に従って聖剣を構えるルーク。

さらに続けざま、残りの面子《メンツ》にも罵声が飛ぶ。

「どいつもこいつもボケっとしてないで、ルークに手を貸したらどうだい！　『手当』って言葉があるだろう。触れることで、多少なりとも魔力や生命力《エナジー》を譲渡することができるのさ。そこに想いを込めて、虚霧に囚われているジルに届けるつもりで踏ん張りな‼」

その言葉で我に返った一同が、一斉に手を伸ばしてルークの肩や背中に手を当てる。

見ればフィーアは、いましも『喪神の負の遺産』へと突入するところであった。

考える暇はない――。

「ジルーーーーーーーーーーーーッッッ‼‼」

ルークの想いが込められた聖剣メルギトゥルの光刃が、再び上段から振り下ろされた。

『どうか君に、届けっ‼』

そんなルークの純粋な気持ちに呼応するかのように、普段はその人柄を反映させたように、どこか柔らかな陽光のような光を放つ光刃が、この瞬間すべてを薙ぎ払う烈日《れつじつ》と化したのだった。

まさに、一瞬ですべてを絞り尽くしたルークが倒れ込みそうになるのを、肩や背中に添えられた仲間たちの手が支える。

『ジル様っ！』悲痛なエレンの願いが。

『しっかりしろ！』苦悩するセラヴィの叫びが。

『無事に戻るんじゃなかったのか、アンジェリカ！』二度目の喪失の予感を糊塗しようとする稀人侯爵《マーキス》の哀惜が。

『ジル殿、皆が貴殿を待っているぞ！』力強いバルトロメイの激励が。

そして最後に、

『さっさと〈神子〉だろうと〈聖母〉だろうとぶちかましてきな、バカ弟子っ！』

言葉とは裏腹にもどかしげなレジーナの叱責が、同時に一条の光となって『喪神の負の遺産』を切り裂き、一筋の道を開いた。

そこへ疾風のように躍り込むフィーア。

途端、再生しようとする白い渦が、フィーアの体を吸収・分解しようと紫電を放ち、覆い被さるように蠢く。それに対して、限界まで大きく開かれたフィーアの口顎に、轟々と音を立てて白い霧が流れ込み始めた。

この、一見してただの霧のように見える【場】であるが、その実態は途轍もない超高密度エネルギーの集合体であり、ボソン（ボース粒子）、フェルミオン（フェルミ粒子）などの素粒子としての形態を持ちながら、同時に観測上質量（実体）を持たない幽霊のような存在でもある（そのため、惑星の運行や気象に影響を与えない）。ある意味、この世界《宇宙》にありながら別な小世界《宇宙》を形成しているといえるだろう。ゆえに、これに干渉するには、宇宙規模の天文学的エネルギーが必要ということになる。

そんな、ほぼ不滅の【場】に対して、『神を喰らう者』『天を喰らう者』との異名を持つ〈神滅狼《フェンリル》〉が喰らいついたのだ。

さしもの『喪神の負の遺産』も抗いきれずに、フィーアの体内に取り込まれる。だが、それも全体のエネルギー量に比較すれば微々たる欠損でしかなかった。即座に圧倒的なエネルギー量でフィーアに襲いかかる。

「グルルルッ！！！」

その瞬間、首輪《グレイプニール》――三重の安全装置が仕かけられた封印具であり、かの〈黄金龍王《ナーガ・ラージャ》〉ですら、第二《ドローミ》の封印までしか解けないとされる――の第一《レージング》の封印が霊的に弾け飛び、フィーアの全身が黄金色に輝いた。

惑星《ほし》すら呑み込む勢いで、負けじとフィーアが『喪神の負の遺産』を貪り喰らう。

だが、それでも一個の宇宙にも匹敵するエネルギー量を内包した『喪神の負の遺産』には、遥かに及ばない。

フィーアの息が上がり、全身が砕けそうな激痛が走る。

飽和するエネルギー量に対して、吸収がまったく追いつかない。

同時に、微かに繋がったままの魔術経路《パス》を通じて、ジル《マスター》の命がさらさらと風に吹かれる砂のようにこぼれ落ちていく様子が、手に取るように感じられて、再度フィーアは気力を振り絞って雄叫びを放った。

刹那、第二の封印《ドローミ》が解き放たれ、フィーアの三対六翼が一回り大きく神々しく広がる。

「ルォルルルルッ（マスター……）！」

太陽《恒星》ごと島宇宙すら呑み込む力を得たフィーアと『喪神の負の遺産』とのせめぎ合い。

フィーアの視界が、限界を超えた激痛と喪失の痛みに震え霞む。

「ガールルル、ガルーッ（フィーアはマスターのことが大好きなの）」

生まれて初めて目にしたのは、ジルの笑顔だった。

優しい笑顔、柔らかな温もり、とってもいい匂い。ぎゅっと抱き締められて嬉しかった。

「ウォオオオオ〜〜〜ン（マスターは世界の誰よりも優しくて温かだから）！」

一時的な均衡を保っていたフィーアの吸収と『喪神の負の遺産』だが、ならばとばかり莫大なエネルギーを圧縮化させ、物質化《マテリアライズ》させて結晶に似た姿と化し、『喪神の負の遺産』はフィーアに襲いかかる。

噛み砕き咀嚼するフィーアだが、結果、吸収が追いつかなくなり、押し寄せる結晶によって全身に傷を負う。

「ウオォオオオオオオオーーーーッッッ（フィーアが我儘を言っても、悪戯をしてもマスターは笑って許してくれたこと、フィーアは忘れない）‼」

ぐらりと大きく体勢を崩すフィーア。それでもギリギリのところで倒れずにその場に踏ん張り、結晶を薙ぎ倒す。

「……ガル……ガルルルル……ウォ～～～～ン（マスターが突然いなくなって寂しくて死んじゃいそうになったけど、きっと帰ってきてくれると信じていたから、フィーアは待っていられたんだよ）！」

突然ジルが消えて、戸惑いと哀しみから、自分の殻に閉じ込もるように眠り続けた一年間を思い出した。

そして、帰ってきたジルは、卵の中にいたときのように、目が覚めるまでもう一度ずっと寄り添ってくれていて、涙が出るほど嬉しかったことを。

使い魔《ファミリア》は、仕えるべき主人がいなくなったら、新しい主人を探すか自然に帰るかが普通だとマーヤは言ったが、そんなことはできないとフィーアは思った。

『あなたの名前は〝フィーア〟。私とレジーナ、マーヤの四番目の家族よ』

その言葉通りジル《マスター》はいつでも傍にいて、大切にしてくれた。さながら姉のように、母のように。

そんな、自分にとってもなによりも大切な家族！

マスターはこの世でたったひとりであり、その存在がすべてなのだと悟ったのだ。

「ウオーーン（マスターー！　マスターっ‼　マスターーーッッッ）!!!」

どんどんと希薄になってくるジルの命と自分の存在。

圧倒的なエネルギー量で押し潰そうとする『喪神の負の遺産』に閉じ込められながら、歪む視界の中でフィーアは涙を流した。

「ルオォーーーン（どうかフィーアを置いていなくならないで）！」

消し飛ばされそうになりながらも、ただただそれだけを想って、フィーアは最後の咆哮を放った。

「ルルルル……ウォ〜〜ン（ずっといつまでもフィーアと一緒にいて！　フィーアを傍にいさせて）‼」

ジルの意識が泡のように消えようとする寸前。

「オオ〜〜〜ン（マスターッ）！！！」

フィーアの全身全霊の祈りが【闇の森《テネブラエ・ネムス》】全体に木霊《こだま》し、その瞬間、けして解けるはずのなかった第三の封印《グレイプニール》が弾け、目も眩むような白金色に輝いたフィーアは、事もなげに『喪神の負の遺産』を――すなわちひとつの宇宙。ひとつの『世界』を――呑み込んだのだった。

【第二章】旧時代の終焉と【闇の森】《テネブラエ・ネムス》の再生

無明の闇へと意識が落ちる寸前、

『オオ～～～ン（マスターッ）！！！』

魂を揺さぶるフィーアの遠吠えが聞こえた気がして、一瞬にして私に活が入れられました。

同時に、細く頼りなかった魔術経路《パス》が、いまにも切れそうな麻の糸から、いきなり鋼鉄製の鎖に変わったかのように強化され、本来は術者から使い魔《ファミリア》に譲渡されるはずの魔力が、逆にフィーアから途方もない勢いでフィードバックされるのを実感しました。

途端に、消えかけていた種火に燃料を投下されたかのように、たちまちにして私の全身に活力と魔力《オド》が満ちあふれます。

「これは……フィーア？」

唖然とする私ですが、突然の変化は私の内面だけでなく外部にも及んでいたようで、刹那、封都インキュナブラ――いえ、この封鎖世界そのものが震えたかと思うと、蒼天の空が、拭い去られたようにあっけなく消え去り、代わりに朝日に輝く明け方の、ごくありふれていて、それでいてほっと気持ちが落ち着く黎明《れいめい》の空へと入れ替わったのでした。

「なっ……!?　『虚霧』が消え去った！　そんな馬鹿な――?!!」

愕然とするアチャコの動揺――その衝撃で集中が途切れたのか、二柱の精霊王も霧散してしまいました――を見逃さず、「チャ～ンス！」とばかりコッペリアが放ったロケットパンチが、アチャコの左手に握られていた鉄鞭『使徒の傷痕《クレドプラーガ》』をひったくり、

「――よっと」

手元にきたところで躊躇なく、両手と膝とでそれをへし折ります（いちおう伝説級《レジェンダリ》の失われた遺産《オーパーツ》なのですが、敵のものだとなると一切の躊躇も呵責もありませんわね……）。

「ふふん、これで概念兵器の効果もなくなったはずですね。――多分」

あっけらかんと言い放ったコッペリアの適当な推測を肯定するかのように（逆に、取り返しがつかなくなる可能性って考えないのかしら？）、

「えっ⁉　えええええええ～～～っ⁉⁉」

私の全身から噴出する余剰魔力によって、『氷結《フリーズ》』で強制的に繋げていた手足の氷が砕け、切断された傷が『自動治癒《バイタルガード》』によって自然とくっつき、傷痕ひとつ残らずに完全治癒したのでした。

立ち上がって、その場で軽く屈伸をしたりジャンプをしたりして、体の具合を確認する私。

違和感は皆無で疲労感や倦怠感もゼロです。なにより、この世界に来てから感じていた、全身に纏わりつくような妙な圧力と視線が綺麗に拭いさられた感じで絶好調です。

「前よりも調子がいいんじゃないですか？　具体的には三十八％ほど。つーか、全身から余剰魔力が迸っているのですけど、なにげにクララ様って、死にかけると超回復でパワーアップする体質なんですね？　もう二、三回死にかけてみてはいかがですか。多分、聖女を超えられますよ」

呆れたようなコッペリアの言葉に、私は肩を軽く振り回しつつ、先ほどまで発動しなかった上級

氷系呪文の『凍る世界《コキュートス》』を無詠唱で放ちました。

「グアアアアアアアアアアッ‼」

即座に発動した『凍る世界《コキュートス》』は、切断された腕をトカゲの尻尾のように再生させて、コソコソとこの場から密かに逃げ出そうとしていた《フェードアウトしようと》両面宿儺を、狙い過たず氷漬けにしました。

「どこぞの戦闘民族ではないのですから、そんなチートな生態はしていませんわ。いまは一時的にブーストがかかっている状態なだけです」

さすがに、こんな魔力の余剰過多な状態は、いつまでも維持できるわけがありません。下手をすれば自家中毒のように、迸る魔力で自爆するでしょう。

「――我が偉大なる〈聖母〉よ」

その瞬間、ふと上空に強力な魔力の気配を感じて振り仰いでみれば、〈神子〉ストラウスが背中の翼を広げて空中に浮遊していました。

「外部からの干渉により、この【花椿宮殿《ラ・フルール・ド・カメリア》】を除外したすべてが消滅した」

淡々と告げられる事実の羅列に愕然とするアチャコ。

「……馬鹿な……」

「否、事実である。この宮殿も間もなく消え去るであろう。さらに、この場を目指して強力な力を持った存在が複数進行中である。速やかな撤退を提言する」

ストラウスの言葉に逡巡するとともに、凍り付いたままの両面宿儺――その口にくわえられた胎児――へちらりと視線を巡らせるアチャコ。

「ふむ。我が母はいまだに、我が躯《むくろ》に未練を残しているようだ。すべての霊的パターンを採取し、我という身に宿したいま、ソレは単なる抜け殻にすぎぬ。執着するなど合理性に欠ける。ならば後顧の憂いを断つべきか」

そう、独白するように結論付けたストラウス。その言葉の意味を即座に悟ったアチャコが、

「待っ――‼」

と、血相を変えて止めるよりも早く、ストラウスの腕の一振りから白炎が噴き出し、抵抗も覚悟をする間もなく、凍り付いていた両面宿儺を燃やし尽くしました。

当然のことながら、口に咥えられていた胎児の亡骸も、まとめて荼毘《だび》に付されます。

「あ、ああああああああああああ……ああ～～～～っ」

合わせて、地面に両膝を突いたアチャコの、魂を切り裂かれるような慟哭が響き渡りました。

「より完璧な存在へと昇華した以上、不要な残り滓《かす》は無用。蛇が脱皮した皮を捨て去るように、母の胎内より出でし赤子がもう母の中に戻れぬように、それすなわち自明の理。母よ、いつまでも腐肉にかまけている場合ではないでしょう？」

冷徹に告げるストラウス。相変わらず人間離れした魔力《オド》と生命力《エナジー》を内包していますが、不思議と半日前に会ったときほどの底知れぬ……絶望的なプレッシャーは感じません。

おそらくは封都と『喪神の負の遺産』が霧散したことで、ほぼ無制限に補充できていた魔力と生命力《エナジー》の流入が途絶したからでしょう。まあそれでも《神》と名乗っても反論できない力は持っていますが。

ついでにいうと、魔力探知《サーチ》を向けてみれば、前には気が付かなかった違和感――心と体と魂。そして霊気《プラーナ》と魔力《オド》と精霊力の微妙なズレ――を感じて、私は首を捻りました。

「――この気配、龍種？　それと精霊の炎？」

魔術ではない強力な精霊の働きを感じて、思わず私が口に出すのと同時に、コッペリアがうんざりした顔で、同じくストラウスを見上げて吐息混じりに吐き捨てました。

「またパッチワークですかぁ。さっきの蛇だかナマコだかの女といい変態二面男といい、ここの施設は精霊と人間とドラゴン系の魔物との混合物の作製を目的としているようですけど、今度の奴はまた一番ひどいですね。最上位精霊と龍王クラスのドラゴンを無理やり人に模した器に収めたようですが、肝心の人の魂魄が空っぽじゃないですか。ワタシなら失敗作と見なしますよ？　出来損ないもいいところですね」

コッペリアの分析に、霊視した私は思わず小首を傾げます。

「魂はあるように感じますけれど？」

それも、並の人間では到底持ち得ない莫大な霊気を内包した、ほとんど解析不能なブラックボックスのような魂魄を。

「クララ様、それは見かけ上の模造品《ダミー》です。おそらくは、先ほど始末された胎児の霊的パターンを複製して――複製は複製。いかに巧妙に似せても、魂は唯一無二ですから別物ですが――そこに、えらく大量の魂魄を押し込んで、蠱毒の要領で作り上げられた疑似魂魄がその正体ですね。だからワタシは、悪趣味極まりない『パッチワーク』と言っているわけです」

コッペリアの手厳しい評価に、

「うるさい、うるさい、うるさいっ!!! コ、コレが失敗作なのは私が一番よくわかっている！ だが、それでは誰が我が子の素晴らしさを、偉大さを伝えるというのだ！ 誰からも必要とされず、闇に葬られた我ら母子の無念を、誰が晴らすというのだ⁉」

癇癪を起こしたように両手で地面を叩き、空に向かってアチャコが絶叫します。

「聞いているのだろう、緋雪っ！ ――ああそうだ、別に私は蒼神《あれ》を信奉していたわけでも、愛していたわけでもない。ただ利用してやっただけだ！ あいつが不要として捨てた我ら母子の踏み台として、我が子を新たな神とするための前座として、貴様らを旧弊な過去の遺物とすることで、我が子が光り輝く存在と化すようにお膳立てしたのだっ」

まさに、天に向かって轟然と怒りの声を張り上げるアチャコ。

「だが、貴様らにそれを非難する資格があるか⁉ 貴様の代わりに娼婦のように扱われ捨てられ殺された私と、私を助けるために、たったひとり生まれることなく命を捨てた我が子！ その思いを！ 無念を！ 復讐を！ 誰が罪と断じる⁉ 貴様らが非難できるのか⁉ それでも我ら母子を不要とするのなら、このような世界は滅びればいいのだ!!!」

激昂する彼女の言い分にも同情できる部分は多々ありますが、その手段が過激で常軌を逸し過ぎています。そもそも肝心の当事者（旧神と息子さん）が泉下にいる以上、なにをしたところで自己満足に過ぎないのですから、普通に魂の安息を祈ったほうが、よほど健全だと思うのですが……。

「……貴女のために命を捧げた赤ちゃんは、復讐なんて望んではいないと思いますわ」

とりあえず感情を害しないように、なるべく穏やかに、彼女の理性に伝わるように語りかけました。

「ま、殺されることも望んでいなかったと思いますが――ふがっ!?」

すかさず混ぜっ返すコッペリアの口を塞いだところで、こちらに接近してくる強力な魔力波動《バイブレーション》を感じ取りました。

「これはバルトロメイさんと、侯爵《マーキス》。それと師匠《レジーナ》にマーヤ。あとフィーアと、あら？　なぜエレンが？　って……あわわわわっ、ルークとセラヴィまで！」

慌てふためく私を前にして、

「クララ様、手足をぶった切られたときよりも、切羽詰まってませんか？」

コッペリアのわりと真剣なトーンの問いかけに言い返そうとした瞬間、周囲の光景が蜃気楼のように揺らぎ始め、壮麗な宮殿も花盛りの庭園も、なにもかもが消えていきます。

「【花椿宮殿《ラ・フルール・ド・カメリア》】を回収完了。敵性個体との遭遇前に撤退する」

依然として上空にいたストラウスの右手が振られて、牽制のためか私とコッペリアに向かって、まるで炎でできた羽のような白炎の雨が降り注がれます。

「地獄の業火よ、壁となりすべてを灰燼と化せ――〝炎　盾《ラハット・ツィンナー》〟」

火には水と思いがちですが、これだけの高熱が相手では、文字通り焼け石に水でしょう。

そのため精霊の炎とは若干相性の悪い、上級魔術による炎の壁でこれを迎え撃ちました。

炎と炎のせめぎ合いは互角の勝負となり、

「あら、いけるかしら？　この条件下なら、ストラウス相手でもなんとかなりそうですわね」

そう手応えを感じたところで、不意に圧力がなくなったので上空を見てみると、いつの間にかストラウスの姿はなく、ついでにアチャコもドサクサ紛れに消えていました。

「逃げましたね。パッチワーク《ストラウス》が左手から水の竜みたいなのを出してあの女を回収し、そのまま炎の翼を広げて、北のほうへ飛んでいきました」

私の背後で様子を窺っていたコッペリアが、北の方角を指さして、そう説明します。

「北ですの？　ここから北だとリビティウム……」

というか、オーランシュ領ですわね。まさか、そんな一直線の逃走経路は使わないと思いますが、逆に裏をかいて……とも考えられるので、難しいところですわ。

ともあれ、当面の危機は脱したと考えていいでしょう。

「――にしても、綺麗に更地になりましたね」

コッペリアの言葉通り、ものの見事に地平線の彼方まで三百六十度、ドームが覆っていた土地が舗装されたかのように、なにもない――文字通り草一本ない――まっ平らな空き地になっています。

「【闇の森《テネブラエ・ネムス》】の中心部とは思えないほど、魔素《マナ》も薄くなりましたわ」

「元凶がなくなったからじゃないですか？　多分、周りの森もだんだんと魔素《マナ》が薄まって、普通の森に近くなるんじゃないでしょうか」

まあ、さすがに十年、二十年単位でしょうし、場所によっては魔素《マナ》の吹き溜まりみたいなところは残るので、そういうところに強力な魔獣が居残るでしょうけれど、と続けるコッペリア。

「——でも、いずれにしても【闇の森《テネブラエ・ネムス》】に新しい時代が来るのですね」

いつかは【闇の森《テネブラエ・ネムス》】という言葉自体が、なくなるかも知れません。

そんなことを思いながら、私は、私の名を呼びながら近付いてくる師匠《レジーナ》やルークたちへ向かって、壮健であることをアピールすべく手を振りました。

さて、これで一安心——と思ったところで、

「ああああああああああああああああああああああああああああああああッッッ‼?」

ふと冷静になった瞬間、私は途轍もなく重要なことを思い出して、全身から血の気が引き、思わずその場に蹲って頭を抱えていました。

「ど、どうしたんですか、クララ様。この世の終わりのような声を張り上げて⁈」

「な、ない！　指——」

「指なら全部揃っていますけど？」

ワキワキと両手の指を動かし、ついでにロケットパンチを頭上目がけて撃ち上げるコッペリア。

「そうじゃなくて、子供の頃ルークからプレゼントされた指輪が、牢に入れられたときに取り上げられたまま戻っていませんわ。——あ、それと『永遠の女神《ウェヌス・アエテルナエ》』もですわ！『永遠の女神《ウェヌス・アエテルナエ》』を取り上げられたまま返してもらっていません‼　グラウィオール帝国皇帝陛下から下賜された衣装をなくしたなんて、下手をしたら国際問題に……そ、そこら辺に落ちていないかしら⁉」

思わず目を皿のようにして周囲を見回す私ですが、目に入るのは『永遠の女神《ウェヌス・アエテルナエ》』の切れ端どころかペンペン草一本見当たらない、どこまでも平坦な大地だけです。

ついでに肌身離さず着けていた母の形見のペンダントも取り上げられたままですが、こちらに関してはそれ以上の思い出が、この拳と全身に残っているので、いまさらモノに拘泥する必要もないため、あえて口にしませんでした（ちょっと首元がスースーして落ち着きませんが）。

取り乱す私の様子を眺めていたコッペリアが、

「特異空間の内部にあったものなら、多分ですが、残らずフィーアに吸収されて素粒子も残っていないんじゃないですかね。命あっての物種ともいいますし、ぶっちゃけワタシ的には、あんなやっつけ仕事の装備とか、呪物《フェティッシュ》でもない安物の指輪など、クララ様には相応しくないと思っていたので、断捨離できて勿怪の幸いとしか思えませんね」

自分の――というかヴィクター博士の技術に――絶対の矜持を前に、帝国の技術の粋を凝らした魔術装備をバッサリと切って捨てながら、ルークからもらった指輪（最近はサイズが合わなくなってきたので小指に嵌めていました）と、『永遠の女神《ウエヌス・アエテルナエ》』が永久《とこしえ》に消えたことを推測します。

半ばその答えを予想していた私は再度呻吟しつつ、皆が近付いてくる気配に覚悟を決めて、ゆっくりとその場に立ち上がりました。

正直、もうなにもする気が起きませんが、レジーナの前で自堕落な姿を晒すなどという、神や邪神をも恐れぬ――否、それ以上に身の毛もよだつ――行為など、できようはずもありません。

ほどなく、マーヤに乗った師匠《レジーナ》が真っ先に到着して、マーヤの触手で恭しく地面に足を下ろされました。

「――無事だったようだね。さすがはブタクサ、しぶといなんてもんじゃないね。【闇の森《テネブラエ・ネムス》】を更地にしても、ピンピンしてるんだからねえ」

愛用の長杖《ロッド》を手に、周囲を見渡して感心したかのような口調で、白々しく当てこすります。

「お、お陰様で……その、半日ぶりというべきか、先ほどぶりというべきか悩みますが、師匠もつつがなくお過ごしのようで、心より安堵いたしました」

「あン？　なに言ってんだい。あんたが庵を出ていってから、もう一月《ひとつき》近く経っているよ」

思いがけない師匠《レジーナ》の返答に、私の口から思わず「は――?!」と、我ながらすっとぼけた声が漏れてしまいました。

一瞬、師匠《レジーナ》の悪ふざけかと疑ったのですが、コッペリアがそれを補足する形で肯定します。

「正確には二十五日ですね。細かな数値までは把握していませんが、閉鎖空間の内部と外部では時間の齟齬《そご》が発生する……ま、ありがちな現象です」

思いがけずに異郷異界に行って、帰ってみたら何百年も経っていた。または逆に、何年もいたと思っていたのに、ほんの一夜の出来事だった……。た、確かに寓話や昔話ではよく聞く話ですわ。

「……つまり、もう夏休みも終わりで、実質私のしたことって、遠路はるばる【闇の森《テネブラエ・ネムス》】まで来て、夏休みの工作で庵の新築に従事しただけということに……」

「出来損ないのアンタにしちゃ、十分な成果じゃないか！」

徒労感を感じてへたり込みそうになる私の心境とは裏腹に、レジーナはそれはそれは嬉しそうに、底意地悪く呵呵大笑するのでした。

「ジル様ーっ！」

続いて、バルトロメイに肩を貸してもらって（文字通り肩の上にちょこんと座って）、仔犬大になったフィーアを抱いたエレン、そして侯爵《マーキス》がほぼ同時に到着しました。

到着すると同時に肩の上から飛び降りてきたエレンと、お互いに勢いよく抱擁《ハグ》し合います。

「きゃーっ、エレン、久しぶりー！ 元気だった？」

「久しぶり～～っ！ よかった無事で。なんか男たちがやたら騒いでいたから心配したけど、全然大丈夫そうで安心したわ！」

故郷にいるせいか、侍女ではなくて私の親友モードで、喜びを露にするエレン。その腕に抱かれているフィーア――今回の功労者――は、心なしか満ち足りた様子で、ポンポンに膨らんだお腹を上にして眠りこけています。

まあ、仮にも小世界《ミクロコスモス》をひとつ丸ごと呑み込んだのですから、疲れて当然ですが（質量保存の法則は仕事をしていないようで、エレンが平気で抱えています）もうちょっとドラマがあってもいいのではないかなぁと思いながら、私は寝ているフィーアのお腹を撫でて感謝を伝えました。

「……ありがとう、フィーア」

「――わふ……（お腹いっぱーい……）」

脱力するフィーアの寝言《念話》に苦笑したところで、見かけによらず空気の読めるバルトロメイが、一区切りついたとみて話しかけてきました。

「息災のようであるな、ジル殿。なにやら禍々しい気配を感じて、急ぎまかり越したのであるが、杞憂であったか」

先ほどまでストラウスがいたあたりを見上げて、いまだ緊張を解かず、そう唸るように呟きます。

「遠目に見えたがあれが敵の首魁か？　確かに蒼神の面影はあったが……」

続く侯爵《マーキス》も同じく上空を見上げて、独白するようにそう口にしてから、

「なににせよ無事でよかった」

安堵の吐息とともに、そう続けました。

「えーと、おふたりともご心配をおかけしました。それと『喪神の負の遺産』ですが、御覧の通り跡形もなく消えてしまったのですが……」

管理者である侯爵《マーキス》の仕事を奪ったも同然の行為に、私はいたたまれない気持ちでそう切り出したのですが――。

「上等だ。百五十年近く晴れなかった旧神の妄執を、ここまで綺麗さっぱりと浄化してくれるとは、嬉しい誤算ってやつだな。お陰で俺も退屈な仕事から解放されて、好きな時間を過ごせるってものだ」

当の侯爵《マーキス》は仮面の上からでもわかる、実に晴れ晴れ《サバサバ》とした声で屈託なく言い放ちました。

「ほう。貴殿に趣味嗜好があったとは初耳であるな。剣術の開祖として道場でも開く……とかの類であるか？」

バルトロメイの問いかけに、即座に「馬鹿ぬかせ」と否定する侯爵《マーキス》。

「ナンパだナンパ。ずっと娑婆《しゃば》っ気のない生活を送ってきたんだ。ここいらで潤いを満たさなきゃやってられんだろう」

そのうえで、非常に通俗的な欲望を赤裸々に暴露します。

この人、見た目の求道的《ストイック》な雰囲気とは裏腹に、中身はわりと俗臭にまみれていますわね。

エレンとふたり、思わず距離を置いて軽蔑の視線を投げかけると、途端に狼狽した様子で弁解し出しました。

「い、いや、待て待て！　ほんの気安い冗談というか、軽口であって。俺は昔から姫様一筋で……だから、そんな目で俺を見ないでくれ、アンジェリカ！」

「アンジェリカって誰ですか、クララ様？」

ロケットパンチを腕に戻しながら、コッペリアが首を傾げます。

「私の前世の名前で、これまでの言動や状況からして侯爵《マーキス》の妹姫だったらしいですわね。――まあ前世の話なので、現在の私と同一視される謂《いわ》れはありませんし、こんな軽薄な兄などいりませんけれど（まあ血の繋がった義兄たちはもっと低俗で、揃いも揃ってろくな思い出もありませんが）」

あてずっぽうの推測でしたけれど、どうやら図星だったらしく、視線を外した侯爵《マーキス》が、なにやらごにょごにょと口ごもりながら弁解していました。

それを見ながら鼻を鳴らすコッペリア。

「はっ！　前世だかなんだか知りませんが、クララ様はクララ様以外のナニモノでもないので、いちいち引き合いに出したり、適当な名前で呼んだりしないでください！」

ビシッと言い聞かせるコッペリアですが、初対面のときから一貫して『クララ様』と、頑固に間違った名前を通しているのは、貴女のほうですわよね⁉

「これは何事ですか⁉　なぜ稀人様がジルに謝罪しておられるのですか？」

と、そこへセラヴィとともに遅れてやってきた――人としては俊足なのですが、今回は相手が悪かったとしかいえません――ルークが目を剥いています。

「え？　ええと……なんだかジル様と、前世《かこ》でごたごたした関係があったみたいで、あと、女遊びに伴っての所業についてと、ジル様に対する過《あやま》ちを問い詰められて謝っているみたいな……？」

たまたま目が合ったエレンが、掻い摘んで説明というか、微妙に歪曲した話をしました。

コッペリアならわざと火に油を注ぐ目的で、この手の「嘘でもないけど間違っている」話を吹聴するでしょうけれど、エレンの場合は単に状況に追いつけていないため、覚束ない会話の点と点を繋いだものになってしまっただけでしょう。

「グッジョブです、エレン先輩。いい仕事をしました」

実際、「あれ？　なんか間違えた⁇」と、アタフタするエレンの肩に手をやって、コッペリアが満面の輝く笑みとともに、親指を立てて労いました。

「っ～～～～～～～～～～～～～～～⁉⁉」

刹那、これまで見たことのない顔で、声にならない叫びを上げたルーク。そこから一転して能面のような顔になり、無言のまま侯爵《マーキス》に向かって歩いていったかと思うと、次の瞬間、連続して刃音が響き渡りました。

「うおっ⁉　お前《まっ》、さっきまでさんざん稽古をつけても会得できなかった奥義のコツを、いきなり掴みやがった！　つーか、覚醒するタイミングがなんかおかしいだろう‼」

いつの間に抜いていたのか、双剣を縦横無尽に振り回すルークと、焦った様子で剣を合わせる侯爵《マーキス》。

「――なっ……なんですか、いまの気持ち悪い動きは⁉」

見た目は脱力した姿勢から緩慢な動きに繋げた……としか見えないのに、僅か一動作で少なくとも十連撃は交差しましたわよ！

動き自体は見えます。見えるのですけれど、普通なら存在する、筋肉や関節の構造から生じる無駄な動きや空白がほぼ皆無という、軟体動物じみた攻防が繰り広げられています。

目で追えるのに視認できないという、不可解な動きを前にして――いうなれば、一秒間に八フレーム《コマ》のアニメを見慣れていたところ、海外の二十四フレーム《コマ》を使用したアニメを観て、そのヌルヌルした動きに違和感を覚えるようなものです――思わず驚愕の声を張り上げてしまった私へ、コッペリアがひたすらどうでもいい口調で解説してくれました。

「クロード流なんとか剣の奥義らしですね。一般的な視覚だと非常にゆっくりと見えますが、それは動きが速すぎて残像が見えているだけです。ノーモーションから瞬発的な動きに繋げるみたいで、ワタシの計算ではクララ様でも躱すのはともかく、避けたり受けたりするのは至難の業だと思います」

なんだか知らない間にルークが剣技において、私を追い抜いていってしまったようです。なんということでしょう!!!

「……あれって侯爵《マーキス》にお願いすれば、私にもコツを伝授してもらえるかしら？」

「いちいち対抗しないと気が済まないのか……？　お前、なんだかんだ言って、無茶苦茶負けず嫌いだよなァ」

一進一退の攻防を繰り広げるふたりの剣技と体術の妙に焚きつけられ——もとい、魅せられて、私が思わずそうこぼしたところへ、やってきたセラヴィがうんざりとした顔で合の手を入れました。

「おや、いたのですか、愚民。いまさら来ても、クララ様の点数稼ぎにはなりませんよ？　すべてはこの超高性能メイド、コッペリアが方を付けましたからね」

厭味ったらしい口調で悦に入るコッペリアを、セラヴィが胡乱な目つきで見詰めます。

「……なんでお前がここにいるのかはともかく、最終的に落とし前を付けたのはお前じゃなくて、そっちの愛玩動物《フィーア》だろう？」

セラヴィの指摘にも気後れ《めげる》することなく、

「その間、心身ともにクララ様の支柱になっていたのは、疑うことなくこのワタシですから」

そう言い放つコッペリア。

今回に限ってはあながち誇張でもないのですが、ただでさえドヤ顔がウザいのに、変に持ち上げてこれ以上調子づかせるのも嫌なので——なんで毎回、打ち返しにくいボールを投げるのでしょう、うちの駄メイドは？　——この場は苦笑いでやり過ごして、さりげなく立ち位置を変えて、いつでも全力ダッシュで逃げられるよう重心を移動させてから、私は改めてセラヴィに向かい合いました。

「お久しぶりですわね、セラヴィ。え～～と……お元気でしたか？」

「ああ、誰かさんのお陰で大陸中はもとより、諸島連合や【愚者の砂海《ストゥルティ・ワースティタース》】にまで足を延ばす充実した夏休みになったが。――ああ、逃げるな逃げるな！　別に恨んじゃいないし、蒸し返すつもりもない」

その瞬間、半ば条件反射で背を向けたところで、セラヴィの制止がかかりました。

「勝手に気持ちを押し付けて、そのうえで天秤にかけさせるようなことを強制して悪かった。俺もルーカスも反省している。だから気にしないでくれ。それを伝えたくて来ただけなんだ」

真摯な姿勢でそう頭を下げるセラヴィ。

普段の斜に構えた姿勢とは打って変わった、真面目なその態度とのギャップに、私は思わず立ち止まって、まじまじとセラヴィを見詰め返していました。

「い、いいえ、私こそ、なんというか……その、セラヴィの気持ちに気付かずにごめんなさい……というか……」

うわ～～っ、照れますわね。こんな台詞を、まさか私が当事者になって口にするなんて！

続く言葉が思い浮かばず、自分でもわかるくらい火照った頬を抱えて、思わず押し黙ってしまいました。

「うぉ～～い、そこのふたり。男同士で戯れている間に、漁夫の利で抜け駆けした愚民にクララ様が口説かれているんですが、そんなんでいいんですか？」

その間も、脇目も振らずに剣戟を交わしていたルークと侯爵《マーキス》に向かって、コッペリアが人聞きの悪いことを大声で吹聴します。

「「――なにっ⁉」」

その一言で、一瞬にして我に返ったふたり。

「「どういうこと（ですか）（だ）⁉」」

結構離れていたはずが、神速とか縮地法と言っても過言ではない速度で、一瞬にしてこちらへ駆け寄ってきて、血相を変えて、ふたり揃って私とセラヴィへ詰め寄るのでした。

その勢いに、私は思わずそそくさと身を翻します。

「まあ待て。コッペリア《こいっ》の戯言をいちいち真に受けるな」

辟易した態度で、抜き身の剣を構えたままのルークと侯爵《マーキス》とを掣肘するセラヴィ。

「その姿勢で言われても、まっっったく説得力がないんだけど‼」

『その姿勢』というのは多分、咄嗟に私がセラヴィの背中に隠れて、形として庇ってもらうような構図になっていることでしょう。

「？　どうしたんですか、ジル様。あからさまにルーカス殿下から距離を取って」

エレンの素朴な疑問を耳にして、ルークが見るも無惨な有様で衝撃《ショック》を受けています。

「笑止。こいつら雁首揃えてやってきたものの、結局なんの役にも立たなかったので、さすがのクララ様も愛想が尽きたってことが、いまさらわかったんですよ。プークスクスｗｗｗ」

コッペリアの独断と偏見まみれの断定を受けて、ルークの手から双剣が地面に転がり落ちました。

「そ……そうなのですか……ジル？」

「……い、いえ、けしてそのようなことは――」

「では、なぜ頑なに、僕と視線を合わせないようにしているのです⁈」

そんなもの、後ろめたいからに決まっていますわ。

「いや、マジでなんかあったの？　あんたに心当たりはない、コッペリア」

エレンの問いかけにオーバーリアクションで両手を広げて、肩をすくめるコッペリア。

「ですから、恋が冷めたのですよ。いや～、恋愛なんて冷めるときには一瞬ですね」

刹那、世界の終焉を目の当たりにしたかのように、ルークの瞳から光が消えました。

「………………死のう」

「わわわっ、待って、待ってください。剣を首に当てないで！」

「お、お、落ち着いてください、ルーカス様。ジル様に限って、そんなことは絶対ありませんよ！」

落ちていた長剣を拾って、躊躇いなく自分の頸部を切断しようとするルークを、私とエレンで慌てて止めに入ります。

「止めないでください、ジル。僕は自分自身の不甲斐なさに、ほとほと嫌気が差したのです。それに、君のいない人生に、なんの未練もありませんから……」

「命の扱いが軽すぎますわーっ。あとコッペリア、適当なことを言ってルークを焚きつけないでくださいませ！　だいたい私がルークを避けている理由は、さっき言ったでしょう!?」

「？？？」

「指輪と『永遠の女神《ウェヌス・アエテルナエ》』ですわ！　ルークからいただいた指輪と、グラウィオール帝国皇帝陛下から下賜された衣装を、ドサクサ紛れに失くしてしまったので、バツが悪くて合わせる顔がないって言いましたわよね!!?」

「――ああ、そういえば……。どーでもいい情報《こと》なので、ゴミ箱に入れて削除していましたが」

いったんゴミ箱に入れた情報を復元したらしく、合点がいった顔でポンと手を叩くコッペリア。

一方、ルークは鳩が豆鉄砲を食ったような顔で、いたたまれなさから視線を逸らす私を、まじまじと見詰めています。

大切な思い出の品と、天下のグラウィオール帝国皇帝陛下から頂戴した『永遠の女神《ウェヌス・アエテルナエ》』を失くすということは、迂闊どころか、国辱ものの失態です。ルークのことですから笑って済ませてくれるでしょうが、それでも平静ではいられないでしょう。

水面下での一抹の怒りや嘆き、呆れ……それを恐れながらも、私は覚悟を決めてルークの表情を窺ってみました。

「なんだ、そんなことか……」

全身の力が抜けたかのように、深い深い安堵のため息をつく、ルークの姿だけがありました。

「なんだい、そんなつまんないことを気にしていたのかい、バカ弟子！」

と、ルークの独白に覆い被さるようにして、マーヤを引き連れて近付いてきたレジーナが言い放ちます。

「で、ですが、帝国皇帝陛下から御下賜された衣装ですわ。事実関係が知れたら国際問題にも……」

「はん！　痩せても枯れてもグラウィオール帝国だよ。皇帝はもとより、たかだか布切れ一枚でギャーギャー騒ぐようなケツの穴の小さい王侯貴族《やつら》がいたら、あたしがきっちり方を付けてやろうじゃないかい」

傲然と言い放つレジーナ。確かに太祖女帝陛下《このかた》に「文句あるかい⁉」と問われて、反論できる人物など、帝国の現皇帝陛下を筆頭にいるわけがないでしょうね。

「だいたい細かく考えすぎなんだよ、あんたは！　女なんだから男から貢がれて当然。甲斐性がないほうが悪い。相手も惚れた女にプレゼントできて、男の醍醐味を味わえるってもんだろう――くらいに割り切って考えなっ」

「それはそれでハッチャケ過ぎなような……」

どこの悪女か、サークルの姫ですか⁉

「――ともあれ『永遠の女神《ウェヌス・アエテルナエ》』と、ルークとのせっかくの思い出の品である指輪を失くしてしまったのは、言い訳できない失態ですわ。お詫びのしようもございません。ごめんなさい、ルーク」

改めてお詫びをすると、半分溶けていたルークがいつもの凛々しい顔になり、体の中心に芯が通ったかのように背筋を伸ばして、片膝を突いた姿勢で厳《おごそ》かに……かつ優しく私の左手を取ると、

「ジル。貴女が無事であるなら、ほかにはなにも望みません。それに指輪のことは気にしないで――いえ、今度はお小遣いではなく、自分の力でジルに似合う指輪をプレゼントしますので、どうかそのときに、もう一度受け取ってくださいませんか？」

私の瞳を覗き込むように薬指から視線を動かして、そうはっきりと口にしたのでした。

「ジル様、ジル様。給料三カ月分の話ですよ！　帝族の所得の三カ月分とか、想像もつかないですけど」

「クララ様、思いっきり吹っかけてやりましょう。聞いたところでは帝国の宝物庫には、使い道を間違うと一発で帝都を吹っ飛ばすような、古代遺産の宝飾類が死蔵されているとか。ぜひとも巻き上げましょう！」

あわあわする私の左右から、エレンとコッペリアが好き勝手なことをそそのかして、なおさらテンパる私がいました。

い、いけませんわ。この雰囲気はいけませんわ。いつもこの流れで流されて、あとで後悔するのですから……。

この場を打破する方策を考えながら、必死に視線を逸らした私の目に、鼻白んだ表情で「けっ」と舌打ちしているレジーナの仏頂面が映ります。

「あ、そうですわ――！」

そこで大事なことを思い出した私は、

「師匠、師匠に渡さなければいけないものがありましたので、いまお渡ししますわね」

そう話を変えて、「ちょっと失礼します」とルークの手を離し、師匠《レジーナ》の傍へと向かいました。

とはいえ、異空間において亜空間へ『収納《クローズ》』した、なおかつ謎物質でできた物品が果たして現実に残っているのか、はなはだ疑問ではありましたけれど、探ってみれば目当ての物品は、普通に保管されていました。

「すでにご存じかと思いますが、『喪神の負の遺産』の内部でたまたまお目通りがかないました、グラウィオール帝国第四十四代皇帝〈美愛帝〉ヴァルファングⅦ世陛下から、師匠……いえ、第四十五代〈太祖女帝〉オリアーナ・アイネアス・ミルン・フェリチタ陛下への贈り物と」

高原に咲く鈴蘭と白銀の髪をした父娘が描かれたキャンバスを、万感の思いとともに、私はレジーナへと差し出します。

私の言葉の意味を理解したセラヴィが、愕然とした顔でキャンバスとレジーナとを見比べ、当然レジーナの正体を知っているルークも、思いもよらずに出てきたヴァルファングⅦ世陛下の御名に驚いた表情を浮かべていました。

侯爵《マーキス》とバルトロメイは、すでに承知のうえなのか動じた風もなく、コッペリアも「慧眼のワタシは当然見抜いていました。さすがはワタシ」と自画自賛をして、エレンは言っている意味が理解できないのか、頭の上にクエスチョンマークを大量に浮かべています。

そんな周囲の反応を横目に見ながら、私は続く言葉を紡ぎ出します。

「そして陛下からの伝言を。『父は永久《とこしえ》に君を愛している。なるべくゆっくりと天上へ来るように』と」

刹那、一陣の風が私とレジーナの間を通り過ぎていきました。


——愛しい子よ。君の行く手に光があふれんことを切に願う。

ふとその風の中に、私は小さな声が聞こえたような気がしました。

——ありがとう。君こそが我が光であり温もりであった。

——周囲の期待に応えられぬ不甲斐ない自分に対する絶望と無力感の闇のなか、我が手を引いてくれた、たったひとつの小さな愛しい手。

遠くからの潮騒のように聞こえる穏やかなその声が、何度もありがとうを繰り返します。

――ありがとう。我が愛しい子よ。ありがとう。ありがとう……。

――いつでも我は見守っている。ありがとう、オリアーナ。


最後にふと、風の彼方にあの御方の姿が幻のように見えた気がしました。

ふと見れば、いつの間にかキャンバスを受け取っていたレジーナが、私と同じように、幻が消えたあたりを見詰めています。

その口元に穏やかな笑みが浮かんでいるのに気が付いて、私は思わず目を丸くしてしまいました。

「――なんだい、尻から息を入れられたカエルみたいな間抜け面をして?!」

途端に、不機嫌そうないつもの顔に戻ったレジーナ。

「あ、いえ、なんでもございません」

師匠《レジーナ》でも笑うことってあるのね～、と驚いて思わず凝視してしまったと正直に口に出したら、八つ当たりで理不尽な折檻をされることは目に見えていますので、私は曖昧にぼかして答えました。

と――。

不意にパチパチという拍手の音がして、反射的にそちらのほうを見てみれば、

「やあやあ、おめでとう。自分自身とレジーナの正体を知ったことで、長かった自分探しの旅も、ようやく終わったってところかな?」

いつの間にやら満面の笑みを浮かべた聖女スノウ様——緋雪様が、この場へ降臨されておられたのです。

「「「「——っっっ……!!?!!」」」」

小さな手で拍手をする緋雪様はともかく、その背後に付き従う従者らしい四人。その圧の凄まじさに、素人であるエレンを含めて、私たちはその場に棒立ちになってしまいました。

タキシード姿をした金髪金瞳の超絶美形の青年は、先日もお目にかかった〈黄金龍王《ナーガ・ラージャ》〉の化身である天涯《てんがい》様で、長い銀髪の浮世離れした美貌と雰囲気、そして白い六枚の翼を広げたメイド服の女性は〈熾天使《セラフィム》〉の命都《みこと》様、ここまではわかります。

これに加えて、今回は和服というか花魁《おいらん》風というか……やたら煽情的、いえ『婀娜《あだ》』という表現がぴったりな女性がひとりと、全身に漆黒の完全鎧《フルプレート》を纏った黒騎士がひとり同行していました。

新顔の女性の方は目立つ狐耳から狐の獣人族《ゾアン》のようにも見えますが、それ以上に目立つのがお尻から生えた九本の尻尾です。あんな獣人族《ゾアン》なんて聞いたこともありません。それに加えて、無言で佇んでいる黒騎士のプレッシャーが尋常ではありません。

いえ、四人が四人とも常軌を逸した存在感を放っている……というか、四人揃って浄化前の【闇の森《テネブラエ・ネムス》】全体から発する魔素《マナ》と互角か、それ以上の魔力《オド》を放出しているような……。

「姫の御前である、控えよ！」

有無を言わせない天涯様の命に従って、理性よりも生存本能が勝手に反応をして、私たち——私、ルーク、セラヴィ、エレン——は、咄嗟にその場に平伏しました。

そのついでに阿吽《あうん》の呼吸で、

「――へっ」

と、鼻で笑って無視したコッペリアを、四人がかりで押さえつけて土下座させるのも忘れません。

そうして跪拝《きはい》しながら横目で見れば、レジーナ、マーヤ、バルトロメイ、侯爵《マーキス》は慣れた様子で、恭しく膝を突いています。

そんな私たちの様子を窺って、緋雪様が面倒臭そうな口調でぼやきました。

「こういう仰々しいのは好きじゃないんだけどねぇ……ともあれ初見の相手もいるようなので、先に名乗っておくけど、私は緋雪。世間じゃ『聖女スカーレット・スノウ』とか〈神帝《ドミュナス》〉とか呼ばれているけどね」

言葉は軽いですけれどトンデモナイ自己紹介を耳にして、エレン、ルーク、セラヴィがぐらりと眩暈《めまい》を起こして、揃って倒れかけました。

「せ、せ、せ、聖女スノウ様――!!?」

「っ――超帝国の〈神帝《ドミュナス》〉陛下……!?!」

「……マジか。マジもんの女神っ。実在したのか?!」

半信半疑で呆然とする三人に向かって、緋雪様が気楽な口調で肩をすくめて肯定します。

「うん、そうそう。聖女とか神様とか言われる、君らがここぞというときにだけ頼る、アレだよアレ。――ま、人生は自分のものなんだから、私はなんにもしないけど」

言外に、干渉しようと思えばできますが、自助努力を優先している……という含みを持たせた緋

雪様のポリシーに、ルークとエレンは素直に納得して、コッペリアも、

「ま、神はサイコロを振らないといいますし、自分でサイコロを振って、運がよけりゃ成功して、悪けりゃ最悪死ぬだけです。凡人の人生なんぞ十把《じっぱ》一絡《ひとから》げですから、どーでもいいですね」

と同意を示しましたけれど、ただひとりセラヴィだけは、露骨に渋い顔つきになりました。

「ん？　そこの神官の君、なんか不満げな様子だね」

目敏くそれを見咎めた緋雪様が「言いたいことがあるんなら言ってみ」と促します。

「不満などあろうはずがなかろう！　姫を崇拝する教義に帰依する神官が、事もあろうに姫のお言葉に異議を唱えるなどあろうはずが――あってよいわけがない！　そうであろう貴様‼？」

セラヴィがなにか口にする前に、天涯様の怒りを押し殺した大喝が轟然と放たれました。

「まあ待て、天涯。そう頭ごなしに叱りつけるものではないぞえ。姫様の寛容なお慈悲により、問いかけられておるのである。きちんと答えを聞くのも、姫様に対する礼儀ではないかえ？」

九本の尻尾を持つ女性が、口元に長扇を当ててころころと笑い、囃し立てるような口調で天涯様を制します。天涯様を呼びつけにしていることといい、おそらくは命都様同様、天涯様と同格の存在なのでしょう。

「まあ、非公式な場ですので、オフレコということで問題ないのでは、天涯殿？」

「――ちっ、下郎が。やむを得ん、直答を許す。姫の恩情に、七生に渡って報恩感謝するがよい」

命都様からの援護射撃も加わり、天涯様が渋々――本気で不本意なのをギリギリで――譲歩をして、セラヴィに一瞥を加えました。

「それでは、かけまくもあやに畏《かしこ》し、我が教団の信奉する聖女スノウ様にお尋ねいたします」

セラヴィはセラヴィで、堂々と意見を口にできるのですから大したものです。

「正直に申し上げて、私は貴女様の実在を疑っておりました。なぜならこの世界には、不幸、不平等、理不尽がはびこっており、いかに祈っても、それを正してくれる神など存在しない……と信じておりました。だからこそ、運命を従容《しょうよう》と受け入れていたのですが――」

そこでセラヴィの奥歯がギリっと鳴った音が、私の耳にも聞こえました。

「実態は『神は確実に存在し、我らの祈りの言葉も耳に届いているが、聞き入れずに放置している』というのは、あまりにも身勝手ではないでしょうか⁉　それでは女神どころか邪神も同ぜ」

刹那、ノーモーションの天涯様より、莫大な電撃がセラヴィ目がけて放たれました。

稲妻《いなずま》の速度は音速の六百倍。この距離で躱すことなどできるはずがありません。

「――ちっ。刻耀《こくよう》、邪魔をするな。そこなる小虫は姫を侮辱したのだぞ」

ですが、一瞬のストロボのような閃光が消え、オゾン臭い空気が焼ける臭いのなか、天涯様とセラヴィの間に、あの寡黙な黒騎士――どうやら刻耀様とおっしゃられるらしい方が割って入られ、持っていた大盾で天涯様の怒りの一撃を見事に弾いていたようです。

忌々しげな天涯様の舌打ちと怒りの眼差しにも動じることなく、無言でその場に佇む刻耀様。

「まあまあ、そこまでにしといて。それに確かに、耳に痛い意見ではあるんだけれど……」

静かな緊張感をもって対峙する天涯様と刻耀様。そこへ緋雪様の仲裁の声が響きます。

「そこの神官君――えーと……」

「セラヴィ・ロウ司祭ですわ、緋雪様」

「セラヴィィ司祭。君の意見は正論だけど的外れだよ」

私の補足を受けて、緋雪様——聖女教団の崇める聖女その方——に名指しされたセラヴィ。天涯様の一撃を前に、さすがに硬直していた表情に精彩が戻りました。

「不幸、不平等、理不尽と君は言うけれど、それは誰かと比べた価値観だよね。それを決めるのは自分であって、私が関与するものではないよ。人の世界は人が創るものさ。いちいち神《わたし》があーしろこーしろと言うのって、逆に不健全じゃないかなぁ」

「だが、世の中には事故や病気、生まれの環境などで、生きたくても生きられない人間もいます。そうした人々は、不幸ではないというのですか⁉」

緋雪様の言葉に、なおも反論するセラヴィ。

「そうだね。そういうのは不幸だね。次の人生では幸せになってもらいたいねぇ」

そう口に出して、意味ありげに私と侯爵《マーキス》とを見比べる緋雪様。

「輪廻転生《リーインカネイション》か。まさに神の視点ですね。人間にはいまの人生がすべてだというのに」

吐き捨てるように、セラヴィが合の手を入れました。

「それが私の役割だからね。なんだったら君の亡くなったご両親の転生後——いま現在の姿に会わせてあげようか？」

「‼　バ、バカな、そんなこと……！」

「できるよ。たやすいことだね」

確実にウイークポイントを突かれたらしく、緋雪様の提案に苦悩の表情を浮かべて、押し黙るセラヴィ。

「――ま、ともあれ。それはそれとして、無事に依頼を果たしてくれたジル。君には報酬を与えないといけないと思って、来たわけなんだけど」

話題を変えた緋雪様の視線が私へ向けられました。

「あ、いえ。果たしたといっても私の力ではなくて、師匠やフィーアの力が大なのですけれど……」

それに『喪神の負の遺産』の中でお会いしたヴァルファングⅦ世陛下や、カーサス卿のご助力も大きいです。

「まあまあ、ちゃんと魔眼《イービル・アイ》――いや、とある方法で君の活躍は見ていたから、それに応えなければ私の気が済まない……ってことで、ジル。君には正式に真紅帝国《インペリアル・クリムゾン》――カーディナルローゼ超帝国でも構わないけど――国民にして私の血を引く眷属として《神子姫・那輝《なき》》の名を与えよう。ちなみに二代目聖女も兼任しているから」

「うわ～……（中二病あふれるネーミングセンスですわね）」

心から辞退したいですが、「まさか断るつもりではないだろうな⁉」と、オラついている天涯様の眼差しを前にしては、なにも言えません。

「それと、ついでに領地としてここを与えるから、好きに使っていいよ」

続いて、副賞みたいに地面を指さした緋雪様に告げられましたが、これには思わず首を捻ってしまいました。

「ココというと、『喪神の負の遺産』があった場所の平地ですか？」

がらんとした平地はなんにでも使えそうですが、【闇の森】《テネブラエ・ネムス》のど真ん中の地所をいただいたところで、行き来するだけでも大変そうで、ぶっちゃけ原野商法でいらない土地を所有した気分です。

そんな私の心中を推し量ったかのように、緋雪様が軽く手を振って否定されました。

「違う違う、ここ――【闇の森】《テネブラエ・ネムス》だったところ、全部」

「は――？」

一瞬呆けた私ですが、ようやく意味がわかったところで、

「はあああああああああああああああああああああああああああ！？！？！」

人生で一番突き抜けた声が上がったのでした。

「ちょっ、ちょっ、ちょっ、ちょっと待ってください。【闇の森】《テネブラエ・ネムス》全域って、途轍もない面積がありますわよ！　そんな、飴玉をくださるようなノリで渡されても、手にあまりますっ」

私のポケットには大きすぎるなんてものではありません‼

「いいじゃないですか。くれるって言うんだったら、もらっておけば」

とりあえずもらっとけ精神を発揮するコッペリア以外の全員が――バルトロメイや侯爵《マーキス》も含めて――唖然呆然としているなか、事の張本人である緋雪様は悪びれることなく、いけしゃあしゃあと言ってのけられました。

「そう言われてもねぇ……君の二代目聖女就任と【闇の森】《テネブラエ・ネムス》の浄化に伴う所有権の譲渡については、

もう主要国の上層部には〈神帝《ドミュナス》〉の名で伝えてあるし、大陸三大宗教の天上紅蓮教《てんじょうぐれんきょう》と聖女教団、獣人族《ソアン》の巫女には神託という形で告げてあるから、いまさら撤回は無理だよ？」

「なっ――!?」

なんてことをされるのですか、この御方は!?

迅速果敢と言うべきか、はたまた勇み足が過ぎると言うべきか……緋雪様、思い立ったが吉日で、こらえ性というものがありませんわ。絶対に一人っ子か末っ子に違いありません！

「……というか聖女教団はともかく、天上紅蓮教と獣人族《ソアン》の聖霊信仰にまで影響を及ぼせるのですわね？」

ふと思った私の疑問に、緋雪様が「そりゃそうだよ」と打てば響く感じで、当然のように答えられました。

「ぶっちゃけ天上紅蓮教の教皇《トップ》も真紅帝国《うち》の傘下だし、ついでに聖霊信仰で崇められている聖霊の元締めが、そこにいる空穂《うつほ》だからね。ツーカーなんてもんじゃないよ」

小さな顎で指した先では、くだんの九尾の女性が口元を長扇で隠して艶然と笑っていました。

えっ……!?　ということは、つまり――。

「じゃあ宗教観対立とか、全部出来レースだったのですか!?」

「バランスの問題だよ。表立っていくつかの勢力が牽制し合うことで、調和と安定を図るのは、いつの時代のどんな場所でも有効だからねぇ」

う～～っ……。理屈はわかりますが、なんか釈然としませんわね。

なおこの会話の間、ルークとエレンは情報量の多さに頭を抱え、レジーナと天涯様は苦虫を噛み潰したような仏頂面で沈黙を守り、命都様はニコニコと楽しげに私たちの様子を眺め、九尾の女性――空穂様――は寄席《よせ》で面白い見世物を見ているかのように傍観を貫き、刻耀様は相変わらず無言のまま立ち続けていました。

そしてセラヴィはといえば――。

「どこに行くのだ、司祭殿？」

その場で踵《きびす》を返して、ひとりで森のほうへ向かうのを見咎めたバルトロメイが声をかけます。

「大方ブルって小便漏らしたんじゃないですか～。そーいうのは聞かないのがマナーってもんなのに、気が利かない骨ですねえ」

コッペリアが、はぁ、やれやれ……と言いたげな口調で、忠告めかして茶化しました。

「――ここにいると頭と心の整理がつかない。ちょっとひとりになって頭を冷やしてくる」

ぶっきらぼうに答えて歩みを進めるセラヴィ。

「そうか。大丈夫だとは思うが魔獣の類が周囲に残っているかも知れないので、なにかあったら合図を送れ。すぐに駆けつける」

侯爵《マーキス》もそう注意を促し――それに対して、セラヴィはなにも言わずに、片手で持っていた護符をひらひらと振って答えました。いざとなれば護符《あれ》で合図を送るから大丈夫という、意思表示でしょう。

「――セラヴィっ」

ふと、去っていくその背中があまりにも小さく儚《はかな》く寂しげに見え、私は発作的にセラヴィを呼び止めていました。

「なんだ？」

肩越しに振り返った、一見していつもと変わらぬ愛想のない表情に、私は内心でほっと安堵し……続く言葉を考えていなかったことに気付いて、若干狼狽《うろた》えながら、

「いえ、あまり思い詰めないでくださいね」

結局、当たり障りのない気休めを伝えることしかできませんでした。

「……ああ」

セラヴィはどこか空虚な愛想笑いを浮かべ、軽く手を振ってこの場を去っていきます。

その背中を無意識に目で追っていたところに、「さて」という緋雪様の仕切り直しの声がかかりました。

「じゃあ気を取り直して今後の【闇の森《テネブラエ・ネムス》】――というか、もう君《ジル》の領土だけど――の去就について、いちおう領地の要所に真紅帝国《うち》の〈十三魔将軍〉と呼ばれる超強力な配下を配置しておいたので、他国のドサクサ紛れの火事場泥棒的な軍事的侵攻は防げるはず」

そう、緋雪様が心強くも請け負われました――もっともその直後に、

「……まあ連中は加減を知らないので、敵対した国が壊滅する危険のほうが高いけど……」

と遠い目で自信なげに呟いたのが、それ以上の不安要素ではありましたが。

なお、あとから知ったのですが、この時点ですでに【闇の森《テネブラエ・ネムス》】が超帝国の管理から外れ、魔獣の

脅威も格段に下がったと知った野心的な他国――隣接する自由主義を標榜する中小国――が、『安全確認のための威力偵察』の名目で軍（主に国境守備隊）を派遣し、それはもう手痛い反撃を受けて潰走したとか、返す刀で首都が吹っ飛ばされたとか……。

さらにはリビティウム皇国とグラウィオール帝国を筆頭に、クレス自由同盟を代表する獣人族《ゾアン》の有力氏族、妖精族《エルフ》並びに黒妖精族《ダークエルフ》を代表して妖精王《オベロン》・妖精女王《ティターニア》の連名、洞矮族《ドワーフ》の国インフラマラエ王国、さらには非公式にですが吸血鬼《ヴァンパイア》の国ユース大公国やロスマリー湖の竜人族《ドラゴニュート》などが逸早く支持を表明したため、日和見していたそのほかの国は、しばし静観の構えを取らざるを得なくなったとのことでした。

「まあ、いつまでも保護はできないけど、二、三年くらいはカバーするので、その間に領地をどうするか――他国に割譲するもよし、併合するもよし、無論建国するのも大いに結構――決めといてね」

「……ここまでお膳立てされたら、断れないではないですか～～っ」

その場に屈み込んで頭を抱える私の肩を、コッペリアが浮き浮きした調子で叩きます。

「クララ様、クララ様。国名は『聖クララ王国』と『大クララ聖王国』と、どっちがいいですか？」

「だから、建国する前提で話を進めないでください！　そもそも土地だけあっても、なにもない状態なのですわよ！　私と貴女とで庵を建てた要領でインフラを整備していたら、街ひとつ作るのに五年はかかりますわよっ」

「ハンドメイドで五年でできるのかい……」

私の叫びに、なぜか緋雪様がドン引きした表情を浮かべました。

この方に引かれるのは、私としては果てしなく不本意なのですけれど！

「それに、国というのは人がいなければ成り立たないでしょう。好き好んで、元【闇の森《テネブラエ・ネムス》】に住みたがるような酔狂な人間なんて――あ痛《いた》っ！」

「酔狂な変人で悪かったね！」

すかさずレジーナの長杖《ロッド》による一撃が、私の頭に加えられました。

一方、私の言い分を聞いていたコッペリアは不敵な笑みを浮かべて、

「ふふふふふふっ、お忘れですか、クララ様。この大陸中にはクララ様のためなら地の果てまでお供する、ファンクラブ員が百万人いることを」

「ああああああああっ‼　そういえばそんなものもありましたわね！」

いままで洒落や冗談かと思って聞き流していたのですが、まさかここにきて伏線になって回収されるとは、思いもよりませんでした。

ついでのように緋雪様が付け加えられます。

「住処なら、この近くに私の離宮のひとつがあるので、そっくり君にあげるよ。通称は『銀星晶宮殿《シルバー・スター・パレス》』といって、ま、さほど大した規模のものではないけれど、それなりに見栄えはいい城と宮殿だし」

きっと緋雪様の比較対象がおかしくて《ぶっとんでいて》、実際には大した宮殿なのでしょうねえ……と、ほぼほぼ確信する私がいました（そしてそれは事実で、帝都コンワルリスの帝居《カルディア》や封都インキュナブラの【花椿宮殿《ラ・フルール・ド・カメリア》】で免疫があったはずの私やルークが、くだんの『銀星晶宮殿《シルバー・スター・パレス》』を前にして、あまりの

規模と美しさに息を呑んで絶句したのですが、それはまた別のお話です）。

さて、怪しい通信販売のようにいろいろとおまけを追加しても、いまひとつ芳《かんば》しくない私の反応に、「ん〜〜？」と軽く唸った緋雪様は、懐柔の方向性を変えたらしく、どこからともなく――『収納《クローズ》』の魔術ではなく本当に虚空から――ピンク色の薔薇のコサージュが着いた白いドレスと、一式揃いなのでしょう、瀟洒な長手袋と膝上《ニーハイ》までの長靴《ブーツ》を取り出して、有無を言わせず私に向かって押し付けました。

「そういえば小耳に挟んだんだけど、大事なドレス《おべべ》を今回の件で紛失したんでしょう？　だったらこれは、その代償ってことであげる。私の聖女としての正装である戦《いくさ》ドレス『戦火の薔薇《アン・オブ・ガイアスタイン》』の色違いモデルで、名付けるならさしずめ『静謐なる薔薇《プリンセス・ヴェール》』ってところかな」

半ば無理やり受け取らされたドレス――『静謐なる薔薇《プリンセス・ヴェール》』は、気品のなかにも機能美が満載されており、さらにはこの世界のデザインとは一線を画した洗練さがあるドレスでした。そのうえで手触りが天女の羽衣か天使の羽かというくらいに軽くてなめらかです。

「うわ〜、綺麗ですね！　これジル様に凄く似合いそうですよ！」

女の子らしく目を輝かせて覗き込むエレンと、

「うわっ、なんですかコレ⁉　素材強度が測定不能で、付与されている魔術方式も未知のもので、なおかつ大部分がミクロン単位でブラックボックス化されてますよ！」

錬金術師らしく目の付け所が違うものの、目を丸くして食い入るように見詰めるコッペリアがいました。

「確かに素晴らしいドレスだとは思いますし、『永遠の女神《ウェヌス・アエテルナエ》』の代わりに緋雪様からいただいたとなれば、誰からも文句はつけられないとは思いますけれど、これを纏ったが最後、二代目聖女――と、付随して【闇の森《テネブラエ・ネムス》】を受け取ったことを承諾したということですわよねえ」

どう考えても私では荷が重いというか、力不足だと思うのですが……。

「――ふん、このすっとこどっこいが。馬鹿の考え休むに似たりって言ってね。難しく考えすぎなんだよ。国なんざ興るときには興るし、滅びるときは滅びるもんだよ。盛者必衰、諸行無常、年年歳歳なんとやらだよ！」

レジーナが帝国の中興の祖とも思えない、無責任な（あるいは達観した）発言で――なお、バルトロメイが「魔女殿、それは『年年歳歳花相似たり、歳歳年年人同じからず』であり、また『馬鹿の考え』ではなく『下手の考え』であるのだが」と、脇からダメ出しをしていましたが、馬の耳になんとやらで――私の不安を一蹴して、

「クララ様、クララ様。とりあえず口先だけで『静謐なる薔薇《コ レ》』受け取っておいて、いつものようにトンズラこけばいいんじゃないでしょうか？」

続いて黒い笑みを浮かべたコッペリアが、したり顔で私の耳元で囁きますが――人聞きが悪いですわね。私をなんだと思っているのでしょう、この駄メイドは!?　――どちらも無視をして、正直に緋雪様にいまの懸念を伝えました。

すると、

「なら、しばらく私がマンツーマンで指導しようか？　君なら死者蘇生術『完全蘇生《リザレクション》』でも覚えら

れると思うよ?」

不安を払拭する材料として、途方もなく魅力的な提案が提示されました。

「うっ……!」

聖女様の聖女様たる代名詞である『完全蘇生《リザレクション》』を教授していただける。

これには、私の食指も思いっきり動きまくりました。

「あと、剣術と体術も教えてあげられるよ。なにを隠そう、私は一対一で稀人《マロード》——侯爵《マーキス》に負けたことはないんだよねぇ」

そもそも君の記憶にある武術の修行の記憶とかは、私のものが半端に複製されたものだから、正式に補完できるよ~、と女神というよりも悪魔のような囁きを口にされる緋雪様。

「うっ……うううううっっっ」

「おー、動揺している、動揺している。脈拍、脳波ともに、かつてない乱数を記録しています。さっきの提案よりもよほど魅力を感じて、心中の天秤が揺れまくっているのは確かですね」

思わず煩悶する私の顔色を窺いながら、コッペリアが微妙に呆れの混じった口調で私の内心を推し量りつつ、固唾を呑んで見守っているルークとエレンに解説していました。

「……そんなに僕に負けるのが我慢ならないのですか、ジル⁉」

「ジル様はそこら辺のお姫様のような、観賞用の花ではないですからねえ。これでこそジル様ということですよ、ルーカス殿下」

で、緋雪様はここが攻め時だと確信したのか、エレンの腕の中で高鼾《たかいびき》をかいて眠りこけているフィーアをちらりと一瞥してから、トドメの一言を放ちました。

「それと、従魔の正しい使い方も教えてあげるよ。真紅帝国《インペリアル・クリムゾン》に所属する幹部になれば、所有する従魔を登録しておいて、万が一死亡したとしても、クールタイムを置けば『再蘇生《リボーン》』可能だからね。お陰で真紅帝国《うち》に正式登録されている国民は、何回か死んだこともあるけど、いまだに欠員になった者がいないのが自慢だからねぇ」

その瞬間、私の不安や躊躇はあっさりと消え去り、

「——不束者《ふつつかもの》ですが、どうぞよろしくお願いいたします。お姉さま」

「いいともーっ！」

こうして私は陥落したのでした。

だって、フィーアの身の安全が保証されるのですわよ！　ほかのなにを置いても受けなければならないに決まっています。


「まったく嫌になる……」

森の中、いまだジルたちの姿が垣間見え、耳を澄ませば大まかな会話が聞こえる場所で、セラヴィは手近な大樹に背中を預けて、自嘲と自責の入り混じった呟きを漏らした。

理由をつけてあの場から退いた——いや、逃げたのは、詰まるところ八つ当たりである。自分で

はどうしようもない家柄や才能の違いといった諸々の鬱憤を、すべて女神《ひせつ》のせいにしてぶつけそうになった己の了見の狭さともいえる。

心豊かで才能がある者は、他者の成功や才能を妬んだりはしない。妬むのはそれがない証拠である。そしてなによりも、ここに来て答えを聞くまでもなく、自然《じねん》とわかってしまったからだ。常にジルの視線が、心が誰に向いているかが――またしても自分が選ばれなかったことに対する憤り――エゴ丸出しの感情を抑制できなくなったがゆえの逃避であった。

わかっている。幸運も、誰かを愛したり愛されたりすることも、突き詰めれば当人の資質の問題であり、自分にはその資質が足りないということに。どんなに努力しても、追い求めても手に入れられない……それが自分の限界なのだと。改めて事実を目の前に突き付けられた気分で、そしてルークの、世界中の幸せを独占しているような顔を見ているのが嫌で、思わず逃げ出したのだ。

「……大丈夫だ。俺は、あいつらにも『よかったな。幸せにな』って言える。そうだ、いつも――」

『いつもいつも我慢しなければならない。こんな世界をひっくり返してみたい……そう思っていたんでしょう？』

不意に耳元でいつかの女――皇華祭《おうかさい》の最中に接触してきた半黒妖精族《ハーフダークエルフ》の男から転じた、敵の首魁である〈神聖妖精族《サンクトゥスエルフ》〉――の囁き声が聞こえた。

「手前《てめえ》、尻尾を巻いて逃げたと思ったら、まだこの辺にいたのか……」

遠目にだが、蒼い髪の竜人族《ドラゴニュート》のような青年とともにジルと対峙していたことから、今回の件の黒幕であるのはまず間違いないところだろう。

てっきり遥か彼方へ撤退したと思っていたのだが——。

「〈神帝《ドミユナス》〉とそのバケモノみたいな腹心が雁首揃えている場所に、のこのこ顔を出すとは……よほど自信があるのか、俺がなにもできないと舐められているのか」

素早く周囲に視線を走らせるが、あの〈神聖妖精族《サンクトゥスエルフ》〉の女の姿は目に見えない。

『いいえ。これは私にとってもイチかバチかの賭けよ、セラヴィ・ロウ司祭。あなたが合図を送れば、一瞬にして私は滅ぼされるでしょう。私の生殺与奪権はいまあなたにある。そのうえで提案するわ。私はあの連中に目にモノ見せてやりたい。けれどいまはまだ届かない。足りないモノがあるから。そしてあなたも欲している、運命を変えられる力を。私たちの利害は一致していると思わない？』

姿を見せずにそう囁く〈神聖妖精族《サンクトゥスエルフ》〉の女。

「ふん、勝てないとわかっていて賭けに乗るバカはいない。俺に声をかけてきたのも、要は意趣返しか、保身のための人質狙いってところだろう」

悪意と嘲笑を込めて当てこするセラヴィ。

『劣等感《コンプレックス》』

と、ただ一言告げられた単語に、セラヴィの心臓が大きく鳴った。

「っっっ——！」

知らず動揺が顔に出る。

『挫折を知り天に疎まれ、それでも折れない。私とあなたとは同じもの。表裏一体……いえ、そっくり同じと言ってもいいわね。ねえ、セラヴィ司祭。私は劣等感をバネにして、人生をもがくあなたに親愛の情すら感じているのよ。だから私に手を貸しなさい。あなたが欲しくて欲しくてたまらないものをあげるわ』

甘い囁きに、セラヴィが平静を装い鼻を鳴らして反論した。

「ふふん。口当たりのいい御託を並べちゃいるが、具体的な条件を一切提示していない時点で詐欺か、もしくは人間を誑《たぶら》かす悪魔の類だと自己紹介しているのも同然だぞ。そうして考えなしに同意すると、身を破滅させるような代価か代償を払わなきゃならないっていうのが道理だからな」

『賢明ね。さすがは〝神童〟。そんなあなただからこそ私は目をかけているのよ。——そうね。確かに条件を伝えないのは公平《フェア》ではないわね。では単刀直入に言うわ。セラヴィ司祭、私は我が子——ストラウスに足りない魂魄をあなたで補いたいの』

「なにっ⁉︎」

『つまり、あなたにストラウスと同化してほしい……あなたの意志が勝てばあなたは神に等しい力を得られ、文字通り〝神の子《神童》〟になることができる——そのうえで組織を潰そうが、私を殺そうが好きにすればいいわ——けれど、負ければ我が子を構成する部品《パーツ》のひとつとなり果てる。私はいずれにしても、完全なる〈神子〉を目の当たりにできれば本望だから文句はないわ。ねえ、悪い賭けではないでしょう？』

含み笑いの混じった提案に、セラヴィが無言で唾を飲み込む音がした。

【第三章】オーランシュのお家騒動と故郷への帰還

【ユニス法国、聖都テラメエリタ】

月日が経つのは早いもので、あの日、『喪神の負の遺産』が消えて、そのあとのゴタゴタの最中に「ちょっとひとりになって頭を冷やしてくる」と言って、セラヴィが【闇の森《テネブラエ・ネムス》】へと入ったまま姿を消してから、一月《ひとつき》が経過しました。

気が付いた私たちも八方手を尽くして捜し歩きましたが、天に昇ったか地に潜ったか、その行方は杳《よう》として知れず、まるで煙のようにセラヴィは姿を消してしまったのです。

「——もう一月ですわね」

うずたかく積み上がった書類仕事の合間にそう呟くと、紅茶のセットと定番のキュウリのサンドイッチ、スコーン、季節のケーキが添えられたケーキスタンドが載ったティーワゴンを押して、ここ《聖天使城《サンタンジェロ》》の最上階にある聖女専用の執務室に入ってきたコッペリアが一瞬考え込み——、

「ああ、愚民が死んでもう一月ですね。いやぁ、人の命なんてあっけないものですねー」

あっけらかんと相槌を打ちながら、アフタヌーンティーの支度を始めました。

「消息不明ですわっ。まだ死んだと限りませんわ！」

そもそも現場の様子からして争った形跡がないので、誰か（なにか）に襲われた可能性は限りなく低い……というのが、あの場にいた全員の一致した見解だったはずです。

「あー、そっすね。なら随分と長い便所《なげートイレ》ですね。拾い食いでもして、延々腹でも壊したんでしょうかね。意地汚い愚民らしく」

「それは絶対に違いますわ」

「ではあれですね。思うにあのとき、クララ様がルーカス殿下を選んだのは自明の理でしたので、袖《フラ》にされたショックで愚民が自暴自棄《やけくそ》になってそのまま雲隠れ《出奔》したか、最悪嫉妬に狂って敵に寝返ったのではないでしょうか？」

「ですから、憶測で勝手に決めつけないでください！」

緊迫感のないコッペリアによる、偏見ばかりの見解はさておき、セラヴィが思いがけないトラブルに巻き込まれたのは確実でしょう。それもおそらくは、精霊魔術によるなんらかの事件か事故。そもそもあの場で最初に違和感に気付いたのは、私でもレジーナでも緋雪様でもなく、半精霊《ハーフスピリット》の少女でしたし――。


そう……あのとき、私と緋雪様が今後のスケジュールの擦り合わせをしていたその場へ、

「マロードさま！　なんか森が変になったよ⁉」

「ああ、わかっている。わかっているから俺の頭の上で踊るな、アンナリーナ」

不意に空中から幻のように現れて、稀人侯爵《マロードマーキス》の頭上で得体の知れない踊りを踊り出した、見た目十四、十五歳ほどの水色がかった白髪に水色の瞳、そして妖精族《エルフ》のように尖った耳をして、とどめに背中に小妖精《ピクシー》のような半透明の翅《はね》を持った少女の出現に、思わず私は会話を止めて、呆然とその

姿に見入ってしまいました。

「……な、なんですの、あの娘は……？」

「ああ、ちょっと話しましたけれど、あれがくだんの侯爵《マーキス》が拾って飼っている半精霊《珍獣》ですよ。普段はフラフラしていて、いてもいなくても大差なく、ろくな役にも立たない芸が自慢の穀潰しですので、クララ様にはお目汚しかと」

即座になぜか冷淡な口調で、役立たずと断じたコッペリア。……私の与り知らないところで、なにか確執でもあったのでしょうか？

「――っていうか、侯爵《マーキス》はあの子を『アンナリーナ』と呼んでいるようですけれど」

「ああ、名付けたのは侯爵《マーキス》らしいですよ」

逝去した妹姫の名前が『アンジェリカ』で、拾った謎生物の女の子に付けた名前が『アンナリーナ』とは――。

「立派なシスコンに成り果てたのですわね……前世のお兄様。妹大好き過ぎて、拾った女の子に妹の名前をもじって付けて愛でるとは、さすがに元妹としては引きますわ」

「ちょっと待て、アンジェリカ！　それは誤解だ。俺はお前の魂の安息と、己の贖罪として、この身寄りのない子にあえてアンナリーナと名付けたのであって、別に代用品にしようだとか、邪《よこしま》な目的で保護したとか、そんな意図は一切ない！」

戯れるアンナリーナを無理やり引き剥がしながら、心外だとばかりに私へ向かって、必死に抗弁する侯爵《マーキス》。

「……そうなのですか？」

事実関係を一番把握してそうな緋雪様に確認を取ると、

「シスコンは皆同じことを言うんだよ」

沈鬱な――「残念ながら君のお兄さんは不治の病なのさ」と言いたげな――表情で、ふっ……と肩をすくめて皮肉な吐息を放たれました。

「なるほど……」

「だから違うと――」

「ねーねー、マロードさま。いま、そこの森の中で誰かがガーっと隠れていて、誰かをこう……闇でグルグル隠して連れていったよー」

見た目の年齢のわりに幼い子供のような口調で、なにやら盛んにアピールするアンナリーナ。

その指さす先が、先ほどセラヴィが入った森のあたりであることに、にわかに不安になった私は緋雪様に断りを入れて、ルークとエレンとコッペリア、ついでにバルトロメイと侯爵《マーキス》、そして案内役のアンナリーナの先導で森に入り、そうしていくら声を張り上げても返事がなく、どこにもセラヴィの姿がないことに気付いて動転したのでした。

小一時間ほどさんざん捜し回っても、忽然と姿を消したセラヴィの行方は杳として知れず、憔悴を露にする私たち。

「こりゃもう絶望的ですね～。『なんの取柄もない愚民。誰にも気付かれることなく、ここに眠る』――と」

あっさりと見切りをつけたコッペリアが、適当な木の板に墓碑銘を書いて、セラヴィが最後にいたであろう場所の地面へ突き刺しました。

「縁起でもないわね！　それにこんなペットの墓みたいなのって、いくらなんでも適当過ぎるでしょう！」

さすがに悪ふざけが過ぎると思ったのか、憤慨したエレンが木の板を引き抜いて、その場で膝を使って真っ二つに叩き割って放り捨てます。

「……罰当たりですねえ、エレン先輩」

「罰当たりなのはアンタのほうよ！」

と、そこへアンナリーナの要領を得ない話をじっくりと聞いて吟味していた侯爵《マーキス》が、難しい顔をしてやってきました。

「アンジェリカ、どうもこのあたりの精霊は、何者かの干渉を受けていたらしい。詳しい話を聞こうにも、より上位の命令《コマンド》を受けて、なにも覚えていない状態だということだ。――ま、逆にその不自然さにアンナリーナが気付いて騒いだらしいが」

「精霊に働きかける？　それも完全に支配するレベルで？　精霊魔術でしょうか？」

最後の問いは、様子を見にこられた緋雪様へのものです。

「さて、そのあたり私は管轄外だからねぇ……気が付かなかった、空穂？」

水を向けられた空穂様は、

「ほほほほほはっ。姫様、鳳凰の羽ばたきならばともかく、羽虫の羽音などいちいち気にも留めないものですぞえ」

しれっと『そんな細かいこと知るか』と婉曲に明言しました。

「あー……まあ、ウチの連中は細かい作業には向いてないからねぇ。ともかく、さっき連絡をして探知系の魔将が総がかりで【闇の森《テネブラエ・ネムス》】全域を捜索したけれど、さっきの――セラヴィ司祭だっけ？――の姿は発見できなかったそうだ」

この短時間で【闇の森《テネブラエ・ネムス》】全域を草の根分けても捜し回るとは、さすがはカーディナルローゼ超帝国ですが、その結果を前にして私の肩が力なく下がります。

「まあ、逆に言えば死体も発見できないってことだから、死んだ可能性は低い……あくまで消息不明だね」

「そう、ですわね……」

緋雪様の気休めに同意しつつ、意気消沈しながら――レジーナが「小僧のことは心配しても仕方がないだろう。まずは飯だね、飯！」と、場を収めたため――とりあえずこの場をあとにして、私たちは緋雪様の『転移術《トランスファー》』で庵へ取って返して、一息ついたのでした。

そうしてそのまま時間だけが過ぎていき、後ろ髪を引かれる思いでしたが、ほかにやるべきことが目白押しでしたので、やむなくセラヴィの捜索を侯爵《マーキス》にお願いして、私（とフィーア）は緋雪様の手引きでカーディナルローゼ超帝国本国――なんと成層圏に浮かぶ巨大な浮遊大陸でした――に夏休みの残り一月ほど滞在して、修行に没頭することにしました。

その間にルークとコッペリア、エレンは〈真龍《エンシェント・ドラゴン》〉であるゼクスに乗って北を目指し……途中で、ブルーノとジェシーさんたち、ラナ、それとプリュイやアシミ、シャトンなどと合流しながら、一月かけてリビティウム皇国へと戻りました。

私も夏休みの終了に伴ってリビティウム皇立学園のあるシレント央国へと帰還して、変わらぬ一同との、束の間の再会を喜んだのです。

とはいえ、私の二代目聖女襲名（それも初代聖女スノウ様直々の指名）と、【闇の森《テネブラエ・ネムス》】の浄化解放に伴う所有権の移転——多くの国々が聖女《わたし》による『建国』と受け止めたようです——という驚天動地の出来事を前にして、大陸全土の諸国に激震が走った最中に、姿を消していた渦中の当事者《わたし》が帰還したとあって、今度こそ蜂の巣をつついたような、てんやわんやの大騒ぎ……になったとか。

そのため、政治的な中立と独立性を標榜している皇立学園内であっても、落ち着いて過ごすことができなくなってしまったため（なにしろ各国からの留学生が目白押しですから）、やむなくルークともども学園を無期限の休学として、外からの攻勢をある程度シャットアウトできるユニス法国の聖都テラメエリタ、聖女教団の本拠地である《聖天使城《サンタンジェロ》》へと保護を求める形へ収まったわけですが……。

「両手と『念動』、同時並列思考を使って、一秒間に五枚のペースで精査して決裁をしているのに、一向に書類が減らないのはどういうことですか⁉」

コッペリアが淹れてくれた夏摘みのマスカテルフレーバー紅茶を口にしながら、思わず嘆息する私。ほとんど賽の河原の石積みかわんこそばのように、書類の山がなくなったと思ったら、次から次へと新たな書類が運ばれてくるのですから、嫌になってしまいます。

「これでもかなり篩《ふるい》にかけられて運ばれてきてるんですけどねえ。下の階では無能《ボンクラ》な神官どもが雁首揃えて、空っぽの頭を抱えて血反吐を吐きながら、この数十倍の数の書類と向き合ってますよ。ちょっと確認しましたけれど、計算間違いは多いわ、非効率的だわ、マジで使えねーどてかぼちゃ連中ばかりですね。いやぁ……いまになって偲《しの》ぶと、まだしも愚民はマシな部類だったんですね」

いちおう、神官というのはこの世界の最高知的階級なのですけれど、コッペリアから見ればスカスカなどてかぼちゃも同然らしいですわ。

「はあ～、聖域として外部からの干渉は不可侵《アンタッチャブル》かと思えば、意外と世知辛いですし、周りは私を腫れ物扱いですし、ついでに秘書官《カメルレンゴ》さんを筆頭に古ユニス王国関係者は、【闇の森《テネブラエ・ネムス》】を『新ユニス王国』として再興させようと、夜討ち朝駆けで説得してきて気の休まる暇もないですし。なにか気分転換になることはないかしら？」

まあ無理よね、この状態では。さすがに私も無責任にホイホイ外出するわけにもいきません。下手をすれば、警備にあたる人の首が物理的に飛びます。

と、そんな私の愚痴を聞いていたコッペリアが、ひらりと一枚の書類を執務机の上に置きました。

「――『面会希望』？　随分と古い日付ね。もう半年前じゃない」

「無能神官どもが塩漬けにしていたようで。ま、確かにクララ様のご多忙を思えば後回しにしたのもわかりますが、希望者の名前にちょっと覚えがあるもので、クララ様も興味があるのではないかと思って抜き取ってきました」

そう言われて、改めて申請してきた方のお名前と職業を確認した私は、危うく飲んでいた紅茶を喉に詰まらせそうになりました。

「『奴隷斡旋所〝お菓子の家《ヘクセンハウス》〟テラメエリタ支店長アンジェ・オリヴァー』――これって⁉」

「ええ、ちょうどいい気分転換になるんじゃないですか？」

コッペリアの言葉に、私は一も二もなく頷きます。

「すぐに面会の手はずを整えてください。念のためにルークにも同席していただくようにして……って、まだ《聖天使城《サンタンジェロ》》内に滞在していますわよね？」

ルークもルークで、聖女《わたし》の婚約者という名目を最大限に活用して、私の代わりにグラウィオール帝国本国からの使者や【闇の森《テネブラエ・ネムス》】周辺諸国の代表者、なによりも聖女教団と連携して、連日息をつく暇もないほど忙しく働いて、私の負担を減らしてくれているのですから頭が上がりません。

「ええ。最近は銭ゲバ猫《シャトン》が連れてきた、亡き愚民の騎獣である火蜥蜴《サラマンダー》の世話を嬉々としてやることで、気晴らししているみたいですね」

多忙のために、最近はあまり話す機会がないルークの現状について、コッペリアが即座にそらんじてくれました。

「そうなのですか。それならばよかったのですが」

私がそう相槌を打つと、コッペリアが鹿爪らしい顔で大仰に頷きます。

「そうですね。クララ様に続いて飼っていた騎獣まで、目を離した隙に寝取られるとは、愚民も今頃草葉の陰で、地団太を踏んでいるでしょう」

「いろいろと人聞きの悪いことを口にしないでください！　――というか、前から思っていたのですが、セラヴィのことが嫌いなのですか、コッペリア？」

「いえ。いまとなっては貴重なツッコミ役がいなくなったわけで、残念でまた不安に思っていますよ、ワタシは。下手をすれば今後、延々とボケっぱなしの会話が続くのではないかと」

「おかしな危惧をしないでくださいっ！」

いつも通りなコッペリアはさておき、ひとつの潤いが生まれたことで俄然気持ちに張り合いの出た私は、休憩を挟んで午後の仕事へと没頭するのでした。


さて、面会の許可は出したもののなかなか審査が通らず、最終的に私が強権を発動――すなわち、「テオドロス法王《おじい》様（聖女となった私のほうが立場としては上なので、『聖下』という尊称は使わないようになりました）、私の昔馴染みと旧交を温め直したいと思っているのですが、担当者がいろいろと理由をあげつらっては、まったく聞く耳を持とうとしないのです。もしや私、聖女として軽んじられているのでしょうか？」

教団の最高指導者である（最近は「マジの聖女様がいるんだから、もういらねえんじゃね？」と存在を疑問視されることも多い）祖父テオドロス法王に泣きつくことでした。

「おお、儂《わし》の可愛いクララを泣かせるとは許せんの。担当者は断罪のうえ、逆さ十字架に磔《はりつけ》にして──」

「いいえ、そこまで本気で処罰しなくてもいいのです。横車を押して、大至急審査を通してくれればいいので」

激昂する祖父を宥め、どうにか面会の許可が下りたのが、申請書を確認してから二巡週後のことです。

面会の当日、大聖堂にずらりと勢揃いした賢人会のお歴々を筆頭に、ユニス法国内の高位貴族が顔を連ね、聖騎士や神官戦士が厳重な警護をする中でイベントが始まりました。

「宗教裁判ではないのですから、別にここまで大がかりにしなくてもいいのですけれど……」

さすがにアンジェちゃん（さん）だけを名指しで特別扱いするわけにはいかないので、非常に面倒ながら、名目上は『厳選された面会希望者への聖女様のお目通り』として、その他大勢のひとりという形で会見する予定です。

私も、この日のために寝る間も惜しんで書類の山と格闘し、どうにか時間を捻出して会見に臨んだわけですから、正直、本命のアンジェちゃん以外の、おまけである他国の王族や貴族、大商人などによる下心満載の追従や称賛の挨拶などどうでもよかったのですが、身分によって会見の順番や時間が優遇される、形式美に則らなければならないのが、この業界の辛いところです。

ちなみに、豪奢な椅子に座る私の背後には侍女のエレンとコッペリアがついていて、足元にはフィーアが、左右にはテオドロス法王と秘書官《カメルレンゴ》さんが重厚な椅子に腰かけています。ルークは賓客《ゲスト》扱いでちょっと離れた席にいますけれど、思ったより元気そうでなによりでした。

「……気のせいか、エレンが半分死にかけているような気がするのですが……？」

とりあえず王侯貴族による挨拶と交渉――婉曲な要望や美辞麗句を連ねた阿諛追従《あゆついしょう》、なかには「手入れした庭園が隣の猫に荒らされて困っている」という愚にもつかない繰り言もありましたけれど――という名の攻防《腹芸》を、休憩を挟みながらどうにか終えて、残りはアンジェちゃん（さん）を含む一般からの面会希望者となり、周囲の空気も若干緩んでチラホラ退席する人も出てきたところで、いったん小休憩を挟むことになりました。

「それはそうですよ、ジル様。なんであたしが貴族なんですか～⁉　侍女《ハンドメイド》の修行と同時に貴族教育とか、本気で勘弁してくださいよぉ……！」

お茶を運んできたエレンが、珍しく泣き言を放ちます。かなり鬱憤がたまっているようですわね。

「――仕方がないじゃないですか。クララ様はいまや聖女で、将来の超大国の女王様……となれば、どこの馬の骨かわからない田舎娘を侍女に据えておくわけにはいかないというのが常識です。けれどクララ様はエレン先輩を放逐するつもりはない。そこで発想を転換して、エレン先輩を貴族に持ち上げれば万事解決となったわけですから」

同じくお茶の支度をしながら、コッペリアがエレンを宥めすかします。

なお、正確には貴族に叙爵《じょしゃく》されたのは、エレンの父である西の開拓村の村長《アロルド・バレージ》さんで、名目としては『開拓民として目覚ましい功績をあげたこと』が認められ、グラウィオール帝国准男爵位を賜りました。

さらにこれはオフレコですが、ルーク経由で聞いた話によれば、近々【闇の森《テネブラエ・ネムス》】に隣接する広大な開拓地はすべてエイルマー殿下の領地となり、その寄子にあたるクリスティ女史は伯爵に、そして陪臣貴族として、村長さんは最終的に子爵まで特進させる予定でいるとのことですので、エレンにも子爵令嬢としての教育が施されている……というわけでした。

「まあワタシ個人の意見としては、馬には馬の驢馬《ロバ》には驢馬《ロバ》の利点があるわけですから、わざわざ驢馬《ロバ》を馬に改造する必要はないと思うのですが」

「誰がロバよ！」

いつも通りのシニカルな調子で肩をすくめるコッペリアに、やにわに精彩を取り戻したエレンが噛み付きます。

そうして一般の——といっても身元が確かな上級市民《ブルジョア》階級に限られていますが——市民との面会が始まりました。

こちらも貴族同様に、本題に入らないまま無駄な時間を費やすのかと、半ばげんなりしていたのですが、意外とサクサク進み（顔を上げて私の顔を見た瞬間に、極度の緊張によるものだと思いますが、皆さん忘我の表情で絶句するか、失神するなどしてバグる人たちが続出して、会話にならなかった……という理由が大半を占めています）、いよいよアンジェ・オリヴァーさんとの面談となりました。

鼻持ちならない嫌な大人になっていなければいいのですが……。

と、漠然と思っている間に、案内役の先導で一組の男女がやってきました。

おそらくは夫であろう、見た感じ四十歳前後の、スーツを着たお堅い会計士のような男性を伴ってやってきた、グレーのボレロ付きスレンダーラインのロングドレスの女性――アンジェちゃんは、すでに三十代後半のキリリとした、見るからに才気迸るキャリアウーマン然とした女性となっていました。

さすがに当時の面影はほとんど残っていませんが、どことなくダンを彷彿とさせる佇《たたず》まいを感じられて「ああ、アンジェちゃんなんだなぁ」と密かに安心したものです。

平伏していたふたりに議事を司る神官が声をかけると、恭しく顔を上げたアンジェちゃんが私と
「――面《おもて》を上げよ」

背後に侍るコッペリアを見て、一瞬だけ泣きそうな顔になりました。

刹那、私の脳裏に当時の思い出がまざまざと甦ります。

もう二年半ほど前になるでしょうか。ひょんなことから封印されていた〈不死者の王《ノーライフキング》〉が復活して、なし崩し的に巻き込まれた私たち。

紆余曲折の末にこれを斃《たお》すことには成功したものの、実質的に相打ちとなり、私とセラヴィとコッペリアは、時空の乱れに巻き込まれて、三十年前のここユニス法国聖都テラメエリタへ時間を遡ってたどり着きました。そして教団に保護され、私もよくわからないうちに『巫女姫クララ』と

呼ばれるようになり、活動をしていた際に偶然知り合ったのが、アンジェちゃんの父である奴隷商の用心棒《バウンサー》であったダン——ことダニエル・オリヴァー氏でした。

出会った当初から、なぜか喧嘩腰であったダン。その理由は、男手ひとつで育てていた愛娘で、当時五～六歳だったアンジェちゃんに先天的な心臓病があり、いくら大金を積んでも教団では治せない（治癒術は基本的に先天的な疾患や障害には無力です）と言い切られたことによる憔悴と絶望、そして憤怒の矛先が、教団の象徴であった巫女姫《わたし》へと向けられ、暴走へと発展したわけです。

結局、ダンの事情を知った私とコッペリアとで、魔術と治癒術を併用した無切開手術を施して、無事に健康体になった……はずです。しかし、術後の経過を十分に確認できないまま現代へ戻ってしまったので、そのあとのことを心配していたのですが、どうやら後遺症などなく息災でいらしたようで、安堵いたしました。

「巫女姫——失礼いたしました。聖女様にはご多忙のなか、私ごときのために貴重なお時間を割いていただきましたこと、謹んで心より感謝いたします」

改めて威儀を正して始めたアンジェちゃんの前口上を片手で制して、私のほうから感慨を込めて話しかけます。

「久しぶりですわね、アンジェちゃん。お元気そうでなによりですわ。そのあと、お体のほうはお健やかでいらっしゃいますか？」

「は……はいっ。お陰様でいまでは娘も生まれ、親子三人でつつがなく暮らしております」

「それはなによりですわ……ところで、ダン——お父様はご壮健でいらっしゃいますか？」

『親子三人』というところにふと気がかりを覚えてそう尋ねると、アンジェの表情に影が差しました。

「父は……四月ほど前に何者かに襲われて黄泉へ旅立ちました」

半ば予想はしていましたけれど、寿命や病ではなく、お亡くなりになった思いがけない原因に、思わず私は絶句してしまいました。

「――っ！　それは……」

「仕方がありません。私たちは亡八《ぼうはち》――人の恨みを買うのは覚悟のうえですから」

本心なのか強がりなのか、淡々とそう口に出すアンジェちゃん。

「そういえば父から生前、聖女様に『よろしく』と。それと『例の姉の行方が掴めました』という伝言を預かっていますが……」

なんのことやら、と言いたげな、あやふやな表情を浮かべているアンジェちゃんとは対照的に、その瞬間、私の全身に戦慄が走りました。

「……ラナの……ラナちゃんのお姉さんの行方を掴んでいたのですか、ダンは⁉」


「えーと、次に『仮称・聖王国』への移民希望者ですが、人間族《ヒューム》のほかにも獣人族《ゾアン》、洞矮族《ドワーフ》、吸血鬼《ヴァンパイア》、巨人族《ギガース》そのほか亜人種、それというまでもなく妖精族《エルフ》と黒妖精族《ダークエルフ》が、血眼《ちまなこ》になって名乗りを上げています」

エレンからの報告に、その場にいた全員が「ああ、まあそうなるわね」と諦観混じりの納得をしました。

「なにしろあそこには、地上では消滅した世界樹《ユグドラシル》の森があるのですからね。妖精族《エルフ》や黒妖精族《ダークエルフ》にとっては、失われた神が戻ってきたようなものでしょうから、それは当然でしょうね」

同意しながら私は、超帝国から世界樹《ユグドラシル》の苗木（といっても全長百メルトくらいありましたけれど）が下賜された経緯を思い出しました。

『真紅帝国《うち》では裏庭に竹藪並みに生えて邪魔だから、欲しけりゃいくらでもあげるけど？』

という「ありがたみがないですわね～」という緋雪様のご厚意で、例の『喪神の負の遺産』があった跡地へ移植したのですが、たちまち根付いて、いまではスカイツリーに匹敵する高さへと成長しています。

最終的には標高五十～六十キルメルトに達するそうですから、そうなればもはや軌道エレベーターも同然でしょう。日照問題とか大丈夫かしら？

「ですが、亜人種を人間族《ヒューム》と同等に扱うことに関しては反対の声も多く、特に聖女教団内部からの反発が強いですね」

「認めたくない奴は関わらなきゃいいんですよ。別にお前らがいなくても問題ない――どころか、わざわざ火種を持ち込む必要なんてないんですから。リスクも負わずに甘い汁だけ吸おうとする連中なんて、百害あって一利なしです」

コッペリアが身も蓋もない口調で反対派を一刀両断して、

「その点、同じ人間族《ヒューム》でも『クララ様ファンクラブ』の会員なんざ、クララ様が女王様になって治める国と聞いて、即座に『犬と呼んでください！』と人間を捨てましたからね」

ついでに聞きたくない情報を開示しました。

「せめて、人間としての尊厳までは捨てないでほしいのですけれど……ですが、確かに前半はその通りね。基本方針はそれでいくことにして、もうちょっと婉曲に……きちんと法整備をして明文化するようにしましょう」

「なるほど。馬鹿には理解できないように、高度に難解な文言と文法で煙に巻くのですね。わかります」

うんうんとコッペリアが頷いたところで、私の感知領域に見知った反応が引っかかりました。

「あら……？」

「うぉん！」

「──ちわ～」

フィーアが私の膝の上で吼えるのとほぼ同時に、執務机がカーペットに落とす影の中から、いつもの格好をして、リュックサックを背負ったシャトンが、湧き出るように現れました。

一瞬警戒したコッペリアとエレン、ラナですが、現れたのがシャトンだと知って、ホッと肩の力を抜きます。

「聖女サマ。ご依頼のダニエル・オリヴァー殺人事件の詳細について、シレントまで行って確認してきたにゃ」

　あれから一巡週も経たないうちに、調査を依頼していたシャトンが現地まで行って戻ってきました……のはいいですが、こうして警戒が厳重なはずの《聖天使城《サンタンジェロ》》の最上階にある聖女専用のフロアに忍び込まれるのですから、ザルもいいところの警備だと実証されたも同然で、私としては微妙なところですわね（私は空間魔術と精霊魔術で即座に感知しましたけれど）。

「衛兵の調査では、同業者による怨恨もしくは物取りの犯行という見解で、調査が終了していますにゃ。理由としては、室内がひっくり返されたかのように荒らされていて、ダニエル・オリヴァーにも執拗な暴行がなされた形跡があり、金品のみならず顧客や奴隷の名簿や資料などが、洗いざらい強奪されていたからというものにゃ」

　立て板に水で捲し立てるシャトンの話に、神妙な表情で聞き入る私、コッペリア、エレン、そしてラナ。特にラナは生き別れの姉の手がかりが掴めそうだと聞いて、期待と不安を隠せないでいるようでした。

「屋敷内には護衛や使用人、保護されていた子供たちなどがいたはずですが、目撃者や手がかりなどは一切ないのですか？」

　私の問いかけに、シャトンは左右色違いの目を細めて意味ありげに笑います。

「ちょうど屋敷内にはダニエル・オリヴァー以外には誰もいなかったようで、衛兵らの見解では、事件と前後して『正義の輝き《ランボ・ディカイオン》』といういわくつきの冒険者グループがシレントから消えていることから、こいつらの仕業とみているようにゃ。ちなみに、こいつらは裏で殺人、強盗、強姦なんでもござれと噂されるクズ集団で、冒険者ギルドでも明確な証拠がないために、除籍できないでいた問題グループにゃ」

「『正義の輝き《ランボ・ディカイオン》』なんてご大層な名前を付けていて、やっていることは正反対なんて、恥ずかしくないのかしら!?」

「ははは、エレン先輩。正義なんて、誰もが掲げられるお題目なんですよ。戦争でも勝てば正義……要するに力ある者が正義ってことで、逆に言えば、力なき正義なんざ負け犬の遠吠えですよ」

憤慨するエレンに対して、コッペリアが失笑混じりに言い放ちます。

怒りの矛先がやや脱線しがちになったのを感じて、私はフィーアのお腹のあたりを撫でながら、シャトンに確認をしました。

「つまり、その『正義の輝き《ランボ・ディカイオン》』という冒険者グループが、実行犯ということですか?」

「状況的には限りなく黒で……ですが、連中のそのあとの足取りが忽然と消えていますにゃ」

「大方、黒幕に始末されたんでしょう。三下の末路なんてそんなもんです」

鼻を鳴らすコッペリア。シャトンは肯定も否定もせずに、無言でニヤニヤと思わせぶりな笑みを浮かべています。

「……では、現状ではダン――いえ、ダニエル・オリヴァー氏が追跡調査の末に発見したという、ラナのお姉さんに関する手がかりは断たれた、ということですね?」

そう私が確認を取ると、張り詰めていた緊張の糸が切れた様子で、ラナが安堵とも失望とも取れぬ吐息を漏らしました。

大方、唯一の身内の安否を——すでにお亡くなりになっているという可能性も、けして低くはありません——『確定してほしいけれどほしくない』といった、中途半端な気持ちなのでしょう。

「そうですにゃ。ただダニエル・オリヴァーは殺される一月ほど前から、秘密裏に屋敷内の奴隷た《子供》ちや使用人、護衛まで避難させていたようですにゃ。ダニエル・オリヴァーも裏社会に精通した男にゃ。それがたかだか悪徳冒険者ごときに、そこまで覚悟するというのもおかしな話ですにゃ」

なるほど、シャトンの理屈ももっともです。ダンがその気になれば逃げることも、より精強な護衛たちを雇うことも可能であったはずなのですから。

「そのダニエルさんって、裏社会にも顔が利くんですよね？　それが、最初から手に負えないと観念するくらいヤバい相手となると……さっき名前が出てきた『正義の輝き《ランボ・ディカイオン》』ってのも——」

エレンが周囲を憚るように声を落として、シャトンへ確認しました。

「十中八九、本命から目を逸らすための囮《おとり》。スケープゴートってやつですにゃ。大方、今頃は全員仲よく地獄巡りをしている塩梅じゃないですかにゃ」

コッペリアのあてずっぽうを改めて肯定するシャトンの返答に反して、執務室に重い沈黙が落ちます。

エレンとラナは漠然とした恐怖を覚えているだけのようですが、視線を交差させた私とシャトン、そしてコッペリアが弾き出した答えは、ともに同じものでした。

『間違いなく国家権力が絡んでいる。それも、シレント央国の首都シレントで証拠ひとつ残さず、それなりの名士を抹消できる規模と秘匿性を持った国が』

こうなると、そう簡単に動きが取れません。シレントの事件ということで、仮にリーゼロッテ王女に助力を願っても、彼女が知らないだけで、事によるとシレント央国が事件に関わっているかも知れません。その場合、今度はリーゼロッテ王女の身柄が危険ということで本末転倒ですし、あるいは私が知らないだけで、今回の件にユニス法国の暗部が暗躍した可能性もあります。いずれにしても、どの藪をつついても確実に蛇が出てくるでしょう。

「……せめて蛇《敵》の種類《正体》がわかっていれば、対策も立てられるのですけれど」

嘆息しつつ、期待を込めてシャトンへ視線を送ったのですが、

「目星はついているけど、さすがにこの短時間で確定するのは無理にゃ」

軽く肩をすくめて、首を横に振られました。

「――というか、聖女サマはまず相手を叩き潰すことを前提にしているのがおかしいにゃ。考えてみてほしいにゃ。必要なのは、ダニエル・オリヴァーが入手した情報の確保ではないですかにゃ？」

「あ――！」

言われてみればその通りですわね。

「クララ様は基本的に『敵がいたらまず倒す』がモットーの、武闘派の聖女ですから」

したり顔で勝手な講釈を垂れるコッペリア。

そんな矛盾をはらんだ聖女がいてたまりますか！　と文句を言いたいところですが、直前の自分

の言動や発想を鑑みて、さすがに自制せざるを得ませんでした。

その間にもシャトンの説明は続きます。

「で、親方のルートでいろいろと調べた結果、ダニエル・オリヴァーが別名義で生前に、ここユニス法国の首都テラメエリタへ手紙を送っていたのがわかったにゃ。ただし宛名は不明にゃ」

「普通に考えればアンジェちゃん宛だけれど、あの様子では心当たりはなさそうね」

過日の面談の様子を思い出して私がそう口に出すと、エレンが私のほうを見ながら、

「ジル様宛に送ったってことはありませんか？」

そう聞かれましたけれど、基本的に私宛の手紙って、私本人が直接見る機会ってほとんどないのですよね。それこそ国家元首からの手紙でもない限り。

「クララ様宛の手紙やファンレターの類は手分けして開封をして、現金が入っているものには、ワタシがクララ様の一筆を代筆した礼状を書いて送ってますけど、それ以外は焚きつけに使っています」

「「なんてことをしているのですか（してんのよ）‼」」

我ながらいい仕事をしている！　という清々しいまでにわだかまりのない顔で言い放ったコッペリアに、思わず私とエレンとの怒号が重なりました。

それでは仮にダンからの手紙があったとしても、内容も確認しないで灰になった公算が高いということでしょう⁉

「まあまあ、さすがに直接聖女様に送るなんて無茶はしてないと思うにゃ。それにもともとダニエ

ル・オリヴァーはこの町の出身にゃ。信頼できる相手に渡るようにしたと考えるのが自然にゃ」

「――あっ……！」

そう仲裁するシャトンのなにげない言葉に、私の脳裏で三十年前にこの町で出会ったひとりの女性の面影が甦りました。

同時にコッペリアも思い至ったのか、

「ああ、あの阿婆擦《あばず》れですか」

とげんなりした表情で、軽く鼻を鳴らします。


三十年前のダニエル・オリヴァー（ダン）の恋人というか、愛人というか、情婦というか、微妙な関係であった――けれども、ダンのために平然と命まで懸けた女性――踊り子のマーサさんの現在の行方について。

アンジェちゃんにも確認しましたが、生憎とご存じない――というか、『子供の頃にお世話になった優しいお姉さん』という、漠然とした記憶しかない――そうで、そのため手探りで一から調査をすることになったのですが……。

けれども、当時勤めていた『歌劇場・夜光蝶』はとうの昔に廃業されていましたし、そもそもマーサさんは元流民《デラシネ》ですから、教団名簿に市民として記載がされておらず、正攻法で所在を掴むのはほぼ不可能……ということで、難航することが予想されましたが、あにはからんや、意外なほどあっさりと現在の所在が判明しました。

ただしある意味予想を裏切る形で……。

「十二年前に亡くなっていて、第三教区の外れにある共同墓地に埋葬されたのが確認できました。なお、死因は寝取られた亭主の女房たち（複数）が徒党を組んでの報復《リベンジ》――裏路地で滅多刺しにされたそうです。ま、三人までは道連れにしたようですが」

ありあまる演算能力を駆使して、教団に死蔵してあった過去三十年分の資料を一時間と経たないうちに読み取ったコッペリアからの報告に、各国からの陳情書や要望書の整理をしていた私は、思わず頭を抱えてため息を漏らしてしまいました。

「……それはまた……お気の毒様と哀悼の意を表すべきか、彼女らしい最期と感心すべきか、悩みどころですわね……」

まあ、少なくとも最後の最後まで奔放に生きたマーサさんらしい、太く短い生き様で悔いはなかったでしょう。

とりあえずしばし黙祷したあと、私は改めて嘆息しました。

「ですが、ダンが手紙を送った相手が誰か、またもや振り出しに戻ったわけですわね」

そうなると再度シャトンに調査を依頼するか、現在所用で聖都を離れているブルーノやジェシーたちが戻り次第、お願いをして地道に足で探索してもらうかしかないかと悩んでいたのですが、ほどなく予想だにしない人物によって、その問題はあっさりと解決することになったのでした。

「ジュリアお嬢様――いえ、聖女様。シレントでの引き継ぎが終わりましたので、遅ればせながらまかり越しました」

折り目正しく一礼《カーテシー》をする私の侍女頭であるモニカを前にして、私は彼女の背後に直立するブルーノ、ジェシー、エレノア、ライカともども楽にするように促しつつ、仕事の傍ら気になっていた事案について質します。

「ご苦労様でした。シレントの『ルタンドゥテⅢ号店』のほうは、つつがなく営業できそうですか？」

「はい、エミリアが店長代理として店を回していますし、問題があっても事務的なことはカーティス様が、荒事にはノーマン隊長が対処に当たっており、いまのところ問題はないかと」

にこりともしない、いつも通りのモニカの調子に、私はホッと安堵の吐息を漏らしました。

「そうですか。連日の雑務でさすがに私もキャパがいっぱいで、周囲で補佐してくれる人手が足りないところでしたので、侍女頭としてモニカに新顔の侍女たちの指導をしてもらえば助かりますわ」

「？　新顔の侍女というと、教団が推薦した良家の子女や元巫女見習い（能力が足りなくてドロップアウトした）でございますよね？　それならば私などが指導するまでもなく、基礎はよほどしっかりとできていると思うのですが？」

私の切実な願いに、怪訝な表情をするモニカ。コッペリアはともかくとして、現在私の周囲を固めている侍女は、モニカ（元旅籠《はたご》の娘）、エレン（元開拓村の村長の娘）、ラナ（売られた元奴隷）という、本《もと》を正せば素人軍団の付け焼刃もいいところですので、素性の確かな良家の子女に比べれば、所作や気品がどうしても劣る……と密かに悩んでいたのは、私もなんとなく察してはいたところです。そこへ私が正統派の侍女たちへの指導をお願いしたので、面食らったのでしょう。

「確かに優等生ではあるのですよ、彼女たちも。ただ、修羅場を潜り抜けていないせいか、なんというか予想外のアドリブに対応できないというか、ぶっちゃけ脆弱なように思えますの。あ、あくまで精神的にという意味ですわよ」

「あ～、いかにも箱入りって感じですもんね、あの人たち」

新たに配属されてきた侍女たちとは隔意はないにしても、距離感が掴めないでヤキモキしているように見えたエレンが、我が意を得たりという感じで同意しました。

「そうですわね。そういった後天的な環境から得られた性質もあるでしょうけれど、基本的に皆さん繊細で受け身なので、リーダーシップを発揮できる人材が必要だと思っていましたの」

私が率先してもただの命令になってしまい、自主性を伸ばすことになりませんから。その点、エレンやラナへの教育を通じてノウハウを持っていて、なおかつ私とも気心の知れたモニカが来てくれたのは、まさに渡りに船でした。

「なるほど、承知しました」

心なしか、満ち足りた表情で一礼をするモニカ。それから、なにげない調子で付け加えます。

「しかし、そうなりますと、もとからお嬢様に仕えていた侍女たちは、逆説的に『図太くて、逆境にも負けずに、殺しても死なない』と思われている、ということですね」

「「「「「「「………」」」」」」」

「なぜ一斉にワタシを見るのか、理解不能なのですが？」

モニカの言葉を全身全霊で体現しているような侍女《コッペリア》に、反射的に室内にいた全員の視線が集中してしまいました。

私は慌てて咳払いをして話をはぐらかします。

「コホン。――ブルーノにジェシー、エレノア、ライカも、道中の護衛ありがとうございました。問題はありませんでしたか？」

「ええ、現在シレントからテラメエリタへ向かう街道はちょっとしたお祭り騒ぎで、機を見るに敏な商人たちが隊商《キャラバン》を組んで行き来していますので、野犬一匹すら近寄りませんから、気楽なもんでしたよ」

苦笑するジェシー。

新国家景気ともいうべきでしょうか。【闇の森《テネブラエ・ネムス》】跡に造られる予定の国で一旗揚げようと、現在、大陸中から人が集まっているので、聖都とその周辺は史上稀に見る人ごみと好景気を記録しているとか。

ですが、いまはまだ秋口なので問題ありませんが、もう一月もするとこのあたりは雪が降り出しますので、そうなったらことによると、凍死者や餓死者が大量発生する可能性もあります。

そのあたりを考慮して、多少前倒しをして【闇の森《テネブラエ・ネムス》】の一部を開放するのも手でしょう。

幸いにして緋雪様のご厚意で、領内には複数の『転移門《テレポーター》』が設置してありますから移動は楽ですし、また事前に洞矮族《ドワーフ》の国インフラマラエ王国に問い合わせたところ、中原のゴタゴタの際に私がアイデアを出して製作した、戦災避難者のための仮設住宅《プレハブ》がまだ大量に残っているそうですので、一括して買い上げてもいいでしょう。

そんなことを考えていると、ブルーノがなにやら意味ありげな笑みをモニカに向けて、

「そういや、俺たちが便乗した隊商《キャラバン》の若大将が、旅の間ずっとモニカさんに口説《コナか》いていたっけ」

途端に色めき立つエレンとエレノアさんの、艶聞大好き女子ふたり。

「えっ、なに本当なのブルーノ⁉　モニカさんにも春が来たの！　モニカさん、お付き合いしないんですか？」

「そうそう、そうなのよ！　旅の間中、甲斐甲斐しく『喉渇きませんか？』とか『お疲れのようでしたら小休止を取りますが？』とか、いちいちモニカさんに聞いてさ。別れ際に連絡先を書いたメモまで渡していて結構本気だったと思うんだけど、モニカさんほとんど無視してもったいない。あの年で小なりといえ隊商《キャラバン》を組める商人で、見た目もちょっとエキゾチックな風貌のいい男だったのに」

目と声をキラめかせ、口角泡を飛ばす勢いのふたりと、聞き耳を立てる周囲の好奇の目に辟易した様子で、モニカが嘆息しました。

「あんなものは商売上の駆け引きですよ。私がお嬢様――〈聖女〉クレールヒェン《クララ》様の関係者と知って、友誼《よしみ》を通じようという商人の手管に過ぎません。本気にするほうがどうかしています」

ドライなモニカの反応に、急激に盛り下がる室内の女性陣。

う～～ん、モニカは自分を過小評価していますけれど、実のところモニカに縁談の申し込みって、

結構きているのですよね。なかにはそこそこな身分の貴族家の御曹司もいますので、モニカがその気であれば、こちらも身分の釣り合いを取るために、グラウィオール帝国なり、ユニス法国なりの貴族へ養子縁組という話も水面下で進んでいたりするのですが（なにしろこの世界では、結婚適齢期ギリギリですので）、ま、追い追い本人の意思を確認することにしましょう。

「そーいや、あの若大将いろいろと吹いてたよなー。死んだ母親が踊り子で、若い頃にお忍びで娼館に来たクララと昵懇《じっこん》の仲になったとか、知り合いの命の恩人だとか、胡散臭いことをペラペラ――」

苦笑いしながらブルーノがなにげなく口に出した四方山話に、私は思わず手に持っていたペンを取り落としてしまいました。

「っっっ――‼　モニカっ、その隊商《キャラバン》の連絡先のメモはまだ持っていますか⁉」

思わず立ち上がってそう性急に尋ねた私の勢いに、若干面食らった様子のモニカですが、すぐに冷静さを取り戻して、ポケットから丁寧に折り畳まれたメモを取り出しました。

「はい。隊商《キャラバン》の定宿ですが、モルテン通りにある『終わらぬセイレーン亭』だそうです」

「おや、誰かと思ったらモニカさん――と皆さんではないですか！　嬉しいなぁ、本当に訪ねてきてくれるなんて」

本通りからは離れているものの、落ち着いた佇まいの宿屋『終わらぬセイレーン亭』。

フロントからの呼び出しを受けてやってきた二十代後半くらいの青年を一目見て、私は思わずフードの下で、大きく目を見開いてしまいました。

マーサさん譲りの薄いオリーブ色の肌をした青年は、傷こそないものの、その黒髪といい顔立ちといい、若い頃のダンとほぼ瓜二つといってもいいほど酷似していたからです。

なんの説明がなくても、彼の素性について疑う余地はひとつもありませんでした。

そしてダニエル・オリヴァー《ダン》が誰を信頼して手紙を託したのか、私はこの時点でほぼ確信したのでした。


同時刻。こっそりと外出したジルの身代わりとして、執務室で書類に（偽）サインをしていたコッペリアは、一枚の陳情書を前にして、真剣な表情で大鉈を振るっていた。

「魚人族《ギルマン》や翼人族《ハーピー》など、種族的に下着が丸見えなのが常態《デフォルト》な連中に、いかようにしてパンツが見えないようにさせるか？　なら逆転の発想で、クララ様王国の国民は全員、パンツを穿かないことにしましょう。パンツを穿かなければパンツを見られることがない。護身完成！」

その途端、安全装置代わりに隣で監視していたエレンが、持っていた箒の柄で思いっきりコッペリアの頭を叩いた。

【第四章】夜の女子会とダンの遺志

さて、現在私はフード付きの外套を頭からすっぽりと被り、なおかつ『幻影《イリュージョン》』の魔術を併用して、身長を若干低めに見えるように調節したうえで、なるべく目立たないように色彩を抑えて、モニカたちの背後に付き従っています。

ただ、さすがにこの季節にこの格好は怪しすぎるので、妖精族《エルフ》であるプリュイとアシミにも同じような格好をしてもらい、カモフラージュのために隣へ立ってもらっています。

もっともふたりともフードは浅く、半ば顔を晒け出していますので、通行人は私たちを一見して「ああ、妖精族《エルフ》が周囲を憚っているのだな」と納得してくれることでしょう。それが狙いです。

「――まあ、人間族《ヒューム》にとって現人神《あらひとがみ》に等しい二代目聖女様が、聖地を抜け出してこんな場末の裏路地でコソコソと隠れ忍んでいるとはさすがに誰も思わないだろうからな。というか、仕事を放置しておいて大丈夫なのか？　すぐにバレると思うのだが……」

モニカと噂の商人とのやり取り――と、近くの露店で「さあさあ、聖女クララ様も巫女姫時代に密かに訪れて、一口食べて絶賛したキプフェルだよ！」と宣伝しているの――を固唾を呑んで見守っていると、隣に立っているプリュイが周囲を配慮してか、エルフ語で話しかけてきました。

私もエルフ語で、その懸念について軽く囁き返します。

「執務室には私の代わりに、私の筆跡をそっくり真似でき、なおかつ執務速度でも私と互角に近《タメを張れる》いコッペリアを影武者に置いてきたので、そうそう発覚はしないと思いますわ」

書類の受け渡しはエレンが間に入ってやり取りしますので、直接顔を見られることもありません。とはいえ、さすがに長時間はごまかせませんし、不測の事態が勃発する可能性もありますから、もって数時間が限度でしょう。

そうした私の説明に安心するかと思いきや、逆に危惧を露にするプリュイ。

「コッペリア《アレ》にあとを任せたのか？　大丈夫か、おい。とんでもなく突拍子もない《ピントの外れた》書類に許可を与えたり、政策を提言していたりするのではないのか⁉」

妖精族《エルフ》は樹の上で果物を食べている猿みたいな種族ですから、新国家に所属した場合、全員挨拶は「ウホウホ」で、語尾に「～だゴリ」と付ける法律を作りましょう！　とかやりかねないぞ……と、なかなかファンキーな杞憂をするプリュイ。

「いえいえまさか。いくらなんでも、洒落になることとならないことの区別くらいはつきますわよ、コッペリアだって。それに、周囲は彼女を底抜けのあんぽんたんのように誤解していますが、普段のあの調子は一種の擬態《フリ》に過ぎません。本気を出せば何事も完璧にできる……がゆえに、わざとネジの五、六本外れた演技をして、『完璧な人造人間《オートマトン》』として人間味を演出しているのです。ですから、今回は遠慮せず本気を出すように言いつけておいたので、心配せずとも大丈夫ですわ」

「そうかぁ……？　それこそ買い被りのような気がするのだが……」

難しい顔で、どこまでもコッペリアに対する不信を覆そうとしないプリュイ。

「どうでもいいが、いつまで俺は人間族《ビーン》のくだらぬ乱痴気騒ぎに付き合っていなければならないのだ⁉　せっかく偉大な世界樹《ユグドラシル》様が地上へお戻りになられたというのに、このような場所でぐずぐずと……」

　アシミはアシミで、現在の境遇が相当不満のようで、眼前の光景を無視し仏頂面をして、心中の不満を垂れ流しっぱなしにしていました。

「私も世界樹《ユグドラシル》様のお傍にお仕えしたいのは山々だが……アシミ、お前はそもそも忘れていないか？」

「なにがだ？」

「現在の世界樹《ユグドラシル》様はあくまでジルの所有物であり、ジルの許可がなければ勝手にお傍に行くことも、触ることもできないのだぞ？」

「!!!!!!」

『地球は皆のものだ』というような感覚で、世界樹《ユグドラシル》が誰かの所有物などという概念がなかったのでしょう（私も言われるまで気が付きませんでしたけれど）。アシミが愕然――という言葉では到底言い表せない、さしずめ世界の破滅を見た預言者のような表情で、私の顔をフード越しに見据えたまま凝固するのでした。

「ところであそこの露店のキプフェル、私は食べたことがないのですけれど、ここで買って食べて、事実の追認をしたほうがよいのでしょうか？」

　とりあえず、作動不能になったアシミは放置して、さっきから気になっていた露店を指さしてプリュイに尋ねると、

「いいから、モニカのほうへ集中していろ」

呆れた口調で窘められてしまいました。

その頃、聖女専用フロア（すべての壁が白の大理石と、太陽のような赤い大理石製《ロッソアリカンテ》のタイルによって彩られ、天井は金張りという豪華さで、使用しているジル本人には「落ち着きませんわ！」と、すこぶる評判が悪い）にある執務室で、エレンとのバカ話に興じながらも手は休むことなく、積み上がっていた書類を猛烈な速度で片付けていたコッペリア。

一方、この場にジル本人がいないことを、現在の《聖天使城《サンタンジェロ》》内で唯一知っているエレンは（ラナも当然知っているが、獣人族《ソアン》に対する差別意識から存在をほぼ無視されている）、完璧に模倣されたジルのサインを確認しては、両手で抱えて別室へとピストン輸送を繰り返していた。

やっていることは基本的に、決裁の終わった書類と問題があって差し戻しを指示された書類（ほぼ同じ量がある）とを、別室に詰めて秘書的な業務をしている新人侍女たちのもとへ運んで、新たに書類の束を持ってくる――ことの繰り返しである。

ついでに、なぜか別に離して置いてあった再審議の書類を持っていこうとしたところで、コッペリアからの待ったがかかった。

「そっちの書類は、ボケナスの新人侍女のところへは持っていかないで、直接……そうですね、人事と移民に関することなので、ルーカス殿下のところへ運んでください」

「？？？　別に彼女たちに頼んで、ルーカス殿下のところへ差し戻しても同じじゃないの？」

「いいえ、信用できませんね。その関係の書類は何度か却下して、関係部署で調整するように言いつけているのですが、そのたびに手を変え品を変え、ちょいと言い回しを変えて、クララ様の許可を得ようと、トラップのように仕かけられているんですよ」

書類の束を見据えて忌々しげに言い捨てるコッペリア。

「だいたいちょっと考えればわかるでしょう。女王のもとへ、下働きを雇っていいかどうかいちいち許可を求める阿呆がどこにいますか⁉　それを決めるのはもっと現場の人間だろうが、と」

「あー、確かに」

納得するエレンに、さらに追い打ちで捲し立てるコッペリア。

「だいたい、クララ様に決められるわけがないじゃないですか。〈聖女〉なんですよ。世の中の善人も悪人もまとめて救うのが名目の〈聖女〉に、『こいつ馬鹿で使えねーからナシで』なんて言えるわけがないでしょうが！　だから、その前に盾になって泥を被るのが部下の役目でしょうが‼　それなのに、面倒事をことごとくクララ様にぶん投げて寄越しやがって。ワタシが責任者だったら、クララ様に忠誠を誓ってなおかつ能力のある奴以外は、バッサリと切り捨てるところですね」

コッペリアがそう憤るのに半ば同意しながらも、さすがに倫理的にアウトな部分は反駁するエレン。

「いや、自分に利益をもたらす相手と、好きな相手以外はいらないとか、それを言い出したら、暴君とか独裁者になるんじゃない？」

「そうっすか？　物語の主人公とかも『俺の大切な人たちを守るぜ』とか『生まれ故郷を守る』とか、詰まるところ好き嫌いで線引きして、それ以外は、そのほかと敵とに分けて対応しているんですから、見解の相違だけで、行動原理は暴君や独裁者と同じだと思いますけど」

この手の議論は言葉遊びになりそうな気がして、エレンはともかく目先の話題に話を戻した。

「……要するに、アンタって今度の新人たちを信用していないわけ？」

「エレン先輩が朝食に食べたパンの枚数を覚えていないのと同様に、その他大勢というくくりで、単純に〝興味がない〟というのに近いですね。だいたいにおいて、この程度の事案をフィルタリングする能力がないのですから、新人《あれら》たちは。もしくは甘えているんですよ、曖昧な内容の書類でも、クララ様ならなんとかしてくれると」

「あ～……まあ、教団の関係者だから〈聖王女〉たるジル様の判断や能力に絶対の信頼を寄せるのは仕方がないかなぁ」

あたしも他人のことは言えないし、と胸中で付け加えるエレン。

途端、その思いを見透かしたかのように、コッペリアが揶揄するような口調で付け加えた。

「憧憬とか羨望ならいいんですよ、その背中を見て考えて行動しているわけですから。ですが、崇拝や心酔は別です。本人を目の前にして、実物ではなく『こうであろう』という幻想を見て、思い込みで言葉を歪曲しているわけですから、タチが悪いなんてもんじゃありません」

なにしろ、聖女教団の現人神にして古ユニス王国の最後の王女である（それゆえ、初代〈聖女〉と区別する意味で、ユニス国内では〈聖王女〉と呼ばれている。いずれ伝播するのは確実だろう）。

そのため、ごくつまらない日常会話であっても、聞いた者によっては格言めいた崇高な言葉のように受け取られ、人から人へと伝えられるうちに善意によって脚色され、ますます熱が高じる……という悪循環に陥って、

「困りますわね～」

と、当の本人《ジル》も苦笑いするしかない状態であった。

もっとも生来の鷹揚さで、勝手に歩き出した虚構や虚像については、他人事としてあまり気にしていないようであった。しかし、身の回りを世話する侍女まで、この調子でジル様を神格化するのは確かにシンドイだろうと、いまさらながらエレンもコッペリアがなにを懸念していて、ジルがモニカになにを期待したのか理解するに至ったのだった。

「……確かに。アンタの言うことも一理あるわね」

エレンに同意されて、コッペリアは嬉しげに一枚の書類を取り出し、

「エレン先輩ならわかってくれると思っていました。ところで、この椅子って普段クララ様が座りっぱなしのせいか、クララ様のスゲーいい匂いが漂っていて、なんていうか微妙な背徳感に浸れますね。ワタシ自身、知らなかった扉が開きかけているというか……」

「真面目に仕事をしながら、アンタ、変な妄想に浸ってるんじゃないわよ！　──っていうか、ちょっと場所を代わりなさい。あたしもジル様の残り香に包まれたいし！」

「いやいや、これはワタシがクララ様から直々に賜った勅命ですので、いくらエレン先輩からのお願いでも、聞くわけにはいきませんね」

お互いに椅子取りゲームというか、執務室でどつき漫才を繰り広げるコッペリアとエレン。

(ジル様たちがあたしのお姉ちゃんの行方を捜して頑張っているのに、なにやってるんだろう、このふたり?)

年上の侍女ふたりが繰り広げる醜態を、フィーアを抱いた姿勢で手持ち無沙汰に立って待機していたラナが、遠い目をしながら眺めていた。

「その節はお世話になりました、デュラン様」

「いやいや、こちらこそ。野郎ばっかりで潤いのない旅の間中、モニカ嬢《レディ・モニカ》をはじめとしたエレノアちゃん、ライカさんなど麗しい花々に囲まれて、至極快適な旅を楽しむことができました。——おっと、そちらの妖精族《エルフ》の彼女もなんと麗しい。このような路地裏に咲いた一輪の百合の花のようですね。よろしければ私とお付き合いしませんか?」

モニカの堅苦しい挨拶にも気を悪くした風もなく、隊商《キャラバン》を率いる商人——デュランＪｒ《ジュニア》というそうです——は、快活な笑みとウインクを、モニカと護衛役のエレノア、ライカ、そしてプリュイへと送りました。

いちおう、同行していたブルーノとジェシーもこの場にいるのですが、眼中にないのか本気で覚えていないのか、女性以外はどうでもいい調子で愛想を振り撒いています。

「デュラン、あんたまた、見境なく女を口説いているのかい？　玄関先でソレをやられると、鬱陶しくてかなわないから、ほかでやっておくれ。まったく、美人と見ればどこだろうと誰だろうと関係なしなんだからねぇ……それでなんど修羅場になったと思ってるんだい？」

デュランのあまりの調子のよさに絶句している一同を尻目に、カウンターで店番をしていた宿の女将さんらしい中年女性が、はた迷惑な表情で「シッシッ」と手を振って、野良犬を追い払うようにデュランを外へ追い立てます。

「ふっ、好きになれば時や場所など関係ないですよ、ミセス。即座に自分の素直な気持ちをぶつけてこそ、真実の愛というもの。姑息な駆け引きや婉曲な迂回などという遊び感覚で行う恋愛など、純粋な愛に対する冒涜と言っても過言ではないですね」

「あんた、その調子で何人の娘を泣かせてると思っているんだい？　どうせこの街だけじゃなくて、行く先々で出合頭に女を食いまくっているんだろう？　——娘さんたちも騙されるんじゃないよ」

自信満々で己のポリシーを口に出すデュランを冷めた目で見据えながら、女将さんが女性陣に警戒を促しました。

私はといえば、見るからに父親似のデュランの中に、血筋なのか薫陶を受けたのかはわかりませんが、確実にマーサさんを感じて、なんだか嬉しくなってしまいました（ほかの女性陣は、へらへら笑っているデュランに、思いっきり白い目をぶつけていますが）。

そのようなわけで、場所を変えて、テラメエリタの中央広場。

噴水の中央には、大理石で彫られた三メルトほどの『聖王女クレールヒェン』の像が立っていて、観光客だか市民だかはわかりませんが、通行人が途切れることなく噴水に硬貨を投げ入れては、なにやらお祈りを捧げています。

女性が多いところを見ると、恋愛成就とかのお願いでしょうか？　残念ながら、それは私の管轄外なのですが……。

「……似ていませんね」

彫像を一瞥したモニカが冷然と感想を口にしたのを皮切りに、ブルーノ、ジェシー、エレノア、ライカ、プリュイ、復活したアシミが次々と酷評し出しました。

「……全然違うじゃねーか」

「……この手の作品は、普通は美化されるものだと思うのだが」

「……再現する腕がなかったんじゃないの？　これなら自惚れ鏡を抜きにしても、私でも勝てる気がするし」

「……コッペリアがいたら『こんな不細工な像はぶっ壊しましょう』と言って実行したところだな」

「……これはひどい」

「……業腹だが、これに比べれば酒太りのビア樽《ドワーフ》どもの造る作品のほうが万倍マシだな」

結構、高名な芸術家に制作を依頼したはずなのですが、さんざんな評価です。

「おや、そうなのですか？　これも街の皆からは、像とはいえ神々しいまでの美しさと称えられているのですが、実物の〈聖王女〉様は噂に違わぬ美しさということですか」

手痛い評価にもかかわらず、逆に嬉しそうに相好を崩すデュラン。

「嬉しそうですね……？」

訝しげなモニカの疑問に、デュランはよくぞ聞いてくれましたとばかり、理由を口にするのでした。

「死んだお袋が生前よく言っていたのですよ。『女なら誰でも「本気を出してお洒落をすれば、自分が一番綺麗」って自負があるものだけど、どんな自惚れ屋を連れてきても、巫女姫様を前にしては敗北を認めざるを得ないという絶対的な存在』であり、己の美貌に自負のあったお袋でさえも『テラメエリタの街にいる限り、どうあっても自分は二馬身くらい差をつけられて二番』と、常々口に出していたものですから」

相対的に死んだお母様《マーサさん》の評価も上がるという理屈なのでしょう。

「「「「「いや、その脳内評価は絶対に間違っています（いる）」」」」」

思わず反射的に……といった風情で一斉に否定した皆ですが、気をよくしたデュランは浮かれた足取りで近くの果実水《エード》売りの露店へと向かい、こちらの話は聞こえていないようでした。

やがてブルーノの手も借りて、果実水《エード》を全員に手渡したデュランを中心に、広場の隅に移動して煉瓦《レンガ》造りの花壇の縁に腰をかける私たち。

「それで、モニカ嬢《レディ・モニカ》。こんなに大人数でやってこられたのは、ただ単に俺と逢い引きするため……ではないのでしょう？　なにか用事が？」

葡萄（多分、葡萄酒を造るために絞った葡萄の残り滓）を水で割ったらしい果実水《エード》を左手で、口に運びながら、暗になにか仕事の依頼かと水を向けてくるデュランに対して、揃えた膝の上に果実水《エード》の入った木製のコップを置いた姿勢で、モニカが前置きなしに答えます。

「それではずばりお聞きしますが、デュラン様がお父様から預かったであろう手紙について――」

「――っ――」

一瞬だけ動揺を見せたデュランですが、次の瞬間には軽薄な雰囲気と口調を取り戻して、

「親父？　いや～、残念ながらうちのお袋の口癖は『あんたは神様の子供だよ』でしたからねえ。知ってますか？　娼館とかで私生児を生んだ女は、『父親は神様だ』っていうのが決まり文句みたいなものでして、ま、俺もご多分に漏れずで――まあ、商売上それだと外聞が悪いので、〝デュランJr《ジュニア》〟なんぞと、いかにも由緒ありそうな名前を名乗っていますが」

残念ながらお門違いですね、と肩をすくめながら、ちらりとこの場からの脱出経路を値踏みしたのを、私とジェシー、エレノア、ライカ、プリュイ、アシミが察して、素早く目配せをします。普通なら逃げられない陣形ですが――。

「……ふむ」

それはデュランも承知のうえでしょう。それでも諦めた様子もなく、隣に座るモニカ――見るからに荒事には素人な――の白い喉元をちらりと見て、利き手である右手をさりげなく、腰の後ろへと回しました。

ナイフの達人なら、一瞬で相手の頸動脈を搔っ切れる位置関係をことさらに誇示して、無言のまま人質《モニカ》を盾に優位に立ち回ろうとするデュラン。

なんの変哲もない広場の片隅で緊張感が極限まで高まるのを感じながら、私は既視感《デジャヴ》を覚えて、

「マーサさんとダンも似たようなことをしましたわね。親子って似るのかしら？」

感慨とともに、思わずそう口に出していました。

「……女？」

怪訝な顔をするデュランの前で、私はかけていた『幻影《イリュージョン》』の魔術を解いて、ちょっとだけ顔が見えるようにフードをずらします。

「なああああああああああああああああっ⁉　ま、ま、まさか、まさか……〈聖王女〉様⁉」

「しーーーーーーっ」

愕然とするデュランに「内緒ですわ」と口止めするのと同時に、デュランの背後に回していた手からナイフ……ではなくて、葉巻の入った煙草ケースがこぼれ落ちました。

「……この状況でハッタリ《ブラフ》か……」

感心したようにジェシーが苦笑いします。

公務を終えた就寝前の、ちょっと一息つける時間帯――。

「――ということで、これがダニエル《ダン》からジュニアに送られた私宛の手紙というか、調査報告書です。中身は私もまだ見ていませんわ」

きちんと油紙に包まれたB5サイズの封筒を、全員に見えるように私室（といっても感覚としては自室ではなく、あくまでホテルの貴賓室ですわね）にあるソファセットのテーブルへと置きます。

「ちょっと汚れていますね。どこに隠してあったんですか？」

興味津々という面持ちで、エレンが立ったまま覗き込みました。

隣に立つラナは、無言のままじっと穴が開くほど封筒を凝視しています。

「第三教区の外れにあった、共同墓地のマーサさんのお墓です。お陰で、マーサさんのお墓参りもできましたわ」

「〈聖王女〉であるジュリアお嬢様に直々に祈りを捧げられるなど、国家の重鎮であってもそうそうないことですから、敬虔な信者であれば（つまりこの街《デュラン》の住人の大多数なら）畏れ多さに卒倒するか、心臓が止まっても無理がないことです。厚顔なあの男も、さすがに感激して涙ぐんでいましたし」

コッペリアと手分けして、紅茶に桃と葡萄のコンポートをテーブルの上に配置しながら、モニカがどこか溜飲を下げた口調で相槌を打ちました。

「マーサさんは友人ですから……」

そう答えながらも、マーサさんのお墓の近くにダンの――ダニエル・オリヴァーとその奥様（正確には内縁の妻らしいですが）――が眠るお墓があることもデュラン《ダニエル》・ジュニアに教えていただき、最後の最後まで『恋人』としての立場を順守したマーサさんの矜持に、生まれた我が子に『デュラン《ダン》・ジュニア』と名付けた選択に、どこかやるせない思いを抱きつつ、そちらのお墓にも足を運んでお祈りしたことを思い出しました。

『不躾な質問だとは重々承知のうえですが、アンジェ……異母姉にあたるアンジェ・オリヴァーさんは、異母弟《アナタ》のことを――』

『知らないはずですね。それでいいと思います。彼女には彼女の家族と幸せがあるのですから、いまさら腹違いの弟が出てきては、いらぬ波風しか立たないでしょう』

強がりではなく、自然体でさばさばと答えたデュラン・ジュニア《ダニエル》。

『ああ、別にお袋や俺を日陰者にしやがって……とか、親父を恨んじゃいませんよ。お袋はああいった人間でしたから、家庭に入るなんてできるもんじゃないですからね。それに親父もなにくれと便宜を図ってくれて、俺が曲がりなりにも隊商《キャラバン》を率いられるようになったのも、親父の人脈と口利きのお陰ですから、感謝しかありません』

『そうですか……それでも、身勝手だとは思いますが、貴方には一度アンジェと会って、もうひとりの家族として話し合ってほしいと思います……』

『…………』

否とも応とも答えずに、無言で顔を伏せたデュラン。

その折の会話を思い出しつつ、私はテーブルに九人分の紅茶とコンポートの載った皿が配置されたのを確認して、

「ジュリアお嬢様。言われた通り、お嬢様の分以外にもお茶の支度をしましたが……？」

怪訝な表情のモニカの問いには直接答えず、軽く手を叩いて声をかけました。

「さて、ではこの手紙の是非について討議しますので、関係者の皆さんも席に着いてください」

「「「――は？」」」

一斉に鳩が豆鉄砲を食ったような表情になる、ウチの侍女ズ。

「やあやあ、申し訳ないですにゃ」

「……関係者といえるかどうか微妙なのだが」

「ん～、でもこういう機会でもないと、獣人族《ゾアン》が《聖天使城《サンタンジェロ》》に入ることなんてできないから、物見遊山だと思えば……」

「確かに。とはいえ、アタシのほうからも個人的な話があったので、ちょうどいいっちゃ、ちょうどよかったんだけど」

その途端、シャトンに連れられたプリュイとエレノア、ライカがどこからともなく姿を現しました。言うまでもなく、シャトンお得意の『影移動《アビス・ウォーク》』による潜入です。

「……また来たんですか、どら猫が」

げんなりした表情のコッペリアの嫌みにも屈することなく、カラカラと笑いながら遠慮なくソファに陣取るシャトン。

「おおっ、さすがは聖女サマの部屋のソファ。普通の革やクッションじゃないにゃ。あたしの目利きでは、これひとつでも旧帝国金貨百枚は堅いにゃ。ついでに床のカーペットは古ユニス王国時代の逸品で、オークションなら金貨二千枚からスタートってところにゃ」

「うわ～、座るのが怖いし、カーペットを土足で歩いたり、間違ってお茶をこぼしたりしたら、首が飛びそうで怖いわ」

「いちいち気にしていても仕方がないだろう、エレノア。第一、ジルがそんなことに、目くじらを立てるわけがないに決まっている」

ソファに座るべきかどうか逡巡するエレノアの背中をどやしつけて、こちらは遠慮会釈なくソファに腰を下ろすライカ。それに同意するかのように、閉め切った窓の外で謎の鳥が、クワーと鳴きました。

「まあ、絨毯なんて踏まれて汚れてなんぼですから。……そういえば、アシミやジェシー、ブルーノたちは、一緒ではないのですか？」

ふと気になって聞くと、

「『たまには男同士で飲みたい気分だ。付き合え。綺麗なおねーちゃんのいる店に連れていってやる』と、あの軟派男《デュラン》に誘われて、ホイホイついていったわ」

「なっ――!?　ブルーノのバカまで一緒に行ったわけ!!?」

「アシミの奴も、なんだかんだ言って付き合うとは……堕落したと言うべきか、はたまた世界樹様《ユグドラシル》の件で飲まずにはいられない気分だったのかも知れないが……しかし……」

「まっ、男同士、ときには羽目を外すのも必要だろう」

憮然と答えるエレノアに同意して眦を吊り上げるエレンと、微妙な表情で腕組みをして煩悶するプリュイ。そして、ひとりだけ理解を示すライカといった塩梅でした。

「――くっ、これがオトナの女の余裕ってやつなのね」

泰然としたライカの態度に啓蒙された様子のエレン。そんな彼女を見詰めながら、エレノアが小首を傾げます。

「エレンちゃんはブルーノ君と付き合っているの？」

直球ど真ん中ストレートの質問に、思わず私も前のめりになってしまいました。

「はあああああああああああっ⁉⁉　なんであんな単細胞な馬鹿と、あたしが付き合うんですか⁉」

「いや、なんかブルーノ君が飲みにいったのを怒っているみたいだったし、普段から仲がいいから」

全力で否定するエレンを、姉のような生温かい眼差しで見詰めながらエレノアが続けます。

「そういえば、エレノアさんはジェシーと付き合っていらっしゃるのですよね？」

私が改めてそう尋ねると、エレノアさんは躊躇なく頷かれました。

「うん。バッソ家《ウチ》とアランド家《ジェシーんとこ》とアドルナート家《ライカの実家》は昔からの付き合いがあって、その関係で物心つく前からの腐れ縁だったんだけど……」

「あら、エレンとブルーノと同じ幼馴染みですの？」

「だからって、あたしとブルーノは別ですよ、ジル様！」

「ええ、そうです。あたしのほうがひとつ年上だったし、子供の頃は手のかかるヤンチャな弟って感じだったんだけど、そのうち異性として意識するようになって。ジェシー《あいつ》が冒険者になって旅に出るって言ったときに、思い切ってあたしも家を飛び出して……」

照れたように恋バナを語る恋する乙女《エレノア》を前に、思わず『ヒューヒュー♪』という冷やかしと、『きゃあきゃあ～♡』という嬌声を放つ私たち。

「いや、エレノアは昔っからジェシーに首ったけだったぞ。私がジェシーの相手をしていると、『らいかおねーぎゃん、じぇしーとっちゃだめーっ！』と、泣き喚いていたし」

「お嬢様、その振る舞いは聖女として、カジュアル過ぎると思うのですが……」

この深夜の女子会ノリに参加していないライカがエレノアへ冷静にツッコミを入れ、モニカが私へ苦言を呈しました。

「ま、まあそれはともかく、素敵ですわね。想いがかなって恋人同士になれたのですから」

さすがにちょっと羽目を外し過ぎたかしらと反省しつつ、そうエレンに話を振れば、

「その通りです。エレノアさんにしてもジル様にしても、自分で選んだ最愛の人と一緒になれたのですから、やっぱりあたしも憧れますね～」

目を輝かせて、うっとりとした口調でそう同意するのでした。

「おや、エレン先輩は演劇とかでお馴染みの、自由恋愛主義に傾倒していたのですか？」

コッペリアの問いかけに「当たり前でしょう！」と即答するエレン。

「本人の意向を無視して勝手に決められた結婚相手よりも、出会ったなかで最高の……この人だってときめいた相手と結婚したいものじゃない！」

……う～～ん、自由恋愛ですか。貴族の令嬢になることが既定路線であるエレンには、その場合

クリアすべき課題が多いのですが、親友としてなるべく希望に沿えられるように頑張りましょう。

そう密かに決意する私とは対照的に、コッペリアが腑に落ちない表情で、

「ぶっちゃけ自由意思で相手を選ぶって、同様に淘汰《とうた》される側に回る諸刃の剣のような気もするのですけどねえ」

思いっきり、エレンの熱意に冷や水をかけていました。

「つーか、聖女サマ。夜中に集まって恋バナに花を咲かせるのもいいけど、本題に入らなくていいのかにゃ？」

シャトンがコンポートを食べながら、脱線転覆していた話題を強引に修正してくれました。

「「「――あっ……！」」」

私、エレン、コッペリア、エレノアの間抜けな声が輪唱します。

視線をラナへ巡らせれば、もどかしげな表情でテーブルの上の封筒を眺めたまま、ピクリとも動いていませんでした。

「ご、ごめんなさいね、ラナちゃん。えーと、それで……この封筒の中身を巡って、周囲では血《ち》腥《なまぐさ》い出来事が起きているの。もしかしてお姉さんのことを知ると、ラナちゃんも命に関わる騒動に巻き込まれるかも知れない。勿論、私も全力で守るつもりだけれど、この世の中に絶対ということはないから、中身を知らないまま廃棄をして、知らずに済ませるという選択肢もあるわ」

私の主義ではありませんが、ラナの安全を最優先に考えるのならば、できる限り危険からは回避するのが最上であり、そもそも『知らない』『関わらない』のがベストな選択となるでしょう。

「よく考えて」

　という私の再度の問いかけに、しばし考え込んでいたラナですが、

「……ジル様。私、ジル様や皆といられる、いまがとっても幸せ。……けど、お姉ちゃん……ルナお姉ちゃんがつらい目に遭っているかも知れない……それを見ないふりして、笑っていられない。だから知りたい。ルナお姉ちゃんのことを……」

　しっかりと私の目を見て、そう言い切りました。

　揺るぎない決意を込めた眼差しを前に、私はため息をついて頷かざるを得ませんでした。

「わかりましたわ。では、この件の主役としてソファの真ん中に座ってください。モニカとエレン、コッペリアも同僚として――いいえ、運命共同体として参加するのですから、立っていないで座ってください」

「なるほど。さしずめ夜中に集まって車座になり、悪巧みということですね」

　促されても躊躇するモニカとエレン、ラナを差し置いて、さっさと空いているソファに座るコッペリア。

「「「…………」」」

　顔を見合わせつつ、仕方がない……と観念したモニカが、ラナを私の対面のソファの真ん中に座らせると、エレンとふたりで追加の紅茶とコンポートを配膳しながら、空いている席へ慎ましく腰を下ろすのでした。

　全員がテーブルの周りに着いたのを確認した私は、封筒を手にして、手持ちのペーパーナイフで

封を切ります。

「奴隷売買に関わる資料と関わった人物の詳細に、こちらは……もともとラナたちが住んでいた村の調査報告書のようで――っ‼」

軽く流し見た私の目に飛び込んできたのは、その村が四年前に野盗らしい集団に襲われて、老人から赤子まで、ことごとく皆殺しにされたという記載でした。

「どうかしましたか、ジル様？」

怪訝な表情を浮かべるエレンに、

「――順を追って説明しますわ」

そう答えて、さらに封筒の中身を確認したところ、『巫女姫クララ様へ』と書かれた手紙が、別に入っていました。

便箋五枚ほどを使った手紙を手に取って軽く冒頭を読んでみれば、どうやら事の顛末をまとめたダンの手記――いえ、遺書のようです。

そのことがわかった私は、その手紙を手に取って、皆にわかるように朗読を始めました。

「『巫女姫クララ様へ。クララ様がこの手紙を手に取っているということは、間違いなく私はこの世にいないでしょう。それもおそらくは、見せしめを兼ねた凄惨な死に様だと思われます――』」

そうして読み進めるうちに、当初の和気藹々とした雰囲気はどこへやら、その場にいた全員が真剣な表情で聞き入り、そうして手紙を読み終えたところで、泥のような沈黙がその場を支配したのです。

そして、それは私も――いえ、事によればラナよりも私が衝撃を受けていたかも知れません。

「……オーランシュ……」

ダンの遺書が示したその地の名を、私は万感の思いを込めて口に出しました。

「つまり要約すると、本来はラナと一緒に養子に出す予定だった『ルナ』という当時十一歳の姉を、ダニエル・オリヴァー氏が腹心だと思っていた部下が裏切って、勝手に姉妹ふたりを奴隷として個別に売り捌き、関連する情報も握り潰していた。そのためダニエル・オリヴァー氏は、事実関係を把握していなかった……というのが一点目」

モニカがいつもの淡々とした眼差しで、テーブルを囲んでソファに座った一同を――位置的に私（ついでに膝の上にいるフィーア）、コッペリア、エレン、（モニカ）、ラナ、シャトン、プリュイ、エレノア、ライカ、大根（……えっ、大根⁉）の順で――ぐるりと見回し、理路整然たる口調で手紙の内容を要約してくれました。

（――え、いや、なんで大根が当然のような顔で、私の隣に腕と足を組んで座っているわけ⁉⁉）

それはそれとして、隣のソファに座った大根が、二股に分かれた腕（?）と足（?）を組んで、深刻な表情でうんうんと頷いている様子に、私は密かに混乱をきたしていたのでした。

（どうして誰も、大根が同席していることに違和感を抱いていないの⁉　私、なにか聞き逃しとかがあったかしら……?）

ひとりで煩悶する私を置いて、モニカの説明は続きます。

「次に、その部下は何者かによって殺害されていた。これは二年前、奇しくもジュリアお嬢様がシレントへ留学されて、ラナの姉の行方を追ってダニエル・オリヴァー氏のもとを訪れたあとの話ですね。当初は対立する組織の仕業と見なしていたようですが、ここで武力闘争に発展していた場合、ドサクサ紛れにダニエル・オリヴァー氏とその関係者一同を始末するシナリオができていた、というのが二点目」

するとと大根がソファの上に立ち上がって、私がテーブルの上に広げておいたダンの手紙の一節を指さしました。

一同の視線が自然とそこに——大根にではありません。手紙の一文に——集まります。

当時、血みどろの抗争が勃発する寸前に、どうにもキナ臭い……作為的な動きを、長年裏社会で培われた嗅覚で感じ取ったダンが、血気にはやる部下を宥めて、どうにか矛を収めたお陰で命拾いした——と、綴られていた場所です。

まさに当意即妙という表情で頷くモニカ。

「そうです。そうして、シレントの裏組織すら歯牙にもかけない、途轍《とてつ》もない虎の尾を踏みかけている危機感を前にして、ダニエル・オリヴァー氏はさらに先に進むか、何事も見ないふりをするかの二者択一に迫られ、人知れず苦悩しながら『逆に言えば、俺は〝敵〟の触れられたくない急所に手をかけた状態なのだろう。ならば、いまこそ巫女姫様に借りを——私の命よりも大事なアンジュを助けていただいた借りを返すときだろう』と、越えてはならない一線を越えたわけでございます」

「……そこまでして欲しかったわけではありませんのに……」

ダンの凄愴《せいそう》な覚悟を知って、私は思わず後悔とやるせなさが混じった吐息を漏らしてしまいました。

「まっ、それが男としてのけじめってやつさ。馬鹿な男のこだわりだけれど。アタシはこの手の馬鹿は、好きだけど嫌いだね」

ライカがほろ苦い笑みを浮かべて私を慰める……というよりも、自分に言い聞かせるようにそう口にします。

「どーいうこと？」

言っている意味がわからずに、首を傾げるエレノア。

「アタシが好きなこの手の義理堅い馬鹿《オトコ》は、どいつもこいつもさっさとくたばっちまいやがる。だから嫌いなのさ」

さばさばしたライカの物言いに、付き合いの長い同性であるエレノアは思うところがあったのか、ああ……と納得した顔で口を噤《つぐ》みました。

同時に大根も満足げに頷いて、再び私の隣のソファに腰（？）を下ろします。

……全員が当然という顔で無視しているなか、私は大根の頭の葉っぱを掴んで「なんですか、これぇ！？」と、振り回して絶叫したいのをこらえて、視線でモニカへ話の続きを促します。

「はい。そして三点目、おそらくはこれがダニエル・オリヴァー氏を死に追いやった真相。四年前に、ある特徴に該当する少女が裏——いえ、闇のルートでかき集められた。それはすなわち①十一歳前後の女子であること。②北方系の人間族《ヒューム》であること。③瞳はグリーンで髪は淡紅色の金髪であること——」

その瞬間、全員の視線が私の父親譲りのエメラルド色の瞳と、〈初源的人間《ドリーカドモン》〉であった実母から受け継いだトランスルーセントな光沢を持つ、特徴的なピンクゴールドの髪へと集まりました。

おそらくは、大陸中を探し回っても同じ色彩を持つ人間はいないであろう独特の組み合わせですが、似たような特徴を持った、なおかつ当時の私と同じ年齢くらいの少女が、謎のルートによって密かに集められていたことに、この場の全員が、偶然ではないなんらかの意図や作為、そして因果関係を読み取ったのは明らかです。

「――おそらくは、集められた少女たちのひとりがラナの姉なのでしょう。そしてその最後の足取りから考えると、その背後に控えていたのがオーランシュ王国――リビティウム皇国オーランシュ辺境伯領ということです」

最後にモニカがそう締めくくったところで、

「『オーランシュかぁ……』」

奇しくも私の内心を代弁したかのように、憂鬱な口調でシャトンとエレノア、ふたりの猫の獣人族《ソアン》がため息をつきました。

「……なにか問題でも？」

モニカの問いかけに、エレノアは「あそこは昔、いろいろあってね」と曖昧に言葉を濁し、シャトンは「ん～～～～」と考え込むような姿勢《ポーズ》を示しましたので、ピンときた私は紅茶を嗜みながら、世間話のように忖度します。

「新王国での『よろず商会』の商業権は優先的に発行いたしますし、場合によっては御用達商人として便宜を図ることは、やぶさかではございませんが？」

途端、頭の上のネコ耳をピンと機嫌よく立てるシャトン。

「にゃははははっ、さすがは聖女サマにゃ、太っ腹にゃ！」

太っ腹とか言わないでください。

「それでは特別にお教えいたしますにゃ。これはオフレコなのですが、いまオーランシュはヤバいですにゃ」

ほかには――大根以外――誰も部外者はいないというのに、わざとらしく声を潜《あそこ》めて、シャトンが手持ちの情報《ネタ》を開陳し始めました。

「ヤバい……って？」

当然のエレンの疑問に、シャトンは空になったカップに自分で紅茶を注ぎ足し、喉を潤してから勿体ぶって答えます。

「一言でいうなら爆発寸前の火薬庫ですにゃ。いままで水面下で行われていた息子たちの後継者争いが露骨になって、ちょっとした内戦状態が起きたというか……」

「つまりはお家騒動ってわけ？」

エレノアの率直な感想に、「平たく言えばそうにゃ」とシャトンが首肯しました。

「なんで兄弟で戦ってんの？」

「大方、氷室に置いてあったプリンが食べられたから……とかの、つまんねー理由ですよ」

エレンの素朴な疑問に、コッペリアがどうでもいい口調で適当な憶測を返します。

「あながち冗談でもないかもね。王侯貴族なんてどこも同じで、つまんない理由をあげつらっては身内同士相争う。ろくなもんじゃない」

いちおうはその王侯貴族に準じる立場である、アミティア共和国評議会議長の孫娘（共和国なのであくまで身分は平民ですが）ライカが、鼻白んだ調子で吐き捨てました。

「まあ真相はどうかわかりませんけど、事の発端は、当主であるオーランシュ辺境伯が半年前に『亜人解放戦線《テロリスト》』の襲撃を受け、以来療養を名目に雲隠れをした——すでに死んでいるとか、拉致監禁されているという噂もありますが——ことで、これまで有耶無耶になっていた後継者問題がにわかに深刻に、明瞭にしなきゃならない蓋然性を帯びたということに尽きる……というのが名目ですにゃ」

「ああ、そういえばオーランシュ辺境伯は、後継者を明確に指名していなかったですからね」

私には関係ないことですのであまり気にしていませんでしたが、こうなると面倒ですわね……と思いながら、私も相槌を打ちました。

合わせて大根も隣で深刻な表情で、改めて腕組みをしてうんうんと頷いています。

「それにしても、たかだか権威だとか名声だとか財産だとか、そんなつまらないものを巡って兄弟姉妹で争うなんて、馬鹿げていますわね」

続けて嘆息すると、この場の全員が苦笑する気配がしました。

「それを『たかだか』とか『つまらないもの』と切って捨てられるところが、ジュリアお嬢様ならではですね」

呆れたようにも、または誇らしげにも、モニカが一同を代表してそうコメントします。

「そうでしょうか？　ですが、いずれにしてもすべての符合がオーランシュへ向かっている以上、私も行動を起こすべきでしょうね」

そう改めて決意を口にしたところで、ふと緋雪様の言葉が脳裏に甦りました。

『やあやあ、おめでとう。自分自身とレジーナの正体を知ったことで、長かった自分探しの旅も、ようやく終わったってところかな？』

いいえ、違いますわね。帰る場所《よるべ》のない旅路は漂泊と同じです。そして、私の原点であり故郷であるのは、間違いなくオーランシュです。ならばすべての問題を清算するためにも、私は故郷へ戻ってこの旅路にけじめをつけなくてはならないのです。

私の不退転の決意を悟ったのか、モニカも文句を言いあぐねて、黙りこくってしまいました。

ほかの皆は言わずもがな……という雰囲気で、協力するのにやぶさかではないという不敵な笑みを浮かべて、ついでに大根も『任せておけ』と言いたげなジェスチャーで胸を叩きました。

皆の優しさに甘えている自覚はあるものの、思わず私の胸の内がジンとしたところで、プリュイがおずおずとした口調で――。

「ところで、ジル。先ほどから気になっていたのだが、隣のソレはなんだ？　木霊《こだま》の一種だとは思うのだが……？」

途端、堰を切ったように、エレン、シャトン、ラナ、エレノア、ライカが口々に疑問を放ちます。

「あたしもすご～～く聞きたかったけど、ジル様が平然としているから黙っていたんですが、なんですかソレ?」

「聖女サマの権威の象徴として、新種のモンスターを侍らせているのかと思っていたにゃ」

「ニンジン……?」

「こんな白くてでっかくて、まして手足が生えていて動く人参はないわよっ。――いや、私も変て言ったら変なのかと口出ししていなかったんですけど、なんでこの場に当然のようにいるわけ⁉ もの凄く変よ！」

「ジルの隣に堂々と座っていて、ジルも言及しなかったからな。あえて無視していたが、話の間中気になって、正直気もそぞろだったぞ」

モニカも同感なのか、無言で頷いています。

え、ちょっと待ってください。

全員の証言を加味すると、つまりは誰も知らないうちにこの場に交じっていた……ということになります、この大根は！

いえ、いまだにコレについて言及していない、一番犯人に疑わしい人物がいました。

「……ワタシは関知していませんよ、クララ様」

思わず私が疑いの目で見据えた先で、軽く首を横に振るコッペリア。大根を凝視しながら、「こんなわけのわからないもの」と付け加えます。

「じゃあこの大根はなんなんですの～～～～～～～～っ⁉」

発作的に私は大根の葉っぱを掴んで、振り回しながら絶叫していました。

その状態でも偉そうに腕と足を組む大根。

「ダイコン？」と瞬きをするエレン。

「ダイコンですか」と納得するモニカ。

「ダイコン……ワタシのデータベースにもないので記録、と。さすがはクララ様、博識ですね」と感心するコッペリア。

「ダイコンというのか」と興味深げなプリュイ。

「やっぱ聖女サマの管轄ですかにゃ？」と残ったコンポートを貪りながらシャトン。

「ダイコーン」と無邪気な笑みを放つラナ。

「ダイコンだってさ」と肩をすくめるエレノア。

「ダイコンねえ」と呆れたように口にするライカ。

気のせいか、もの凄い勢いで私の管轄にされた気がします。

なお、後日判明したところでは、【闇の森《テネブラエ・ネムス》】の家庭菜園で、その昔私が魔力を当てながら品種改良をしていたマンドラドラとハツカダイコン（っぽい根菜）のかけ合わせが、なぜかこんな風に育ったということで、師匠《レジーナ》が餞別代わりに（明らかに嫌みと当てつけを込めて）私の荷物の中に紛れ込ませていたというのが真相でした。

この世界には、こうまで見事に大きくて白い大根はないので（赤や黒の人参っぽくて、食感は蕪《カブ》のようなものなら一部で栽培されています）、ある意味革命的なことなのかも知れませんけれど……。

「――ちなみに、グランド・マスターからクララ様宛の手紙によると、名前は異世界語で五番目の家族を示す〝キンタ〟だそうです。ワタシもそう呼んだほうがいいですか、クララ様？」

「絶対《ぜーったい》に呼びません！　大根で十分ですわ‼」

コッペリアの確認に全力で否定したのは言うまでもありません。

さて――。

そんな感じで最後ちょっとしたトラブルでグダグダになったものの、それなりに成果が得られた深夜のお茶会でしたが、

「――はあ……まあ大根のことはいいですわ……」

本人《ダイコン》の身振り手振りによる要望で、植木鉢に土と肥料を入れたものに半分埋まって寛いでいる大根に、ジョウロで水をやっているラナを横目に見ながら、私は気持ちを落ち着けるために、癒やし効果のあるハーブを配合した香茶を淹れていただき一口口にした……のですが、そろそろお開きにするタイミングを察してか、ライカが心なしか、私になにかを言いあぐねている様子で躊躇しているのに気付いて、思わず小首を傾げてしまいました。

（珍しいですわね、竹を割ったような性格のライカさんが……）

「ライカさん、なにか話し忘れとかがございますか？」

私から水を向けると、ライカは曖昧な表情のまま嘆息をして、

「危急の折、このタイミングで言い出すのは気が引けるのだが、こうしたことは早めに言っておいたほうがいいと思って言うのだが……」

そう前置きをして、手元のカップに淹れ直された香茶を一気に呷って要件を切り出しました。

それと同時に、エレノアも「あ」という顔をしたので、ふたりに関係する話なのでしょう。

「『別件で用がある』と最初に伝えた通り、あくまで別件なのだが。実は冒険者ギルド経由で、実家のほうから書簡が来ている。端的に言えば、ジルとのパイプを利用して、国として新王国に一枚噛むために一度戻ってこいという話だ」

赤裸々に、言葉を飾ることなく事情を話してくれるライカ。

「ご実家というと、デア＝アミティア連合王国の枢軸国であるアミティア共和国。そしてそれは、個人ではなく公人としての命令に近いものですわね？」

改めての私からの確認に、ライカと同郷であるエレノアも揃えたように、同時に頷きました。

「そうね。特にライカは現評議会議長の孫だし、あたしん家《ち》も冒険者ギルド総本部の創設者本家だもんで、それなりに国政には携わる感じで……ま、そんな特権階級扱いが嫌だったから、体ひとつで成り上がれる一介の冒険者として、ジェシーと飛び出したわけなんだけど」

エレノアも、釈然としない表情で補足を加えます。

「いままでは特に干渉はなかったのだが、家出同然に出ていった放蕩娘が、いま話題の〈聖王女〉様に懇意にされ、個人的な誼を通じている……となれば、国としても、また冒険者ギルドとしても看過できないとして、いまさら甘い声を出してすり寄ってきたってわけさ」

「にゃははははっ。いままで鼻も引っかけなかったのに、美味しい話となったら飛びつく小利口者は、どこの世界にもいるものにゃ」

「まったくですね。〝カニを食うなら手を汚せ〟という言葉を知らないんでしょうか、その連中は」

けらけらと他人事といった態度で笑うシャトンと、見下した口調で吐き捨てるコッペリア。

「ん〜〜、でもライカさんたちもその気がないわけでしょう？　だったらそんな理不尽な命令に従わずに、放置していればいいいんじゃゃないですか？」

エレンのごく真っ当な意見に、

「そうしたいのは山々なのだが、無断で飛び出してきた手前、そのあとのフォローをしてくれた家族や知人の名を出されて無下にしては、さすがに義理を欠くことになる」

諦観の表情で首を左右に振るライカ。

「まあ、確かに……国を飛び出して六年以上も帰っていないわけだから、『心配だから一度顔を見せてくれ』と言われると断り切れないし、それに、ここらでキチンとけじめをつけたいって気持ちも、ないわけじゃないしね〜」

エレノアも渋々従うという姿勢のようです。

「心配？　つまり信用されていないということですね」

そこで素早く混ぜっ返すコッペリアの茶々に、ライカが苦笑して「そういうことだね」と同意します。

「なるほど。確かにユニスからならデア＝アミティアは比較的近いですから、帰るなら冬になる前の、いまの時期を逃すわけにはいきませんからね」

納得した私ですが、ふと気になって重ねて問いかけました。

「そうなると、ジェシーも一緒にお帰りになるのですか？」

「ああ、本当ならあいつだけでも、残しておいたほうがいいんだろうけど……」

ちらりとライカが目配せをすると、エレノアが照れたようにはにかんだ笑いを浮かべました。

「——ま、まあ。あいつも含めて、いろいろと報告というか、許可が必要なこともあるし、ね？」

ああ、なるほど。いよいよもって身を固める時期が来たということですわね。

「そうですか……皆様にはこれまでお世話になりました。心より感謝申し上げます。そして、これからのご壮建とご多幸をお祈りいたします」

その場に立ち上がって、私が心からの感謝の言葉を込めてカーテシーをすると、ライカとエレノアもソファから腰を上げ、改まって一礼を返してくれました。

そうしてジェシーたち三人は、翌々日には国へ帰るために旅立っていったのでした。

「春になったらまた戻ってくるさ！　それまではしっかりと修行をしていろよ、ブルーノ」

「わかったよ、兄貴っ」

こっそりと《聖天使城《サンタンジェロ》》を抜け出して、見送りにきた私たちに手を振りながら、三人はひとりひとりに惜別の言葉を贈って去っていきました。

私にも——。

「本国からの横車は、アタシが力尽くでも押さえてみせるので心配しなさんな」

両手の指の骨をぽきぽきと鳴らしながら、そう力強く断言してくださったライカ。

「ジルちゃんとしては、新王国に冒険者ギルドを置くつもりなの？」

そうエレノアに尋ねられ、

「漠然とした希望ですけれど、私が面識のあるコンスルの、冒険者ギルド長であるエラルド氏を招聘できないかと考えています」

まだ本人にも確認を取っていない、骨子すらできていない腹案を口に出したところ、エレノアは
「なら任せといて！」と胸を叩いて、冒険者ギルド総本部での折衝を請け負ってくださいました。

「無理はなさらないでください。それよりもジェシーとお幸せに。残念ながらアミティア共和国の国教は天上紅蓮教ですので、私が参加するのは少々憚りがありますが、結婚式にはぜひ参加させてくださいね」

「い、いやぁ……ジルちゃんが参加したら、阿鼻叫喚の修羅場になりそうな……」

私からの打診に、なぜか顔を強張らせて言葉を濁すエレノア。

「ジル、オーランシュに行くなら、あそこの冒険者ギルド長には気を付けろ。あれはとんだ食わせ者だぞ。絶対に気を許すな」

そして最後にジェシーが真剣な表情で、そう強い口調で言い含めるのでした。

そんな別れの挨拶も済ませて、三人は「「「またな（ね）」」」と笑って、どこまでも明るく去っていきました。その背中を見送って涙を拭うブルーノに、さすがにエレンも茶化すことはなく、しんみりとした態度で、三人の姿が雑踏に紛れて見えなくなるまで見送っていました。

幕間　骨肉の争いと一石の波紋

リビティウム皇国は、三十あまりの独立した諸国と、皇国の名のもとに臣従している貴族の直轄領からなる、連邦制の国家である。

だが『皇国』を名乗ってはいるものの、肝心の皇帝は空位であり、建国後三十年以上を経たいまだに不在であった。当然不満の声はあったものの、『時期尚早』『適切な人材が見当たらない』というカーディナルローゼ超帝国〈神帝《ドミュナス》〉にして、初代聖女スカーレット・スノウ《緋雪》の鶴の一声によって保留、もしくは猶予期間が延長されている……というのが、現在までの状況であった。

そのため皇国の運営に関しては、三大強国《トリニティ》と呼ばれるシレント央国（皇国公爵領）、オーランシュ王国（皇国辺境伯領）、ユニス法国（聖女教団総本山）によって、政治、軍事、宗教と、それぞれの長所を生かしてバランスよく成り立っていたのだが、ここにきてその危うい均衡の秤が、大きく傾こうとしていた。

すなわち、オーランシュ王国の後継者争いに端を発した、リビティウム皇国国内は勿論のこと、グラウィオール帝国をも巻き込んでの大戦の勃発である。

山がちなリビティウム皇国にあっては珍しい、平原に陣を張ったビートン伯爵旗下の七千名あまりは、総大将であるライムンド・イサーク・ビートン伯爵直轄領に一千名あまりを残し、残り六千名を四軍に分けて、得意の車懸かりの陣を編成していた。

「かつては戦場において〝双頭の鷲《わし》〟と恐れられた、オーランシュ軍と我が軍とが相争うとはな。百年に及ぶ友誼と血盟も、女人同士の嫉妬の前には砂のように脆いものよ」

対峙するオーランシュ王国の陣容を前にして、現当主であるライムンドが苦笑いを浮かべた。

「閣下、〝オーランシュ軍〟ではございません。連中は、その名を詐称する賊軍でございます」

気炎を上げる副官の言葉に、「うむ、そうであるな」と頷きながらも、心の中で苦笑いを深くするライムンドであった。

どんなに言葉を飾っても、詰まるところは腹違いの兄弟同士の跡目争いであり、さらに踏み込んだ事情を知る者にとっては、一夫多妻の妻同士の鍔迫り合いで火の手が上がり、そこに適当な名目を付けての泥沼の争いに過ぎないという……はなはだしく阿呆らしい此度《こたび》の実状である。

「とはいえ、ご長男である我が従兄《いとこ》殿は世捨て人であり、シレントにおられる次男は軽薄に過ぎる。目前で対する正室の御子《おこ》である三男ジェラルド殿は素直といえば通りがいいが、詰まるところ母であるシモネッタ殿の操り人形」

本人は意識していないが、すらすらと罵倒に近い辛辣な繰り言が出てくるところに、相当な鬱憤がたまっているのだろうと、周囲の部下たちは無言で頷きながら、ライムンドの繰り言を聞き流す。

「我が城に残る四男は狡猾で小心者、六男は末っ子らしい甘ちゃん（いずれもライムンドの従弟である）。話に聞く五男は勇猛果敢だが空気が読めず……となると、我が見るところいずれも大国オーランシュを継げる器にない。継いだところで、たちまち他国に蹂躙されるか自滅するのが関の山だろう。せめてあと十年シモン殿に永《なが》らえていただき、ご子息たちのどなたかが成熟して、必要な器量を身に付けていただきたかったものだが……」

いまさら愚痴っても仕方がないと思いつつも、領都に逃げ込んできた伯母にあたるオーランシュ辺境伯第三夫人であるパッツィーと、自分の命運がかかった戦だというのに、頑として戦場に出ることを拒んだ三人の従兄弟たちを思って、ライムンドはため息をついた。

せめて長兄のドナート・ジーノ殿だけでも陣頭に立って、味方を鼓舞してくれれば、今回の実績とオーランシュ家の長男という名目によって、次期後継者候補として頭ひとつ飛び抜けた存在となったのは間違いない。それがわかっているだけに、ライムンドは歯痒かった。

この期に及んで「家督にも権力にも興味はありません」と腑抜けたことを抜かすドナートを、「誰のために俺と、俺の家臣たちが命を懸けているというのだ！」

そう怒鳴りつけて（実際にやった）、引き摺ってでも戦場へ連れていこうとしたライムンドだが、伯母に当たるパッツィーと、溺愛していた長女の孫可愛さに耄碌《もうろく》したとしか思えぬ、先代のビートン伯爵に宥められ、結局のところ当事者不在での代理戦争となったのだから、いい面の皮である。

なお、当然ながらライムンドを筆頭としたビートン伯爵軍は、負ける戦いをするつもりはさらさらなかった。というか、勝利せずとも引き分け以上に持ち込むための車懸かりの陣である。

賊軍の出鼻を挫き、時間稼ぎをして、その間に領内の収穫を急いで籠城戦に持ち込むというのがライムンドの目論見であり、長期戦に持ち込めば求心力のないジェラルド（より正確には後ろ盾であるシモネッタ）陣営は内部崩壊を起こし、こちらは周辺諸国や同盟諸侯を味方につけられるだろう――というのが大方の読みであった。

いずれにしても、秋の刈り入れを待たずに、民兵を動員して戦を仕かけてきた賊軍《ド素人》などに負けるはずがない、というのがビートン伯爵軍の一致した見解である。

「……問題は、なぜこんな中途半端な場所に敵が陣を張ったかだが？」

周辺の地形を地図と自分の目とで確かめ、首を捻るライムンド。

オーランシュ王国と北西側に領地が隣接するビートン伯爵領を攻めるにしては、随分と迂回して南側――【闇の森《テネブラエ・ネムス》】（旧【闇の森《テネブラエ・ネムス》】と呼び習わすべきかも知れないが）が間近に迫る場所を侵攻ルートに選び、開戦の地とした理由を考えあぐねて、誰にともなく疑問を口に出した。

「斥候からの報告では敵軍は約一万。数の優位を生かすために、山岳戦ではなく開けた場所での正面戦闘を狙ったのでは？」

すかさず、腹心の幕僚たちが各々の所感を述べる。

「然り。賊軍の陣形は鶴翼。正攻法といえば聞こえはいいですが、連携と練度不足を糊塗《こと》するための苦肉の策が目に見えるようですな」

「数は多いが、大方必死に掻き集めた農民兵や破落戸《ゴロツキ》まがいの傭兵が主体なのでしょう。あくまでジェラルド殿……ジェラルドの名で動員できた兵ですから。心ある大多数の家臣団は、傍観を決め込んでいるとのことですし」

彼らの良識的な――当然、ライムンドも重々承知している――事実の羅列に、さすがにこの期に及んで奇手はないか、と判断したライムンドだが、次の瞬間、その目をカッと見開く羽目になった。

「あれは——飛竜《ワイバーン》っ⁉　竜騎士だとぉ⁉︎!」

敵軍の後方から飛び上がった特徴的なシルエットを前にして、期せずしてビートン伯爵軍全体にどよめきが湧き起こった。

「それも六騎、二個小隊規模だと！　あり得ん。飛竜《ワイバーン》の生息域はもっと南方のはず——まさか、まさか連中、グラウィオール帝国軍を引き入れたのか⁉」

愕然とするライムンド。

確かに帝国と隣接しているオーランシュであれば、比較的容易に物流と兵員の移動は可能であるし、実質的な敵の首魁シモネッタの実家であるインユリア侯国は、もともと帝国領の飛び地であるので、帝国とも関係が強固であるのは理解している。理解はしているが、そもそもオーランシュの仮想敵国はグラウィオール帝国であり、その北進を阻む盾であり剣であるのが、彼《か》の国の存在意義と言っても過言ではないのだ。

それがまさか、自分から内憂のために外患を誘致するとは、本末転倒どころの騒ぎではなかった。

常識的な判断ができる貴族や軍人なら真っ先に除外する（頭がおかしい）奇手を、素人の強みで実践してしまった賊軍を前にして、覿面《てきめん》に浮足立つ味方の動揺を肌で感じ、すかさずライムンドは声を張り上げた。

「静まれーっ‼　急ぎ鷲獅子《グリフォン》部隊を迎撃に回せ！　絶対に制空権を取らせるな」

即座に虎の子の鷲獅子《グリフォン》部隊を投入することを決断する。

「し、しかし、我が軍の鷲獅子《グリフォン》は鷲馬《ヒッポグリフ》（鷲獅子《グリフォン》と雌馬とのミックス）を含めても五頭だけで、数的不利が否めませんが……」

一般的に、速度と遠距離攻撃は飛竜《ワイバーン》に、小回りと近接戦闘は鷲獅子《グリフォン》に軍配が上がるとされている。

いずれにせよ、個体戦力は互角といったところだろう。

そうなると数と質（鷲馬《ヒッポグリフ》は主に伝令に使われる）の勝負であり、誰が見ても旗色は悪いが、そもそも飛竜《ワイバーン》の養殖に成功している帝国（当然、最重要国家機密である）と、険しい山岳地帯に生息している野生の鷲獅子《グリフォン》の卵を命がけで持ってきて、孵化させるしかない皇国では、土台勝負になるわけがない。

仮にこの場をしのげたとしても、ビートン伯爵が所持する鷲獅子《グリフォン》はこの場にいる三頭だけで（残り二頭は鷲馬《ヒッポグリフ》）、比較的容易に飛竜《ワイバーン》を補充できる帝国と違って、これっきりあとがない。

万が一、三頭とも失われたら、再び鷲獅子《グリフォン》を手に入れられるかは不明なのだ。部下が躊躇するのも当然だろう。だが、少なくともライムンドは傑物とは言えずとも、愚鈍でも怯懦《きょうだ》でもなかった。

「構わん！　出し惜しみしては全滅の憂き目に遭おうぞ。だが、無理に倒そうとしなくてもいい。時間を稼ぐように、鷲獅子《グリフォン》部隊に伝令を出せ！」

「わ、わかりました！」

ライムンドの気迫に打たれた様子で、部下が走り去っていく。

「各部隊、時間との勝負だ。急ぎ出陣するぞ‼」

続くライムンドの檄《げき》に呼応して、本陣の騎士たちが声高らかに右手を上げたまさにその瞬間、時ならぬ混乱の気配が【闇の森《テネブラエ・ネムス》】に面する部隊から波及してきた。

「何事だ――っ⁉」

ライムンドの誰何《すいか》に応じるかのように、汗と泥まみれの騎士が転がるように本陣へ駆け込んできた。

「伝令！　伝令にございます！　第二部隊所属騎兵隊長モラレスと申します。戦中にてご無礼のほどはご容赦を！　現在、第二部隊は突如として【闇の森《テネブラエ・ネムス》】より現れた黒尽くめの伏兵によって奇襲を受け、これと応戦中でございます。敵は百名程度の寡兵ですが、すべて弓兵でなかなかの精鋭揃い。また、予想外の事態に歩兵が混乱をきたして、混戦状態となっております」

「【闇の森《テネブラエ・ネムス》】から伏兵だとぉ⁉！　バカなっ、彼の地はいまだに不可侵領域であって、兵の立ち入りは不可能なはず――」

絶句したライムンドだが、刹那、脳裏に最悪のシナリオが去来する。

〈不可侵なのは他国の軍のみだが、【闇の森《テネブラエ・ネムス》】を統治する〈聖王女〉様はグラウィオール帝国の帝孫と昵懇の仲。すべて承知のうえで手を貸したというのか‼？〉

疑心暗鬼になりかけたライムンドの動揺を狙ったかのように、

「敵軍全軍をもって、こちらに向かって前進を開始しました！　このままでは包囲されますっ！」

「――ちぃ！　行軍に乱れがない。識別を示す紋章はないが、統一された装備からして傭兵風情ではなく、偽装された帝国の正規兵だな」

一目で敵軍の練度を見て取ったライムンドが舌打ちした。

目測での勘だが、敵軍のおよそ七割ほどが帝国兵と見られる。一塊になって後方で動こうとせず、これ見よがしにオーランシュの旗を掲げているのが、新オーランシュ国王を標榜する（辺境伯位は三大強国《トリニティ》の残り二カ国の合議が必要なので、現段階では名乗りたくても名乗れない）ジェラルドの軍勢だろう。

「いかがなされます⁉」

「このうえは、こちらも全軍を紡錘陣に組み直して、敵軍の包囲を食い破るしかあるまい。なんとしても領都に戻って、このことを皇国全土へ警告せねばならぬ。このままではシモネッタ《馬鹿な女》の軽はずみな判断で、皇国が帝国に蚕食《さんしょく》されるぞ！」

大方、シモネッタ《あの女》は我が子《ジェラルド》の地盤の不利を補うために、また自分自身の虚栄のために、グラウィオール帝国と手を組んだのであろうが、いかに現皇帝マーベル帝が穏健派であろうとも、獅子が目の前に餌を投げられて食いつかないわけはない。

庇を貸した段階で、相手が母屋を取りにくるのは必定であろうに、そんなことすら考えられないのだから、このままではオーランシュは食い物にされる未来しか見えない——が、勝手に自滅するならともかく、巻き込まれる身としてはたまったものではなかった。

「進めっ！　進めっ‼　このような無駄な戦いで命を落とすなど愚の骨頂！　なんとしても生き延びるのだ‼‼」

ライムンドは声を嗄《か》らして、味方に決死の指示を飛ばす。

それに応えて、死に物狂いで突貫を敢行するビートン伯爵軍。

対する自称オーランシュ軍（実質的にはグラウィオール帝国軍）は、余裕の態度で着々と包囲殲滅陣を完成させるのだった。

この日、七千のビートン伯爵軍は五割が戦死もしくは作戦中に行方不明となり、虎の子の鷲獅子《グリフォン》部隊も壊滅し、現当主であるライムンド・イサーク・ビートン伯爵も虜囚の辱めを受けることを恥辱として――「あの女狐《シモネッタ》に頭を下げるくらいなら死んだほうがましだ！」と豪語して、言葉の通り――討ち死に。三割が捕虜となったが、

「たかが知れた身代金など不要。目が汚れるので、汚らしい捕虜などさっさと始末しておしまい」

という（自称）オーランシュ王太后シモネッタの独断を受けて、全員が処刑されたという。

残り二割が這う這うの体でビートン伯爵領へ帰還したものの、余勢を駆ったオーランシュ軍の追撃を受けて、僅か三日でビートン伯爵領の半分がオーランシュの手に落ちたのであった。

随分と長い間、獣車に乗っていた気がした――。

出立前に侍女頭であるゾエが、不穏な情勢がどうのこうのと理由を口にしていたような気もする

が、いつもと同じく聞き流していた彼女には詳しい事情はわからず、わかろうとも思わなかった。

だが、まあ問題はない。周囲が求める『ブタクサ姫』の在り方は〝愚鈍で怠惰な、およそ姫君とは思えない道化〟なのだから。

演じる場所が変わっても、なんの問題もないはずだった。

不意に止まった獣車から、ゾエの指示に従って――というか着ている甲冑を操作されて、文字通り操り人形として――降りた彼女だが、目の前に聳えていたのは、ホテルというにはいささかみすぼらしい、一見して廃屋と言っても過言ではないカントリー・ハウスである。

さすがに怪訝に思って冑の中から視線を傍らに侍るゾエに向けると、彼女がニヤリと粘つくような笑みを目元に浮かべた。

「見てくれは悪いですが、内部はきちんと整備されているのでご安心ください」

一礼をして、頭を上げたところで顔全体に抑えきれない笑みを広げるゾエ。

「そして、ここで貴女様は運命に出会うのです。あの御方であれば、貴女様のその醜い姿も、無能な聖女教団の奴らが完治しないと匙を投げた足も、たちどころに治してくださるでしょう」

なにを言っているのだ……？　これは本当にゾエなのか？　というのが、正直な彼女の感想であった。

そんな彼女の内心を見透かしたかのように、ゾエは高らかに歌うように断じる。

「混迷の続くオーランシュ。それもすべて三人の女たちの愚かな嫉妬と、無能な息子たちが跡を継ごうと右往左往していることが原因でございます。ですが、別に跡継ぎは息子と決まっているわけではございませんでしょう？　血筋的には誰よりも尊い姫君がここにいる。どうして、誰もそのことに気が付かないのでしょうねぇ……？」

同意を求められても、正直、ゾエがなにを言っているのか彼女には理解できなかった。だが、それでも本能的に、よくないことがこの先に待っているのはわかった。

「怯えることはありません。あの御方によって貴女様は救われ、そしてすべてを手に入れるのですよ、シルティアーナ姫様」

にこやかに嗤《わら》うゾエから逃げたくて逃げたくてたまらない彼女だったが、傷付いた足はピクリとも動かないのであった。

【第五章】姫君たちの策謀と元凶たちの蠢動

白くて冷たかった。

故郷《ふるさと》の記憶は随分と希薄になっているけれど、最初に浮かんだ思い出はそれである。

ユニス法国《こ》に比べてももっと北にあった村は、一年の大半が雪に埋もれていた。

厳冬の冬に暖房のない部屋で眠るのは死と同義で、だからいつも家族が暖炉《ペチカ》兼オーブンに重なるように寝ていたものである。

家族といっても、母――十年近く前に亡くなったその人は、ラナにとってもほんの僅かな面影と、伝聞でしか知らない人だけれど、優しくて線の細い人だった気がする――と、五年前に亡くなった猟師の祖父、そして姉の四人暮らしで、貧しくて慎ましかったけれど、それなりに幸せな家庭だったと思う。

けれど母が病気で儚くなり、祖父が天寿をまっとうし、いまだ幼いラナと姉のふたりになってからの暮らしはつらかった。文字通り爪に火を点すようにして、少ない燃料で一冬を越し、僅かに残った遺産を切り売りして当座をしのいでいたものの、それもあっという間に行き詰まり、雪降るなかを物乞いのようにして、近所の家を歩き回る毎日――。

ただでさえ赤貧に喘ぐ寒村に、身寄りのない子供を庇護し、育てるだけの余裕などあろうはずもなく、大人たちにいいように言いくるめられて、ふたり揃って奴隷商に売られた……とわかったのは、首に奴隷帯《スティグマ》を嵌められたあとだった。

「泣かないで、いつか必ず迎えにいくから」

別々に売られる日、姉は涙をこらえて、泣きじゃくる自分に向かってそう言ってくれた。薄紅色がかった金髪に夏の草のような緑色の瞳をした、とても綺麗で優しかった自慢の姉。いつかこんな風になりたいと憧れた人。けれど、もうその姿形を鮮明に思い出すことはできない。

〈聖王女〉ジュリア・フォルトゥーナ・クレールヒェン・那輝《なき》こと、ジルのことは出会ったときから鮮烈に覚えているし、いまもよく知っている。

光に透けて見える宝石みたいな薔薇色がかった長い金髪に、エメラルドグリーンの瞳をした、半ば世俗を超越した幻想的な美貌のお姫様。

初めて見たときには、天使様がお迎えにきてくれたのだと、疑いなくそう信じたほどであった。暗闇に閉ざされた人生を、明るい太陽のような、眩しくて温かな愛の手で救ってくれた、もうひとりの姉のような人。

いつも柔らかく笑っていて、どんな無理難題も軽々と解決してしまう、完全無欠の存在……という風にしか、ラナには思えなかった。

あんな風になりたいと夢見ながら、絶対になれないこともまた当然のようにわかってしまう、近くにありながらずっと遠くて素敵な背中……。

思い出すのは、寂しい夜にこっそりと寝室へ呼んでくれて、寝台《ベッド》で優しく抱き締めてくれ、かつて姉がそうしてくれたように、微睡《まどろみ》がくるまでいろいろな話をしてくれた懐かしい温もり。

美味しい食事に清潔な服、なに不自由ない暮らしに気の合った仲間。そして姉のような大事な人。こんな日がいつまでも続けばいいと願ってしまったのが悪いのだろうか？　いつか思い出が色褪せて、姉のことを思い出すのもまばらになった罪だろうか。

いまになって、姉の行方がわかるかも知れない。

生きているのか死んでいるのかもわからないけれど、けして平坦な道ではなかったであろう、姉のそのあとの人生がつまびらかになる。いつしか目を背けていた事実を突きつけられる。

（そうなったら、私は……）

いまが幸福であるからこそ、そのことに言い知れぬ恐怖と自責の念を抱くラナであった。


さて、「オーランシュへ行きますわよ！」と気炎を上げたのはいいですが、「そういうことで、ちょっと出かけてきます」と簡単に《聖天使城《サンタンジェロ》》を留守にできるわけもなく、書類仕事の合間に賢人会などと協議を重ねつつも遅々として話は進まずに、本気で出奔しようかとコッペリアやシャトンと脱出計画を練っていた矢先――思いがけないお客様がシレントから私に会いにやってきて、結果的にドミノ倒しのように、あれよあれよという間に事態が推移したのでした。

「〈聖女〉様の麗しきご尊顔を拝し奉り、わたくしめ恐悦至極に存じ奉りまする」

しゃちほこばった挨拶が不自然にも慇懃無礼にもならないのは、生まれ持った気品と、私など及びもつかない場数を踏んでいるからでしょう。シレント央国第三王女にして、私の友人であるリーゼロッテ・セヴェーラ・グリゼルダが、礼儀作法のお手本にしたいような優雅な動作で一礼《カーテシー》をしました。

基本的に一礼《カーテシー》は、身分が下の者から目上に対して行う挨拶ですので、リーゼロッテ王女から私に対して行われるのは、いささか面映ゆい感じですね。

「遠路はるばるよくいらっしゃいました、リーゼロッテ王女。一別以来ですが、こうして再会できたことを心より嬉しく思います」

私も儀礼に則って挨拶を交わし、ソファに座るように勧めます。

ソファセットに私とリーゼロッテ王女、そしてオブザーバーとして、リーゼロッテ王女の強い希望もあり、ルークが揃って腰を下ろしたところで、コッペリアが音もなく各自の前へ紅茶を配膳して――立場的にモニカが行うべきなのでしょうが、手際とソツのなさを勘案した人選です――その芳香を満喫して気分がほぐれたところで、私は口調をいつもの〝お友達モード〟へ改めて、リーゼロッテ王女へ話しかけました。

「それにしても、急なご訪問でしたわね。学園の新学期も始まっていますでしょうに……」

どうでもいいですが、このままだと私は最終学歴が『リビティウム皇立学園中退』という、不名誉極まりないものになるのでしょうか？

「学業に専念したいのは山々であるが、問題が山積みで学生のほうは開店休業となっているのが、なんとももどかしいところである」

紅茶を口にしながら、疲れたため息をつかれるリーゼロッテ王女。

「それがこの時期に、突然の訪問をされた理由《わけ》ですか？」

ルークの問いかけ……というよりも確認に、リーゼロッテ王女は躊躇うことなく頷かれました。

「左様。〝焦眉《しょうび》の急《きゅう》〟という事態であるな」

それから、どこか値踏みするような目で私とルークとを交互に見据え、珍しく奥歯に衣《きぬ》を着せるような口調で話を切り出しました。

「おふたりはオーランシュ王国について……その、どの程度精通しておられるかな？」

反射的に視線を交わす私とルーク。

ルークにも先日のシャトンからの情報は伝えてあり、帝国からのルートでの情報収集と裏付けをお願いしていたところでしたので、タイムリーといえばタイムリーですけれど、ここにきてリーゼロッテ王女が『焦眉の急』とまで形容して、わざわざシレント央国からユニス法国まで単身（無論、百人規模の随員は同伴していますが）で来られた理由がそれであるとするなら、事態は私たちが思っているよりも深刻で、急展開を迎えたのかも知れませんから。

「……まあ一般的な知識程度は。それとエウフェーミア姫とは、個人的な友誼を交わしていますけれど？」

ほかの異母兄弟姉妹や奥方たちとは、ほとんど会ったことも会話を交わしたこともなかったはずです。一方的に嫌みや罵詈雑言を浴びせられたり、廊下を歩いていて足を引っかけられたり、二階からバケツの水をぶちまけられたり……といった行為を、会話や交流というのでしたら別ですが。

「僕は一時期シルティアーナ姫との縁談の話がありましたので、ご当主であるオーランシュ辺境伯とシルティアーナ姫とは、何度か顔合わせをしたことはありますが……もう、何年も前の話です」

とりあえず当たり障りのない答えを返した私とルークから目を逸らせ、言葉を選ぶきっかけを探すかのように視線を彷徨《さまよ》わせるリーゼロッテ王女。

「…………」

「わふ？」

「…………」

リーゼロッテ王女が、出窓のところに置いてある素朴な植木鉢の中の土に、お風呂に入るようにして半分埋まりながら、気持ちよさげに光合成かたがた寛いでいる大根《キンタ》と、傍らに座って物珍しげに尻尾を振り振り観察しているフィーアとが並んでいる光景に目を留められました。そして一瞬だけ不可解な表情を浮かべたものの、再び私の顔を眺めて――なにか悩んでいたのがバカバカしいと言いたげな表情で――妙に肩の力が抜けた微苦笑を浮かべたかと思うと、あっさりと要件を切り出されました。

「民衆には緘口令《かんこうれい》を敷いているものの、実は先日、オーランシュで政変があったのだが……」

「まあ――!?」

「……初耳ですね」

寝耳に水の話に思わず目を丸くする私と、身を乗り出すルークの反応を確かめて、なぜか安堵の表情を浮かべるリーゼロッテ王女。

先ほどから妙にもどかしいというか、よそよそしい態度に、

「珍しいですわね。リーゼロッテ様が言葉に悩まれるなんて」

私は軽く瞬きをして、思わず素直な感想を口に出していました。

「言葉に悩むというか、妾《わらわ》の一存でどこまで話してなにを聞けばいいのか、判断に悩む……といったところであるな」

つまり、個人的な友誼と公人としての政治的判断が難しいという意味でしょう。

なんといっても、何事につけても大雑把――いえ、寛容といわれる私と違って、常に生き馬の目を抜く宮廷政治の最前線で、物心ついたときから修羅場を潜り抜けてきたリーゼロッテ王女は、そのあたりの分別と駆け引きを習い性にしていて、非常に合理的な判断ができる方です。

とはいえ、今回はそれに友人としての信頼と友情が加わって、いわゆる『義理と人情を秤にかけて』……の板挟みで、個人として、そして公人として、どこで妥協するべきか線引きが難しいといったところでしょう。

そうとなれば無理強いをするわけにもいかず、私とルークはあえて口を噤んで、紅茶を口に運びました。

しばしの空白を置いて、リーゼロッテ王女が世間話のように話し始めます。

「現在、病気療養を名目に姿をくらませているコルラード・シモン・ハーキュリーズ・オーランシュ辺境伯には、世継ぎと見なされる六人の男子がおられる」

いずれも私の異母兄ですわね。確か第一夫人であるシモネッタ妃が一男二女をもうけられ、第二夫人のエロイーズ妃が二男三女。第三夫人であるパッツィー妃が男子ばかり三人をもうけられたはずですわ（私の母であるイライザ《先代クララ》さんは娘ひとりで、なおかつすでに鬼籍に入っているので除外されますが）。

もっともいずれの異母兄とも、シルティアーナ《わたし》は関係が希薄で、思い出や人となり……どころか、名前以外に知っていることはありませんし、名前をそらんじることはできても、誰が誰やら区別はつきませんが。

「彼らについては評価が分かれるところではあるが、妾が見たところ、長男のドナート・ジーノ殿は賢人なれど、それが逆に枷《かせ》となって浮世に馴染めずにいる」

「つまりはなんの役にも立たない、痛いズッコケ詩人《ポエマー》ってことですね」

紅茶のお代わりを給仕しながら、コッペリアがさらりと意訳しましたけれど、リーゼロッテ王女当人が反論しないところをみると図星なのでしょうね。

「次男――妾とは又従兄妹《またいとこ》にあたるトンマーゾ・アッボンディオ殿――は、優男で社交的で、盛んに浮名を流している」

「節操なしの色狂いの色ボケ」

「正妻シモネッタ殿の息子である三男のジェラルド殿は、素直で善良な性質ではあるのだが、少々度が過ぎておる」

「ははぁ、親や周りの言うことに逆らえないウスラトンカチですか」

「トンマーゾ殿と同腹である四男カルリト殿は、頭脳明晰なれど社交性と人間関係の構築に難があり」

「ああ、自分が頭いいと思って、他人を見下すバカの典型ですね」

「五男のウンベルト殿は武勇に優れた勇者と謳われているが、力を誇示する傾向が強く、忌避されている」

「察するところ、何事も腕力で解決しようとする蛮族の筋肉ゴリラですかね？」

「そして六男のルーペルト殿は……基本的に兄であるウンベルト殿の腰巾着ときた」

これには、コッペリアも適当な口を挟むこともできなかったようで――あえて言い換えるなら「世渡り上手」ですが、そうなると逆に好意的解釈に過ぎます――無言で下がりました。

「……えーと、つまり、いずれも問題のある兄弟たちが、オーランシュの跡目を狙って相争っているわけですか？」

随分と救われない話ですけれど（主にオーランシュの民が）。

私の確認に頷かれるリーゼロッテ王女。

「うむ。そして先日、オーランシュ辺境伯領《王国》の領都《王都》クルトゥーラで、ジェラルド殿が一方的に次期国王を宣言したわけなのだが――」

「「えっ、それはまた……」」

思わず重なる私とルークの驚きの声。

「おそらくは、正妻である母親のシモネッタ殿の采配であろうな。当然、不服としたほかの兄弟――より正確には、側妃であるエロイーズ殿とパッツィー殿はこれに強く反発し、央都に滞在中のエロイーズ殿はともかく、パッツィー殿は実家であるビートン伯爵領の力を借りて、軍事的圧力をかけようとしたところ、あっという間に衝突が起きて、ビートン伯爵軍がほぼ壊滅する結果となった」

「壊滅ですか⁉　ビートン伯爵軍といえば車懸かりの戦術を得意とする強兵として、帝国にも音に聞こえるほどですが」

よほど予想外だったのか、声を荒らげるルーク。

そんなルークを意味ありげに眺めて、リーゼロッテ王女がため息混じりに付け加えられました。

「動員されたのは、ジェラルド殿の私兵と一部の同調者だけであったので、本来ならばあり得ない結果なのであるが……帝国兵七千あまりが動員された、となれば話は変わるであろう？」

「はあああああああああああ⁉⁉　そんな馬鹿な！　そんな話、僕は聞いていませんよっ！」

愕然とした表情で取り乱すルーク。

しかし、リーゼロッテ王女は予想していたのか、泰然たる態度で肩をすくめて反論します。

「事実である。実際、六騎もの飛竜《ワイバーン》と竜騎士が確認されている。リビティウム皇国には飛竜《ワイバーン》も竜騎士も存在しないのは、ルーカス殿下もご存じのことかと思われるが？」

「…………」

黙り込んだルークの顔から、血の気が引いていました。

と、続いてリーゼロッテ王女の追及の手は、私へと向けられたのです。

「そして未確認情報であるが、ジェラルド殿の伏兵が【闇の森《テネブラエ・ネムス》】を越えて現れたとの報告がある。ジル殿、これはいかようなな仕儀でありましょうか?」

「へっ——?!?」

思いがけない話に、私は危うく手にした紅茶のカップを取り落としそうになりました。

「やはりジル殿の与り知らぬ話か……」

そんな私の慌てぶりを前にして、安堵と憂鬱が半々といった調子で、リーゼロッテ王女が独り言ちます。

「初耳ですわっ。そもそも【闇の森《テネブラエ・ネムス》】に、たとえ帝国の軍隊であっても、他国の武装勢力が足を踏み入れることなど、私が許しても超帝国の番人が許可するわけがありません!」

「そっすね。クララ様ならまだるっこしい有象無象の集団を使うよりも、直接出向いて攻撃魔術を叩き込んだほうが手っ取り早いですし、仮にどーしても肉壁《兵士》を使うのでしたら、補助魔術をしこたまかけて肉体の限界以上に強化《ブースト》しまくったうえで、その場で死んでも生き返らせるゾンビアタックを敢行するでしょうからね」

私の主張に、コッペリアがしたり顔で口を挟みました。

擁護しているつもりかも知れませんが、額面通りに受け止めると、私がとんでもない脳筋の鬼畜と言われているも同然な気がするのですが……?

「うむ、そうであろう」

私が反論する前に、同感とばかりリーゼロッテ王女が即座に頷いて納得されました。信頼の証なのかも知れませんが、これはこれで釈然としませんわね。

「ジル殿の性格と能力を身近に知っている者であれば、そこは疑いのない事実であるのだが」

少しは疑ってください。

「忌憚のない話をさせてもらえば、各国の首脳陣ですら、『単独で〈不死者の王《ノーライフキング》〉を斃した』『〈真龍《エンシェント・ドラゴン》〉を軽くひねる』『伝説の魔獣を滅ぼした』『黒妖精族《ダークエルフ》と洞矮族《ドワーフ》の戦争では天候すら変えた』『邪神の妄執を晴らして【闇の森《テネブラエ・ネムス》】を解放した』といった実力と業績を、話半分……どころか、聖女の箔をつけるために話を盛っている嘘臭い宣伝として、まともにとらえておらぬからのぉ」

すべて事実というか、まだまだ過小評価なのだが、と嘆息されるリーゼロッテ王女。

「ほほう、そんな状況なのですか。クララ様、なら百聞は一見に如かずで、ゲスの勘繰《わからんちん》り連中の国を攻め落としてみせましょう！　でもって、瓦礫の中でとどめを刺す前に、『どんな気分？　ねぇ、どんな気分？』とやったら痛快でしょうね。なぁに、人類なんざ大陸中に二十億人はいるんですから、数％削っても大した問題ではありませんよ。所詮は誤差のうちです」

「大問題ですわ‼　第一、それってもう聖女の所業じゃありませんわよね⁉」

「じゃあ、いっそ【闇の森《テネブラエ・ネムス》】のクララ様王国民以外は全部ぶっ殺して、後腐れないように大陸を統治しませんか？　超帝国のチビ聖女は『君臨すれども統治せず』を明言しているわけですから、娘も同然のクララ様が分業で統治のほうを担っても文句言いませんよ、アレは」

「よりハイレベルの暴論を、平然と教唆しないでください！」

思わずソファの肘かけを、握った拳で叩いてしまいました。

気のせいか、なにかがメキッと砕けた音がしたような気もしますが、多分気のせいでしょう。

そんな私たちのやり取りを眺めながら、

「気持ちはわかるが、できれば堅忍してもらえるとありがたい」

やんわりと自制を促すリーゼロッテ王女。なお、ルークは控えていた侍従を呼んで、情報の確認を急がせています。

「そこで話は戻るのであるが、現在苦境に立たされているパッツィー妃が、シレント……というよりもリビティウム皇国全体に、ジェラルド殿を謀反人として取り扱い、速やかな鎮圧とビートン伯爵領への救援、それと、グラウィオール帝国の侵略行為を糾弾するように要請をしてきた。で、これにエロイーズ殿も迎合している。――ま、次は我が身だけに、尻に火がついて慌てておるのだろうが」

このまま座視すれば、なし崩し的にジェラルド殿の王位継承を認めたことになると焦っておるのだろうが、帝国が噛んだ時点で事態はそれどころではないのだがなぁ……と、こぼされるリーゼロッテ王女でした。

「つまり、グラウィオール帝国が今回のオーランシュの騒乱に乗じて、火事場泥棒的にリビティウム皇国へ侵略を行った事実の調査と、それを私が黙認……どころか、ルークとなあなあの関係で手助けしたのではないかと疑われて、その確認のために気心の知れたリーゼロッテ様がお見えにならなれたというわけですか？」

私の問いかけに若干躊躇しながら、リーゼロッテ王女が首を横に振られます。

「いや、シレント央国の基本的な方針としては、聖女教団――正確には〈聖王女〉様にお出まし願って、オーランシュとの和平交渉にあたっていただきたい……というのが、今回の訪問の目的である。しかしながら、先刻の懸念からジル殿への疑念を抱く不心得者が門閥貴族の一部にいて、これを説得できる材料を求めにきたというのが、妾の率直《そっちょく》な目的なのだが」

ああなるほど。数は少なくても、得てして反対派って声だけは大きいものですものね。

「とはいえ、いますぐにどうこうはできませんわよ……？」

なにしろたったいま、事実関係を知ったばかりなのですから。

「承知しておる。いちおう十日間ほど聖都に滞在する予定でいるので、その間になんらかの進展があることを願う」

「たったの十日ですか⁉」

話を聞いていたルークが声を張り上げますが、リーゼロッテ王女はすべて織り込み済みという顔で頷かれるばかりです。

「それだけ情勢が逼迫《ひっぱく》しているということで、皆様にはご容赦願いたい。これでもギリギリ捻出できた日数であるので」

「……その期間に反論できる材料が見つけられなかった場合は？」

「大手を振って手ぶらで帰らせていただこう」

当然の懸念を示すルークに、いっそ朗らかに言い放つリーゼロッテ王女。

「やってもいないことの証拠を示せと、畏れ多くも〈聖王女〉様に悪魔の証明を強要する馬鹿どもには、『なにもなかった。なおも疑うのであれば、破門覚悟で直談判するように』と言い含めるのみ。……ふん。外野でギャーギャー喚くことはできても、本気で国教である聖女教団と、いまや大陸四大国に匹敵する領土を保有し、同時に絶大な名声を博すジル殿と事を構えられる度胸——いや、蛮勇か——のある者などおらぬよ」

そもそもジル殿を敵に回すということは、大病や瀕死の重傷、そしてなによりも聖女の聖女たる『蘇生術』を受けられないのと同義であるということで、小物ほど自分の命を大事にするものであるからできるわけがない、と続けられました。

ちなみに私の『蘇生術』——正式には『完全蘇生《リザレクション》』というらしいですが——は、二十四時間以内であれば、寿命以外の要因で死亡された方はほぼ百%。それ以後は本人の生命力と時間の経過に従って等加速度的に蘇生率が下がって、半月ほどでほぼゼロ%に至ります。

この結果を伝えたときには、先代聖女である緋雪様が、

「私でさえ三十分以内という制限があるのに、なんて無茶苦茶な能力なんだ!?」

と、愕然とされていらっしゃいました。どうもセオリーから外れた効果が発揮できてしまったようですが、その代わり反動も凄くて、ひとり蘇生させると半日は起き上がることができないほど消耗するので、そう簡単に連発できないのがつらいところです（まあ、それでも亡くなられると世界的に問題がある要人や王族など、何人かには乞われて施術しましたが、生き返った本人も周りも、

まるで神の奇蹟に立ち会ったかのように狂喜乱舞をしていたので、悪い気はしません)。

「なるほど。そしてオーランシュの兄弟喧嘩《バカ騒ぎ》の顛末を聞いて、心優しい〈聖王女《クララ様》〉が義憤に駆られ――いえ、胸を痛められて、率先して調停に乗り出すという筋書きですか」

感心したようなコッペリアの合いの手に、リーゼロッテ王女は無言のまま、ニヤリと微妙にあくどい笑みを浮かべます。

「策士ですわね。ですが、はい。いろいろとケリをつけて出発するとなると、十日ほどが最適でしょうね」

私もリーゼロッテ王女の悪巧み《腹案》を承知したうえで、それに乗ることを即決しました。

「ジルっ、今回は帝国《母国》も絡んで状況が入り組んだままです。不確定要素が多すぎて危険です。軽々《けいけい》に動くべきではないのではないですか?」

相変わらず心配性なルークですが、私の考えはちょっと違いますわね。

「とはいえ、現場に出向けば予想外の事態に遭遇するのが常ですし、下手に対応策を練っても、意表を突かれる可能性が往々にしてあり得る――というか、そればっかりでしたもの。ならば変に策を練らないで、いつも通り臨機応変に対応するほうが得策ではないでしょうか?」

「そっすね。真面目な奴がマジになればなるほど、『こんなはずじゃなかった』『こんなのは想定していない』って、ドツボにはまって空回りするものですから、クララ様のようにどーにでもなれと開き直って、テキトーに対処するのが一番ですよ」

「いや……まあ、そうかも知れませんけれど……」

私とコッペリアの経験をもとにした反論に、ルークが渋々同意をします。まさに『真面目な人間が振り回されている状況』に、リーゼロッテ王女が含み笑いを浮かべるのでした。

「結論が出たようでなにより。とはいえ、手土産のひとつもないとなると、シレントの沽券に関わるのでな――このようなものを持参した」

リーゼロッテ王女が合図を送ると、控えていた武官らしい壮年の男性が、細長い箱に入ったなにかを恭しく差し出しました。

受け取ったリーゼロッテ王女が無造作に箱を開けて中身を取り出し、テーブルの上に置きます。

「矢……ですか？」

見たところ、漆《うるし》が塗られた黒塗りの矢のようですが――。

「先日のジェラルド殿とビートン伯爵軍との戦いの最中、【闇の森《テネブラエ・ネムス》】から現れた伏兵が放った矢の現物をお持ちした」

「‼　よくこの短時間で確保できたものですね……」

感心と呆れが混じったルークの言葉に、

「そこは〝蛇の道は蛇〟というやつである。――ま、多少高い買い物になったが」

しれっと答えられるリーゼロッテ王女。最後に付け加えられた台詞を聞いた私の脳裏で、黒髪の行商人さんが揉み手をしている情景が、脈絡もなく浮かびました。

「ともあれ、これをどう見る？」

促されて矢を手に取るルーク。

「帝国の正規軍で使っている矢ではありませんね。形状からしてクロスボウではなく短弓《ショートボウ》のようですが、全体的にやや短いですね」

「ところがこれが報告によれば、二百メルトの距離から正確に射抜かれたらしい」

「二百っ⁉　普通なら百でも届くかどうかなのに⁉!」

唖然とするルークの手から問題の矢を受け取って、私も子細に確認をします。

「……妖精族《エルフ》が使う矢に酷似していますわね。微かに風の精霊力の痕跡を感じます。おそらく風の精霊の力を借りて、飛距離と命中率を向上させたのでしょうね」

「妖精族《エルフ》の精霊魔術か！　確かにあの近辺には妖精族《エルフ》の集落があるが、しかし……」

亜人に多くの知己を持つ私に配慮してか、言葉を濁すリーゼロッテ王女に代わって、私自身が言葉のあとを引き継ぎます。

「妖精族《エルフ》が敵対する理由がありません。まあ、私がお願いして助力を乞えば、妖精王《オベロン》様も邪険《じゃけん》にはされないと思いますし、妖精族《エルフ》が【闇の森《テネブラエ・ネムス》】を通過して世界樹詣《ユグドラシルもう》でをすること自体は公認していますので、彼らであれば不意を突くことも可能ですが」

「しかし、ジル殿は関知していないのであろう？」

「勿論です。あくまで可能性の話ですわ。幸い城下町にその妖精族《エルフ》の集落出身の友人が二名いますので、ふたりに確認すれば真偽のほどがわかると思います。それまでこの矢はお借りしても？」

そう問いかけると、間髪を容れずにリーゼロッテ王女は首肯されました。

「当然である。それはお譲りするので、じっくりと検証に回すことを希望いたす」

そんなことで、多少なりとも情報が集まり次第、リーゼロッテ王女に報告——可能であれば協議に参加——することを約束して、この場での会合はお開きとすることにしました。

別れ際、リーゼロッテ王女がふと私の胸元を見て、小首を傾げます。

「ところで、首元のネックレスが常に装着していた品と違うようであるが、なにか理由でもあるのであるか？　それもなるほど悪くはない品であるが、以前のものに比べるとジル殿にはいささか地味で、物足りぬような気がするのであるが？」

さすがに目敏いですわね。女子は男子と違って、同性に対するチェックが厳しいと聞いたことがありますけれど、装備品の価値や瑕疵《かし》へのチェックに余念がありませんわ。

ルークなど、言われてみれば……という顔で、いまさら気が付いたようですし。

「以前のアレですけれど……」

『喪神の負の遺産』内部で気絶している間に取り上げられて、返してもらえないまま、フィーアが空間を丸ごと呑み込んで、結果的に永久《とこしえ》に消えたわけですが、説明すると長くなりそうなので、要点だけを端的に説明しました。

「私の不注意で失くして、そのままですわ」

なにもないと寂しいので、適当なネックレスを見繕って着けていますが。

「「——なっ……⁉⁉」」

途端、血相を変えるリーゼロッテ王女とルーク。

「あれほどの逸品を⁉　いつどこで……‼？」

「大切にしていたものではないのですか！　僕の指輪どころの騒ぎではないでしょう‼　なぜ言ってくださらなかったのです⁉」

そう言われても、結局は私の不注意ですからねえ。

「仕方がありませんわ」

肩をすくめる私を、ふたりが釈然としない表情で見据えていました。


青い光が極光《オーロラ》のように降り注ぐ茫漠たる空間の中で、重厚な椅子に座っていた蒼い青年のもとへ、〈聖母〉こと〈神聖妖精族《サンクトゥスエルフ》〉のアチャコが、音もなく現れた。

「――状況はいかがですか？」

青年の問いかけに、アチャコは口元に笑いを浮かべる。

「ふふ。予定通り、どいつもこいつもシナリオ通りに踊ってくれるわ。中原の動乱の際に行き場を失くした黒妖精族《ダークエルフ》の反逆者どもは、〈妖精王《オベロン》〉や〈妖精女王《ティターニア》〉すら凌駕する〈神聖妖精族《サンクトゥスエルフ》〉たる私が力を示し、実際に【闇の森《テネブラエ・ネムス》】に〃妖精の道〃を開いてみせたことで、日陰者から一転して妖精族《エルフ》・黒妖精族《ダークエルフ》を統治できる立場に立てる……そんな甘言を信じて、完全に心酔し恭順しているわ」

まあ、しょせんは負け犬。あくまで道具として使い潰すだけだけど、となんの感慨もなく言い放つアチャコ。

「もともと『雷鳴の矢《トニトルス・サギッタ》』のもとで成り上がりを信じていた者たちですからね。一度信じて夢見た者たちは、夢破れて挫折したところで、その事実を認められないものでしょう」

そう言って、自然な仕草で冷笑を浮かべる青年。

「そうね。連中の大半は、いまだにトニトルスが生き延びて再起を図る機会を窺っている……などという世迷言を信じているほどだもの」

嘲笑を露にし、アチャコは大仰に肩をすくめてみせた。

「自分の目で確かめていない情報の信憑性などというものは、結局のところその情報を信じるか信じないかでしかありませんからね。そして、往々にして自分に都合の悪い事実は、曲解やこじつけ、屁理屈をつけて否定するのが人間——黒妖精族《ダークエルフ》もそれは同じということでしょう」

「愚かね。だからこそ私たちが導いてやらねばならないのよ」

満足そうに頷くアチャコに対して、青年は無言のまま肯定も否定もせず、軽く頬杖を突きながら気怠げな口調で話を変えた。

「グラウィオール帝国の首尾はいかがですか？」

「そちらも問題はないわ。例のメンシツ聖王国のファウスト王子……だったかしら？　養母であるミルドレッド女王が病気療養中なのをいいことに、実権を掌握して嬉々としてオーランシュへ派兵してくれたものね。それも『ここでオーランシュを足がかりに、リビティウム皇国に勝ったという実績を前にすれば、〈聖王女〉とルーカス殿下の婚約を破棄して、帝位継承権第六位の貴方が〈聖王

女〉を娶って、次の皇帝になることも俄然現実味を帯びます』という甘言ひとつで踊ってくれたのだから、楽なものだわ」

嘲笑を放つアチャコの説明を聞きながら、無言で手を握っていた青年は、「なるほど……」と小さく頷いてから小考をして、次なる指示を出した。

「そろそろ次の手を打つべきでしょう。例のアレを投入しましょう。調子のほどは？」

「好調ね。好調過ぎて、いままでと勝手が違って戸惑っているようだけれど、アレの貴方に対する感謝と畏敬の念からの忠誠は本物だから安心して」

「それは重畳。それと、アレの手足となる手駒は揃っていますか？」

「そちらも順調ね。百五十年にわたって私が張り巡らせた糸は、大陸中のありとあらゆる場所に伸びているわ。その糸を伝って、三大宗教のいずれにも属さない、隠れていた勢力が続々と集結している……とはいえ、いずれも取るに足らない小物だけれどね。その代わり聖女教団……なかんずく〈聖女〉に対する反発は、もはや呪詛の域に達しているわ。使い潰すのに十分ね」

最初から使い潰す前提で話を進めるアチャコに対して、青年は淡々とした口調で独り言ちるように言葉を紡ぐ。

「……虐げられた者たち、か。表舞台に立つ者たちは、〈聖女〉という光が強くなればなるほど、影もまた濃くなることを知らない」

歌うように続ける青年。

「なぜなら〈聖女〉の前では等しく……国王だろうが奴隷だろうが避けて通れなかった、『死』という運命が覆されるという不条理がまかり通るがゆえに。これまでは、そこに例外は存在し得なかった。だが、いまやその前提は崩れ去り、富める者と貧しい者との間に絶対的な線引きがなされようとしている。ならば、貧しくとも心正しく生き、死後の安寧や来世での幸せを願う信心や秩序など、所詮は敗北者たちの気休めと化す。その意味を……」

「そうね。すでに種は蒔かれた。あとは萌芽の時を待つだけよ」

その暁の鶏声《けいせい》として祀り上げられたのが、『虐げられた者たちの代表』であるブタクサ姫《シルティアーナ》であった。

「……そうですか。それではよろしくお願いいたします。シルティアーナを」

頷いたアチャコが踵を返しかけたところで、ふと思い立ったように青年に問いかけた。

「ねえ、いまの貴方は神子ストラウスなの？　それともセラヴィ司祭なのかしら？」

「…………」

無言のまま答えない彼を前にして、アチャコはどちらでもいいという顔で軽く肩をすくめて、その場をあとにする。

誰もいなくなった青い空間にひとり残った彼が握っていた手を開くと、ふたつの見覚えのある装飾品が現れた。

ジルが片時も離さず身に着けていたネックレスと、ルークから子供の頃に贈られたという、『水妖精の涙』という石が嵌められた指輪である。

つうーっ、とネックレスを指先でなぞって、そこに残った温もりを思い出すかのように目を細める彼。続いて指輪を摘んだ——かと思うと、一瞬彼の瞳の奥に熱情が灯り、その勢いに任せたかのように、指先で軽々と指輪を粉砕するのだった。

あれから九日が経ち、リーゼロッテ王女がシレントへ帰還される前日。思いがけなく事態が推移――いえ、いきなり坂を転げ落ちるかのように進展を見せたのでした。

『真の裏切者は誰だ⁉　本誌記者が暴くオーランシュ王国妃たちの知られざる確執と権力闘争！』
『半年前の現オーランシュ国王への暗殺未遂の真相は――⁉』
『父親殺しによる王位簒奪か⁉　オーランシュ国王の失踪に暗躍する謎の集団』
『事件を探っていたシレント央国の名士Ｄ氏。惨劇の裏側にはなにが⁈』
『グラウィオール帝国は紛争への関与を否定！　帝国内部にも亀裂が発生か⁈!』

《聖天使城《サンタンジェロ》》の聖女専用フロアにある貴賓室のひとつ。そこの大理石のテーブルに所狭しと並べられた、煽情的な見出しと文句が躍るタブロイド紙の紙面を眺めて、リーゼロッテ王女がため息をつかれました。

「一割の事実に九割の憶測と下衆《げす》の勘繰りだが、『……とはいえ、ご子息たちは六人とも大国オーランシュを継げる器にあらず、後継者とは名ばかりの泡沫候補《にぎやかし》との声も囁かれ……』と、案外と正鵠を射ているのが小癪なところである」

「――ハッ。王侯貴族なんざ、既得権益に群がるゲスの集まりですからね。同類同士も勘繰りやすいんでしょう」

壁際に立っていたコッペリアが、歯に衣着せぬ物言いでリーゼロッテ王女の慨嘆を一笑に付し、即座にエレンからリバーブローを受けて悶絶する羽目になっています。

「……耳が痛いところであるな。それにしても聖都の新聞記者《ブン屋》は随分と鼻が利くらしい。緘口令下でよくもまあ、ここまで調べたものよ」

苦笑いをして、手にした新聞をまとめてテーブルに放り投げるリーゼロッテ王女。

「ここは代々続く由緒ある三流ゴシップ紙ですから……」

とりわけ盛大に邪推を重ねまくり、根も葉もないデタラメを煽《あお》っている〈日刊北部《デイリー・セプテントリオ》〉と銘打たれた新聞紙――携わる人間は変わったはずなのに、ノリだけは変わらないのですから、あるいはこれも伝統というのかも知れません――を懐かしく眺めながら、擁護するつもりではなく、事実を事実として私は口に出しました。

「ふははは……さすがはリビティウム皇国随一の古都だけのことはある。ゴシップ紙ひとつとっても伝統があるとは！」

「悪しき伝統ともいいますけど」

コッペリアが懲りずに混ぜっ返したところで、エレンの目にも止まらぬストマックブローを受け、たまらず蹲《うずくま》って嘔吐《えず》くのを尻目に、リーゼロッテ王女がなおさら快活に笑います。

「伝統ある街並みに、聖女様《ジル》効果による賑わいと好景気。昔訪れたときには寂れた古都という風情であったが、いまの聖都テラメエリタは見どころが随所にあって、退屈することがないの。この十日近く、妾もお忍びであちらこちらと見て回っておったが、退屈する暇もなかったわ」

私たちが喧々囂々《けんけんごうごう》の騒ぎをしている間、どうやら気楽に聖都観光を満喫していたようです。リーゼロッテ王女の背後に立つ護衛兼随員たちが、一瞬だけげんなりした表情を浮かべました。

「羽目を外すのも結構ですが、いくら比較的治安のよい聖都とはいっても、少々不用心に過ぎますわ。ご自分が要人だという自覚をお持ちになってください」

その途端、室内にいたリーゼロッテ王女を筆頭に、ルーク、エレン、モニカ、コッペリア、ラナ、プリュイ、そのほか大根《キンタ》に至るまで、『え〜、貴女がそれを言っちゃうんですか？』という視線を向けてきたようですが、気が付かないふりをして膝の上のフィーアの前脚を持ち上げ、バンザーイの姿勢にして心を和ませます。

「く〜ん？（な〜に、マスター？）」

ああ、私の味方は貴女だけですわ、フィーア。

「言いたいことは多々あるが、ともあれこうまで事があからさまになった以上、なおさら早急な対応が必要になったわけであり、もしくはこれが追い風になる好機でもあるのであるが……この面子《メンツ》が集まっているということは、大義名分を立てる手札が揃った、と見てよいのであろうか？」

この部屋に秘密裏に集った一同を見回して、リーゼロッテ王女がそう切り出しました。

「——さあ？　私もルークに呼ばれたようなものですので……」

この面子――現在絶賛話題の紛争中であるリビティウム皇国とグラウィオール帝国の貴人要人に加え、亜人も多々顔を合わせて不自然に思われないのは、《聖天使城《サンタンジェロ》》の中でも聖女専用フロア《ここ》くらいなものでしょう。

半ば私からバトンを投げられた形で注目を浴びたルークが、傍らに座すどこか軽薄そうな雰囲気の友人へ、ちらりと視線を向けました。

「ええ、思いのほか早く、本国の状況を伝える密書を携えて、友人がやってきましたので――」

「ご無沙汰しております。ジュリア様……いえ、〈聖王女〉様。まさに地上に降りた天使――否、女神のごとき輝く美貌を前にして、不肖このダニエル・リベラート・ラーティネン。感動に打ち震えるばかりでございますっ」

途端、椅子から立ち上がって貴族らしい歯の浮くような美辞麗句を並べ立て、儀礼に則ったボウ・アンド・スクレープ《一礼》をする、グラウィオール帝国からの留学生にして、帝国の政策顧問であるラーティネン侯爵家の継嗣。

ルークの親友《悪友》でもあり、私も知らぬ仲ではない彼の挨拶を受けて、私も立ち上がって礼をしました。

「お久しぶりです、ダニエル様。それにしても正式な特使ではなく、留学生であるダニエル様経由で密書が届くとは、随分と用心深いことですわね」

直接ルーク宛に特使を派遣するなり手紙を送るなりせずに、二重三重に安全策を講じて密書を送って寄越したところに、グラウィオール帝国の混乱が透けて見えるようです。

「で、ダニエル伯爵（貴族の継嗣に対しては、父親の爵位のひとつ下の爵位を付けて尊称とするのが礼儀である）。貴殿が帝国の真意を伝えにきた……という理解でよろしいのかな？」

　再び私とダニエルが席に着いたのに合わせて、リーゼロッテ王女が皮肉げに尋ねます。

　なにしろ、本来なら央都シレントにあるリビティウム皇立学園で普通に顔を合わせられる面子が、わざわざ遠く離れた聖都テラメエリタに集まって密談をしているのですから、シレント政府を信用していないと、暗に言っているのも同然でしょう。

　シレント央国の王女としては、いい面の皮ですから、当てつけのひとつくらい言いたくなるのは理解できるところです。

「いやいや、他意はございませんよ、リーゼロッテ王女様！　というか、実際コレが今回の騒ぎに関係した密書なのかどうかすら、自分は知らないくらいでして――」

　慌てて無関係を強調するダニエル。

「？　どういうことだい、ダニエル。わざわざ帝都から僕宛の機密文書を持参したっていうから、てっきり現状を説明もしくは打破する内容の、重要案件かと思ったのだけれど……？」

　早合点だったのかなぁ、と後悔を滲ませるルークに対して、ダニエルが、友人の気安さで肩をすくめて弁解しました。

「いや、俺も内容を知らない……というか、もともとセレスティナからの手紙に同封されていたもので、早急にルーカス《お前》に渡すことと、下手に知った素振りを見せたら問題だから絶対に見るなとセレスティナの手紙に厳命されていたから、指示されるまま従容と運んできたまでで……」

ちなみにセレスティナというのは、ダニエルの婚約者で帝国アレマン子爵家のセレスティナ嬢のことです。

「ほほう、実に利発な婚約者であるな」

リーゼロッテ王女が心底感心した口調で、まだ見ぬセレスティナ嬢を褒め称えます。

確かに、わざわざ第三者の私書という迂回ルートを通し、なおかつ軽薄で口の軽い婚約相手《ダニエル》の性格を見越して、内容を伝えないまま配達人として使う理知的な判断と、同時に下手に深い入りさせないことがダニエルの身を守る術《すべ》になると理解したうえで、あえて説明をしない奥床《おくゆか》しさと情の深さを感じさせる配慮――こういう献身を『内助の功』とか、『山内一豊の妻』とかいうのでしょう――には、同じく婚約者を持つ者として、リーゼロッテ王女同様にシンパシーに似た感動を覚えずにはいられません。

「……どういう意味だ？」

懐から取り出した密書をルークに渡しながら、微妙な表情で首を捻るダニエル。

「セレスティナ嬢は、君には勿体ないほどよくできた女性だってことだよ」

デキ過ぎの婚約者を持てあまして、煙たく思っているダニエルに苦笑を返しながら、ルークが手紙を受け取ります。

「内容については、この面子、この場では明かせないこともあるであろう。別室で熟読したのち、帝国関係者側《そちら》で協議してからこの場へ戻ってはいかがかな？」

リーゼロッテ王女からの配慮に対して、

「いえ、この場で確認をして僕の——グラウィオール帝国皇太子エイルマーの継嗣たるルーカス・レオンハルト・アベルの名において、分け隔てなく必要な情報を開示することを誓います」

真摯な眼差しで誠意をもって応えました。

「相変わらずであるな、ルーカス殿下。いささか馬鹿正直過ぎるきらいがあるとは思うが、とはいえ欠片《かけら》も底意のないジル殿とは、お互いに似合いの相手同士で信用ができる」

「……いいよなぁ、ルーカスは。うちの可愛げのない婚約者《セレスティナ》と違って、バブみ極振りの婚約者で」

誰にともなくそうぼやくダニエルに対して、遠慮のないことにかけては天下一品のコッペリアが、身も蓋もない合いの手を入れます。

「愛だの恋だのという感情は、数値化ができないので厄介ですね。『あなたのことを百%愛している』と口にした次の日に別れるカップルも、往々にしてありますし」

「あー、特に変動率が激しいからな、ソレは」

妙にしみじみと納得して頷いたダニエルの隣では、モニカからペーパーナイフを受け取ったルークが封筒にある蜜蝋の封印を開けて、中身の手紙を取り出して目を走らせています。

「あ、そうだ。俺の手紙に挟まれていたメモなのですけど、ちょっと意味不明なのですが、セレスティナから聖女様宛です」

ついでのように、二つ折りにした便箋を取り出すダニエル。

私の代わりに受け取ったモニカが中身を一瞥して、心なしか釈然としない表情になりました。

「……問題はないと思います。どうぞ——」

表情を取り繕ったモニカから、広げた便箋を受け取った私が中身に目を走らせると、短く一行だけ――。

『乱心《キレ》すると思いますので、いざという場合は力尽くで止めてください』

「？・？・？」

意味不明な注意書きにルークの表情を窺いますが、とても真剣な表情で手紙に没頭しているようです。

内容を吟味するにはもうしばらくかかりそうだと判断した私は、視線を巡らせて、誰憚ることなく、紅茶と、お茶請けに用意した卵を使わずに作ったケーキやクッキー、マフィン、スコーン、パイ、タルトなどをモリモリと食べていた妖精族《エルフ》のプリュイと、黒妖精族《ダークエルフ》の名代としてやってきたノワさんこと『新月の霧雨《ノワ・ルーナ・ローラーティオー》』へ目配せを送りました。

「えーと……それで、先日の矢の検証結果と妖精族《エルフ》の介入についてですが……」

「――ん？　ああ、あの矢なら見覚えがある。黒妖精族《ダークエルフ》の暗殺者が使うものだ」

あっさりとしたプリュイの紋切り型の回答に対して、好物のどら焼きモドキのパンケーキを頬張りながら、ノワさんが若干たどたどしいですが、あとを受けて大陸共通語で補足を加えます。

「正確にはトニトルスの腹心であった《払暁の刃《アルナ・ラーミナ》》という暗殺集団です。トニトルスが消息不明になったあと、行方をくらませていたことから、自然消滅したものかと思っていたのですが、どうやら本格的な職業暗殺集団と化していたようで、〈妖精女王《ティターニア》〉様もお心を痛めておられます」

ちなみに『トニトルス』というのは黒妖精族《ダークエルフ》の反逆者で、正式名を『雷鳴の矢《トニトルス・サギッタ》』といい、一時〈妖精女王《ティターニア》〉様を幽閉し、隣接する洞矮族《ドワーフ》の国に攻め込み、さらには竜人族《ドラゴニュート》を謀《たばか》って中原に戦乱を巻き起こした挙句、黒妖精族《ダークエルフ》の住処である森都ロクス・ソルスに火を放って、すべてを灰燼に帰して炎の中に消えたという、松永弾正のようにぶっ飛んだ男のことです。

「ついでに言うと『千年樹の枝《ミレニアム・ラームズ》』でも、よんどころない事情で《払暁の刃《アルナ・ラーミナ》》とかいう連中の仲間を十数人拘束していたのだが、確認してみたところ、先月何者かによって解き放たれていたそうだ。話を聞いたアシミの奴は、取るものもとりあえず『千年樹の枝《ミレニアム・ラームズ》』へと、より詳細な状況を確認するために、勝手ながらひとりで戻っていった」

「手引きしたのは間違いなく《払暁の刃《アルナ・ラーミナ》》の残党でしょう」

モリモリとケーキを食べながら、ついでのように『千年樹の枝《ミレニアム・ラームズ》』の事件とアシミの不在を告げるプリュイ。合わせてノワさんも、パンケーキに餡子を山ほど載せながら頷きます。

「わりと大変な状況のようですが、そうしますと《払暁の刃《アルナ・ラーミナ》》とやらは、現在はフリーの暗殺集団として暗躍している……ということでしょうか？」

「そのあたりは不明ですが、少なくとも【大樹海《インゲーンス・シルワ》】には連中の足跡はありません」

「北の森も同様だな」

私の問いかけに、ノワさん、プリュイともに首を横に振りました。

少なくとも妖精族《エルフ》、黒妖精族《ダークエルフ》ともに事件に関与していない言質《げんち》は取れましたが、代わりに黒妖精族《ダークエルフ》の暗殺集団が、おそらくは【闇の森《テネブラエ・ネムス》】近傍に潜伏していることが判明してしまいました。一目世界樹《ユグドラシル》を見たい、育成の世話をしたいという両者の希望を取り入れて、妖精族《エルフ》と黒妖精族《ダークエルフ》の立ち入り制限を緩和していた【闇の森《テネブラエ・ネムス》】ですが、こうなると今後の方針を転換せざるを得ないでしょう。

「まあ、いくら魔素《マナ》や瘴気の発生源がなくなったとはいえ、長年蓄積されていたそれらが早晩薄まるものでもないので、さすがの森の妖精でも、〈妖精王《オベロン》〉様や〈妖精女王《ティターニア》〉様級でもなければ、そうそう【闇の森《テネブラエ・ネムス》】の中心部までは行けないでしょうと、楽観的に考えていた私の落ち度でもありますわね」

「んんん?! ジルっ、まさかとは思うが世界樹《ユグドラシル》様――いや、【闇の森《テネブラエ・ネムス》】への立ち入りを制限しようなどと考えているのではあるまいな⁉ 問題があるのは黒妖精族《ダークエルフ》側なのだから、そっちだけを禁止すれば事足りるだろう!」

そんな私の胸中を読んだのか、先んじてプリュイが予防線を張りました。

『それは心外な物言いですね、『雨の空《プリュイ・シエル》』殿! 問題があるのは一部の不心得者……それも〈妖精女王《ティターニア》〉である『湖上の月光《ラクス・ルーメン・ルーナエ》』様に反旗を翻して出奔した咎人《とがにん》どもです。奴らと一くくりにされ黒妖精族《ダークエルフ》全体に責任を転嫁するというのは、暴論に過ぎると言わざるを得ません‼』

途端、口に含んでいたどら焼きモドキを噴き出さん勢い《バンケーキ》で、ノワさんが猛然と反駁しました。興奮のあまり、素のエルフ語に戻っています。

『とはいえ、もとはといえば黒妖精族《ダークエルフ》の管理不行き届きが問題であり、まずは先送りにしている離反者たちの綱紀粛正を図るのが先決であろう。問題が解決するまで黒妖精族《ダークエルフ》全体が自粛するのが筋だと思うのだが？』

好物のクッキーを頬張りながら、こちらもエルフ語ですげなく言い放つプリュイ。

『監督問題云々《うんぬん》というのなら、むざむざと捕虜を逃した妖精族側《そちら》にも責任があると思うのですが⁉ ご高説を垂れる以前に、自分たちの怠慢を恥ずるべきではないですか！』

『なにを言う！　そもそも世界樹の兄弟として、捕虜であっても手厚く保護していた我々の厚情をないがしろにしたのは、黒妖精族《ダークエルフ》側だろうが‼』

『だから連中は犯罪者であり、もはや黒妖精族《ダークエルフ》とは別物だと説明したではないですか！　それをなあなあと、危機感のない生温《なまぬる》い処置をしていた妖精族《エルフ》の怠慢を棚に上げての上から目線。増長慢《ぞうちょうまん》も甚だしいですね、妖精族《エルフ》という種族はっ』

『まあまあ、ふたりとも落ち着いて、落ち着いて！』

角突き合わせるプリュイとノワさんの間に、私もエルフ語で割って入りました。

『責任がどうこうという問題ではなく、今後どうするかの話し合いなのですから、一度〈妖精王《オベロン》〉様や〈妖精女王《ティターニア》〉様とも協議が必要ということで、申し訳ありませんが、一時的に【闇の森《テネブラエ・ネムス》】に〝妖精の道〟を通すことを差し止めさせていただきたい……という趣旨の内容を、双方お二方に伝えていただけますか？』

『――なっ⁉　それは……』

『ぐっ……。わかりました。もとより黒妖精族《ダークエルフ》はジル様に大恩のある身。その旨、ラクス様にお伝えいたしましょう。ですが――』

釈然としない表情のプリュイと違って、従容と私の提案を受け入れてくれたノワさんですが、最後、これだけは譲れないという口調で身を乗り出して、私に懇願してきました。

『訪問の成果として「くれぐれも豆乳パウンドケーキを持ち帰るようにっ」と、ラクス様から厳命されていますので、何卒よろしくお願い申し上げます！』

『あ、はい……では、プレーンのほかにバナナとリンゴ、シナモンに珈琲、紅茶に抹茶、小豆味、ラム酒にレーズン味などを加えて、お帰りになる前までに準備をして、各十個ほど亜空間収納バッグに詰めておきますので』

そう答えると、目に見えてやり遂げた達成感に満ちた笑顔を浮かべるノワさん。彼女は果たして〈妖精女王《ティターニア》〉様の名代として話し合いにきたのでしょうか？　それはついでで、本命はパウンドケーキのほうだったような気がするのは、私の偏見でしょうか？

ともあれ、不毛な民族紛争になる前に、いったんこの話題を無理やりメた私は、ほかの面子の顔を見回しながら水を向けます。

「ほかになにか気になったこと、報告すべきことはありますか？」

そうすると、モニカとコッペリアが軽くアイコンタクトを取ってから、モニカが挙手しました。

「僭越ながら私から。ジュリアお嬢様の近辺を調査したところ、侍女や女官、巫女見習いなどに一部不審な動きをする者がおり、私とコッペリアとで拷も――多少強引な聞き取り調査を行ったところ、かなりの人数が諜報機関の手先だったことが判明しました」

「あら、まあ……」

「あ～、どうりで最近、人の出入りが激しいと思ったら！」

思わず目を丸くする私と、合点がいったという表情でポンと手を叩くエレン。

「まあ想定の範囲内であるな。シレント央国《我が国》では融和路線を主眼において、下手に藪をつつかないように注意しておるが……（実際はどうだかわかったものではないし）。その者たちの所属や目的、どのような情報が漏洩したのか、把握しておるのか？」

リーゼロッテ王女の確認に、モニカが軽く頷きました。

「大まかなところは」

「ほう。仮にも〈聖王女〉の膝元へ入り込んだ間諜相手に、よく口を割らせたものであるな」

「簡単ですよ。とりあえず動けないようにしてから、頭の上で素振りをしてみせました」

モニカに代わって、コッペリアが愛用のモーニングスターを取り出して、妙に生々しい血糊の付いた先端をその場で振り回しながら答えます。

「……それでも答えなかった場合には？」

念のために私が確認すれば、

「手元が狂うかも知れませんね」

いかにも沈痛な顔でため息をつきながら、首を左右に振るコッペリア。

「『お願いだから助けて』と泣いて助命を嘆願されたら？」

「『では、すぐに楽にしてあげましょう』と言って実行するだけですね」

「ちょっと！」

「HAHAHAHAHAHA！　ほんのジョークですよ、クララ様。ご心配なさらずに」

「ご心配ですわ！」

果てしなく不安しかない案件ですが、肝心の間諜である彼女たちないし彼らは、ローレンス枢機卿が嬉々として身柄を預かったとのこと。今頃は水面下で、外交の道具として利用されていることでしょう（まあ、コッペリアに人体実験の材料にされるよりかはマシと思うしかありません）。

そんな感じで話し合いをしていたのですが、どうにも期待していたほどの成果が上がっていないのは、裏社会に精通しているシャトンがまだ戻っていないのと、ルークが一心不乱に手紙に埋没したままなので、周辺事情の整理にとどまっているからにほかなりません。

中核に関わると思われる帝国の事情。よほど重大な情報が書かれているのか、何度も何度も食い入るようにして読み返すルークの邪魔をするわけにもいかずに、しばし無言になった私たちは、紅茶の香りとデザートを楽しむことにしました。

「……なるほど」

束の間の沈黙を破り、ルークが手紙を置いて、真剣そのものの表情でおもむろに立ち上がりました。

「ルーク？」

唐突なその行動に思わず声をかけた私のほうを向いて、ルークが一切の躊躇いのない笑みを向けて言い放ちます。

「状況が掴めました。ちょっと帝国へ戻ってファウスト王子をぶっ殺――いえ、正義の鉄槌を下してきますので、少々お待ちください。それですべて丸く収まるはずです」

「「「「「「「「――は……あ⁉」」」」」」」」

ルークらしくない剣呑な言葉遣いに唖然とする私たちには目もくれず、そのまま踵を返して、迷いのない足取りで出入り口へと向かっていくルーク。

「やべぇ！　なにが原因かわからないけど、ルーカスの奴本気で切れてるぞっ‼　あいつが本気でキレるとマジでヤバいっ！」

尋常ではないその様子に、付き合いの長いダニエルが血相を変えて立ち上がって、ルークを止めにかかりました。

「ちょ、ちょっと待て、ルーカス殿下！　落ち着け、な、な？」

「離せ、ダニエル！　僕は落ち着いている。冷静に考えて、いずれにしてもファウスト《あいつ》はこの手で殺すべきだと判断したんだ‼」

あ～、これは絶対に正気ではないわというルークの絶叫に、私たちもおっとり刀で立ち上がって、ルークを制止すべく駆け寄ります。

『乱心《キレ》すると思いますので、いざという場合は力尽くで止めてください』

途端、立ち上がった拍子に、テーブルの上に置いておいたセレスティナ嬢からの注意書きがカーペットの上に落ちたのでした。

「……つまり、今回のオーランシュへの肩入れは帝国の総意ではなく、あくまでグラウィオール帝国に属するメンシッツ聖王国のファウスト王子――以前に帝居《カルディア》に伺った際にお会いした、あの（いきなり私をナンパしてきた、帝族とは思えない軽薄そうな）方ですわよね？　確かエイルマー様の従弟《いとこ》に当たる帝位継承権第六位――が行った独断専行であり、その目的は次の皇帝候補レースにおいて、ここで確固たる実績を作って抜け駆けするためである……と？　それって一歩間違えば謀反スレスレなのですけれど、大丈夫なのですか？」

木剣を右手で正眼に構えて、左手を拳の構えにして腰のあたりに据え、突きの姿勢のままじりじりと弧を描くように動きつつ、攻撃の機を窺いながら私がそう尋ねると、ルークは両手で木剣を二振り、八双に似た構えをしながらぼやくように呟きます。

「確かに大胆な行動ですが、メンシッツ聖王国の現女王であるミルドレッド女王と、オーランシュのジェラルド王子の母方の実家であるインユリア侯爵家《マーカス》とは、三代前に聖王国の長子が婿入りした関係で、いざという場合には協力を取り付けるという密約があったと強弁されたようでして。帝国に属しているとはいえメンシッツ聖王国は独立国……まして帝位継承権も持つ王子の面子に配慮して、議会も元老院も強く出られないというのが内情のようです」

「議会や重鎮連中の腰が重いのはどこも同じであるが、大陸中の王侯貴族のほとんどは五代も遡れば、たいていいずれかと血の繋がりがあるもので、その理屈はいささか牽強付会《けんきょうふかい》ではないか？」

壁際でこの手合わせの様子を見物していたリーゼロッテ王女が、どうにも釈然としない顔で疑問を挟みました。

「建前としてはメンシツ聖王国――ファウストの身勝手な行動と虫のいいこじつけに苦言を呈しつつ、そのくせ上手くいけば儲けもの……と、高みの見物をしているようですね、元老院は」

ルークが苦々しく言い放った刹那、僅かに生まれた隙を目がけて木剣の切っ先をねじ込む――と見せかけて、超至近距離から寸勁《すんけい》を打ち込みましたけれど、ルークは左の剣で軽く受け流します。

「なるほど……帝国としては、いざとなればトカゲの尻尾切りでメンシツ聖王国一国の暴走とすればいいのだし、成功すれば北の守りであるオーランシュ辺境伯領を取り込めるのだから御の字であるか」

再び弾かれたように距離を置いて対峙する私とルーク――見ようによってはダンスを踊っているような刹那の攻防――に賛嘆の眼差しを向けながらも、リーゼロッテ王女がやりきれない口調でぼやきました。

「……それ以前に、なんでジル様とルーカス殿下が、稽古をする流れになったのかしら……」

エレンの素朴な疑問にコッペリアが気楽に答えます。

「隣のコレが、最初に秒でけちょんけちょんに負けましたからねえ」

「うるせぇ！　俺は頭脳派なんだ！」

鼻で嗤われたダニエルが、床にへたり込んだ姿勢のまま、抗議の叫びを放ちました。

そんな負け惜しみに、オーバーリアクションで露骨に肩をすくめるコッペリア。

「まぁ、珍しくルーカス殿下が荒れて収まりがつかないようでしたし、クララ様もここのところ書類仕事ばかりでストレスがたまっているようでしたので、ちょうどいいガス抜きですよ。ほら、アラースとコロルも風呂に入るのを嫌がって、いつも暴れて一苦労しているじゃないですか」

ふたりは元黒妖精族《ダークエルフ》の孤児で、アラースは三歳ぐらいの幼児、コロルは二歳くらいの幼女でしたが、トニトルスの造反に伴って死にかけていたところを、緊急避難的にコッペリアがほかの生き物の因子と融合させ、黒妖精族《ダークエルフ》とは別な生き物になってしまったため、経過観察も含めて、現在私が保護して育てている子供たちのことです（まあ、実際の子育てはエレンとコッペリアが主体となって行っていますが）。

ちなみに、現在ふたりはエレンの故郷である西の開拓村で、エレンの家族やアンディ夫妻、それとたまに様子を見にくる師匠《レジーナ》の庇護のもと、のびのびすくすくと育っているそうです。

「あ〜、あれね。黒妖精族《ダークエルフ》には定期的にお風呂に入る習慣がないから、素っ裸で逃げ回って毎回大変なのよね〜。――ま、ちっちゃい子の常で、その追いかけっこを娯楽として楽しんでいるんだろうけれど……ああ、つまり暴れないと収まりがつかないというわけか……」

エレンの嘆息を受けて、コッペリアが「ふむ？」と首を捻りました。

「だったら、ルーカス殿下も嫌なことを忘れるために、すっぽんぽんで走り回ればストレス解消ができるのでは？」

「三歳と二歳の幼児幼女と一緒にするんじゃないわよっ！」

「いゃあ。客観的に、皇子様と聖女様が剣と拳で親睦を図る異常さに比べれば、まだマシな気もしますけど？」

　エレンの怒号とコッペリアの屁理屈を聞きながら、私とルークとはお互いに微苦笑を浮かべます。ま、確かに滅多にない光景でしょうけれど、私とルークにしてみれば、こういう交流の仕方が一番手っ取り早く、なおかつ憂鬱が晴れる手段なのですよね。

「でも、軽い様子見とはいえ、一撃も有効打がないとか……ちょっと自信が揺らぎますわね。私も緋雪様にみっちりと稽古をつけていただいて、それなりに腕を上げたつもりでいましたけれど」

ルークの剣技は天賦の才に裏打ちされたものではなく、凡なる才能を素直に伸ばした結果に至れる境地――いわゆる達人の域――にすでに達しているように思えます。

　素直に脱帽する私に対して、ルークは一部の隙もない構えのまま、苦笑いを返すのでした。

「それは僕の台詞ですよ。視線や呼吸、筋肉の動き、間合いと気の動き……それらを読んで後の先を取るか、もしくは意図的に誘導するのが、クロード流波朧剣の基本にして神髄なのですけれど、それをジルはフィーリングと反射神経だけで躱したり、カウンターにカウンターを合わせてきたりと、地力と才能の差は四年経ってもいまだに隔たったままで、地味に凹みますよ」

　そうぼやくルークですが、当人が自虐するほど、私と実力差があるわけではありません。

　奇しくも、クロード流波朧剣の始祖で、正真正銘の達人である稀人《マロード》侯爵《マーキス》から直接薫陶を受けた賜物か、ルークの技量が格段に跳ね上がり、結果的に噛み合うようになったため、これまで格上相手との実戦を潜り抜けてきた私の経験値が僅かに勝っているだけで、その差は紙一重といったところでしょう。実際、こうして対峙しているだけでも、集中力がガリガリ削られる状況です。

そんな私たちの全身全霊を使っての交流を前にして、

「お姫様と王子様の逢瀬《おうせ》って、もうちょっとロマンチックなものだと思ってたんだけど……」

エレンの嘆息に、リーゼロッテ王女が苦笑いをして応じました。

「夢を壊すようで心苦しいが、王侯貴族の男女のやり取りというものは、基本的に様式美に則った儀式のようなもので、見た目ほど華やかなものではないぞ。手紙や贈り物ひとつでも、お互いの体面と腹の探り合い――どれだけ忖度できるかとか、この物品の交易に一枚噛ませろという無言の催促とか――ジルとルーカス殿下とは違うものの、ある意味、虚飾による殴り合いに近いというか……侍女殿も貴族に列を並べることになるなら、心得を身に付けておくべきであるな」

「うえ～～」

げんなりとするエレンに追い打ちをかけるかのように、床にへばっていたダニエルがやるせない口調で付け加えます。

「おまけに貴族ともなれば、お家存亡のために一夫多妻が当然だからな。表からは見えないが、中に入れば女同士でバチバチと火花を散らして――今回のオーランシュのお家騒動も、実際のところは奥方同士の確執が原因だし――気が休まる暇もないときた。ま、帝国《うち》の帝室みたいに、そこら辺はこだわらずに一夫一妻で回しているところもあるが、血族が少ないということは、帝位継承権さえ持っていれば、その分いざという場合にお鉢が回ってくる可能性が高い……ってことで、ファウスト王子もはっちゃけたんだろうな」

そういえばエイルマー様も現皇帝のマーベル陛下も、遡ればレジーナも連れ合いはひとりだけだったわね……と思ったところで、以前に帝居《カルディア》でファウスト王子を紹介されたときに、実の父親であるクリストバル伯爵（エイルマー様の叔父）が、

『いい加減にしないか、ファウスト！　お前、つい先日も侍女に手を出して五十七人目の側室にしたそうだな⁉　国の金を使っての女遊びと放蕩三昧っ。これでは儂《わし》がミルドレッド女王陛下に申し訳が立たんわ！』

と、苦言を呈していたのを思い出しました。

「……ふむ。仮に今回の件が評価されて、一躍次の皇帝候補として高い評価を得れば、場合によってはジルとルーカス殿下の婚約を解消して、ファウスト王子とジルが改めて婚約という流れになる可能性もある、か。――いや、これまで聞いたファウスト王子の人となりから類推するに、事によるとオーランシュやリビティウム皇国に対する侵略行為はモノのついでで、本命は〈聖王女〉ジルであるかも知れんな」

「あ～、あり得ますね。ファウスト王子は昔っからルーカスと比較されて、密かに敵視してましたし、まして稀代の女好きですからね。皇帝にはなれる、ルーカスは出し抜ける、世界一の美女を娶れる、となったら一石三鳥とか考えて、イケイケで行動しますよ。その結果がこれか……」

しみじみとした口調で交互に推測を重ねながら、訳知り顔で同時に頷くリーゼロッテ王女とダニエル。

「お～～～っ、さすがはクララ様っ。世に〝傾国の美女〟とはいいますが、いきなり帝国と皇国、超大国二枚抜きで合わせて百カ国くらいを傾けるとは、スケールが違いますね！」

「――ぐぐぐっ……！」

「全然、嬉しい評価ではありませんわ‼」

途端に「ひゅーひゅー♪」と囃し立てるコッペリアの野次《やじ》に対して、いつになく荒んだ目つきで歯噛みするルークと、うんざりして――側室が五十人以上いる不誠実な男性に目を付けられて喜ぶ趣味はありませんから――ぼやく私がいました。

「人間族《ヒューム》のケッコンというのは随分と面倒なものなのだな。妖精族《エルフ》なら、そんな面倒な駆け引きなしに、男女とも意中の相手に『あなたの子供が欲しい』――と告げるだけで、終わりなのだが」

一方、空いている場所でノワさん相手に剣を交えていたプリュイが、誰にともなく独り言ちます。

「そんな本能任せで気まぐれなやり方をしているから、妖精族《エルフ》は絶滅寸前なのでしょう。その点、我ら黒妖精族《ダークエルフ》は早くから結婚制度を取り入れて、家庭を持つという柔軟な対応をした結果、大陸中に数十万人の同胞を得られたわけですから……」

一進一退の攻防を繰り広げながら、ノワさんが混ぜっ返しました。

「ふん。その弊害として種族全体の寿命が縮んで、トニトルスのような〈妖精女王《ティターニア》〉様を敬いもしない、跳ね返りが生まれたのだろう」

「はっ。多様性のない先細りの種族の、やっかみにしか聞こえませんね！」

「なんだと！」

「そっちこそなんですか⁉」

軽い稽古のはずなのに、いつの間にか本気の喧嘩――決闘になっているような気がしますけれど。

壁際でフィーアを抱きながら、その様子を窺っていたラナがオロオロしていますが、そのスカートの裾を引っ張って、大根《キンタ》が『気にするな、ほっとけ』とでも言いたげな感じで宥めていました。

そんなふたりの熱気にあてられて、私とルークも再び勝負をかけるべく、互いに神経を極限まで張り詰めた――ところへ、

「大変ですにゃ！　事件ですにゃ！　急展開ですにゃ‼」

どこからともなくシャトンがやってきて、大慌てで騒ぎ始めました。

「腹黒猫ではないですか。どうしました、反乱軍の大将が毒キノコでも食べて死にましたか？」

コッペリアの軽口に、シャトンが微妙な表情で頷きます。

「似たようなもんですにゃ。ビートン伯爵領の領都まで迫っていたグラウィオール帝国軍が壊滅したにゃ！　それも、ビートン伯爵軍の反撃でも、他国の増援でもない、第三勢力――『カトレアの娘子軍《じょうしぐん》』を率いるブタクサ姫ひとりに、ほぼ壊滅させられて敗走したそうですにゃ‼」

「「「「「「「はあああああああああああああああああっ⁉⁉」」」」」」」

耳を疑うその報告に、その場にいた全員が期せずして素っ頓狂な声を張り上げたのでした。

❀幕間　ブタクサ姫の出陣と聖王国軍の潰走……

この世界は月の満ち欠けを基本とした太陰暦をもとに、一月《ひとつき》を二十八日として、一月を『守護者の月』、二月を『堕天使の月』、三月を『白猿の月』、四月を『巨神の月』、五月を『静天使の月』、六月を『魔王の月』、七月を『獅子の月』、八月を『蜘蛛の月』、九月を『魔獣の月』、十月を『神魚の月』、十一月を『死神の月』、十二月を『精霊の月』、十三月を『鍛冶の月』と呼称し、年に一日か二日閏《うるう》日を付け足して、一年を三百六十五日もしくは三百六十六日で調整している。

そのため十一月である『死神の月』であろうとも、地球世界においてはせいぜい九月の半ば～後半に過ぎず、大陸東部に位置するグラウィオール帝国においては、地域差はあるものの、北部であっても朝晩寒さを感じるようになる頃合い……といった感覚であった。

だが、さらに北方に位置するリビティウム皇国はすでに晩秋の装いを呈していて、山から吹き下ろす風も身を切るような冷たさであり、ビートン伯爵領の領都目がけて快進撃を続けていたオーランシュ軍——その大半を構成しているメンシツ聖王国の正規軍の足を、ここにきて鈍らせる効果を与えていた。

四千ほどの軍勢を引き連れた、見るからに一軍の将という威厳と装備に身を固めた壮年の男性が、平原の広がる大陸東部では滅多に見られない、剣のように峻険な山から吹き落ちてくる、身を切るような空っ風に顔をしかめて独り言ちた。

「……まだ死神の月であるのにこの寒さか。お陰で竜たちの意気が上がらぬ。儂も騎馬を用いるべきであったな」

メンシツ聖王国に代々仕える譜代の軍人貴族であるイグナーツ・ケンドラート伯爵は、ほかよりも二回りは大きな愛竜——走騎竜《ランドドラグ》の鞍上で、主力部隊の中枢を固める陪臣や騎士たちが身を震わせる様子を眺めて、密かに舌打ちするのだった。

グラウィオール帝国に属する多くの貴族及び上級騎士は、平時においてはともかく、戦時においては軍馬ではなく、より強靭で気性の激しい走騎竜《ランドドラグ》（ジル曰く「後ろ肢に大きな鉤爪《キリングクロー》がない、ラプトル類のようなものですわね」）を駆ることに誇りと気概を持っている。

『竜《ドラゴン》を御せる者は勇者であり、竜《ドラゴン》と会話できる者は賢者のみである』

古来、巷間で伝わる格言であり、それゆえ文字通りそれを体現すべく、帝国人は走騎竜《ランドドラグ》を駆り、飛竜《ワイバーン》と心通わせる者を竜騎士と呼んで尊び、結果的に大陸最大の戦力を保有するに至ったのであった。

しかし、竜種は一部の例外を除けば、寒さには滅法弱いという弱点を抱えている（いちおう恒温動物には分類されるが、主な生息域は温帯から熱帯である）。そのため十全の状態なら走騎竜《ランドドラグ》一頭で槍騎兵《ランサー》の分隊程度は真正面から屠《ほふ》り、飛竜《ワイバーン》に至っては一頭で一個大隊に匹敵する……はずであったが、この寒気で明らかに反応が鈍く、動作が緩慢になっていた。

「さっさとビートン伯爵領を占有し、後顧の憂いがなくなったところで、オーランシュを我が国に併呑するに限るな」

本国にいるファウスト王子の意向は、『可能な限りリビティウム皇国の国力を削ぎ落とせ』というものであったが、当初に想定していたよりも予断を許さない状況にあることを、ケンドラート伯爵は冷静に見極めていた。

引くべきときに引く。

おそらくファウスト王子からは叱責を受けるだろうが、ケンドラート伯爵を含む古くからの門閥貴族にとっては、主君はあくまでミルドレッド女王陛下であり、養子であるファウスト王子は、しょせんは次代までの繋ぎでしかなかった。

無論、女王陛下と同じグラウィオール帝国帝室の血を引く正統後継者である以上、相応の礼と忠誠は誓ってはいるが、あくまでそれはそうした看板に頭を下げているのであって、ファウスト王子そのものに対する評価でないのは語るまでもない。


「同情すべき点はある。なにより同時代に〈真龍騎士〉であるルーカス殿下がおられたことが、王子の不幸であったな」

「しかし、あの上滑りしている態度は君主としていかがなものかな。責任の輪から逃げたいのが見え見えではないか」

「なぁに、御輿《みこし》として持ち上げるのには、軽くて実に便利だ」

「左様、種馬としては立派なものさ」

隠していても、そうしたおざなりな思惑が透けて見えるものである。結果的に当てつけのようなファウスト王子の放蕩、無軌道を助長する結果になっているのだが、それすらしょせんは遊び事の権力志向と見て、その無邪気さを冷笑しつつ憐れむ余裕と鷹揚さを持つのが、海千山千の領主貴族（小なりとはいえ自分の領地を持ち、家門を背負った自負があり実務に当たる者）たちであった。

彼らにとって大事なのは我が家の安泰であり、ひいてはメンシツ聖王国《自国》の繁栄である。実際に国を動かしている彼らにとっては、名目として上に立つのがファウスト王子だろうが案山子《かかし》だろうが大同小異、どちらでも大した違いはないというのが正直なところである。

（……とはいえ、さすがに【闇の森《テネブラエ・ネムス》】の解放と〈聖王女〉の存在は看過できんからな。一定の成果を上げずには戻れないのも確かではある）

百騎あまりの走騎竜《ランドドラグ》と、やや離れて進む騎馬隊千騎ほど（軍馬であっても走騎竜《ランドドラグ》の傍に寄ることを馬が怖がるため）。そして、黙々と歩みを進める歩兵隊に交じって追随している、ローブ姿のいささか戦場では場違いな者たち――メンシツ聖王国が誇る魔術師隊と治癒術師隊とを横目に見ながら、ケンドラート伯爵は誰にも聞こえないように、ひとりぼやいた。

今回の遠征も、発端は確かにファウスト王子の一存――極めて個人的な怨恨と欲望、なによりもチープな自己顕示欲であるのは火を見るよりも明らか――ではあったが、通常であれば適当な理由を付けて却下する諸侯たちが、渋々とはいえ同意をしたのは、ひとえにファウスト王子が執着する

〈聖王女〉にあった。

元来、メンシツ聖王国は大陸東部にあって治癒術と魔術の研究が盛んな地であり、特にその王族は治癒能力が高く、一部にはユニス法国の伝家の宝刀である《始原的人間《ドリーカドモン》》に伍《ご》するほどの能力を持つといわれていたものである。

そう、あくまで過去形である。

過酷な修行と常軌を逸した血統操作によって、治癒術に特化しているとはいえ、大陸における治癒術師の半分を抱えるといわれるユニス法国と、治癒術はあくまで研究の一部と割り切っていたメンシツ聖王国とでは、土台抱える術者の数も質も比較にならず、王家の血筋からも、ここ最近は『治癒術師』と臆面もなく言い切れる人材が輩出されていないのが実情であった。

とはいえ、相変わらず大陸東部においては魔術・治癒術の最高峰として、尊敬と名声を博してきたメンシツ聖王国であったが、ここにきて一気にその牙城が崩れる事態に見舞われることとなった。ほかでもない、莫大な魔力を有して魔を退け、精霊の声を聞いて豊穣をもたらし、さらには死者すら蘇生させる驚天動地な治癒術の使い手〈聖王女〉の登場、その一言に尽きる。

彼女の出現によって、ユニス法国――否、斜陽であった聖女教団は一気に盛り返し、大陸における治癒術師の総本山として名実ともに唯一無二のものと認められ、メンシツ聖王国は数多あるその他大勢へと転落したのである。

もはや覆しようもない事実を前にして、メンシツ聖王国は起死回生の策として、ファウスト王子の讒言《ざんげん》に乗る決断を下した。

すなわち〈聖王女〉との絶望的な断絶を埋められないのであれば、身内に取り込んでしまえばいい……という、極めてシンプルな結論である。

幸か不幸かいま現在、彼女はグラウィオール帝国帝孫であるルーカス殿下と婚約中の身である。ならば、それが同じ帝室の流れを汲むファウスト王子に取って代わっても大同小異、さほど問題はない話であろう。

結婚というものを政略の道具としか考えない王侯貴族の価値観から、疑いなくそう判断したメンシツ聖王国は、万全の態勢で——なにしろ切り札である飛竜《ワイバーン》を六騎も投入し——国軍の半数にあたる正規部隊六千を繰り出す、ここ半世紀あまりでは記録にない大遠征を敢行したのであった。

もっとも、各領主が協力して領主軍を派遣し、合流させたのならば、軽くその三倍には規模が膨らんだだろうが、領主たちはあくまでも、補給や兵站などの物的支援に徹するのみに終始した。いうまでもなく、万が一失敗した場合には、ファウスト王子の独断として、矢面に立たせるための処世術にほかならない。

「散発的な抵抗もあるようですが、所詮は蟷螂《とうろう》の斧。ほぼ鎧袖一触《がいしゅういっしょく》で進行できていますし、この調子では今日中に領都も墜とせそうですね。残存する敵の数も一千程度と聞きます。周辺国の懐柔も順調だとか。これならばわざわざ部隊の一部を割いて、先遣隊を派遣する必要もなかったのではないですか、将軍？」

走騎竜《ランドドラグ》の手綱を握って隣を歩く副官が、いささか浅薄な見通しを口に出して、ケンドラート伯爵に同意を求めてきた。

「……楽な戦いなどというものは存在せん。特に山岳地帯での戦闘経験の浅い我が軍にとって、数の多さは逆に足枷になる危険がある。気を緩めるな」

「はっ、も、申し訳ございません」

巌《いわお》のような口調で窘められた副官が、慌てて頭を下げて押し黙った。

「ふむ。確かにこの地形では、不意を打たれれば混戦になりますな。――あの黒衣の連中を手放したのは、いささか早計だったのでは？」

代わって副将格のルーベン・バレンスエラ子爵が、後半は声を潜めてケンドラート伯爵に囁いた。

初戦でビートン伯爵軍の死角から急襲した黒妖精族《ダークエルフ》の暗殺者たち。その正体を知る一握りの将校として懸念を表すバレンスエラ子爵であったが、ケンドラート伯爵は彼らを斡旋してきたクルトゥーラ冒険者ギルド長を名乗る、エグモント・バイアーという男を信用していなかった。

ジェラルド王子（の背後にいるシモネッタ妃）に恭順を誓いながら、密かにメンシツ聖王国軍と誼を通じようと、明らかに表に出せない非合法《イリーガル》な連中をあれほどの数、用意できる手際。

（あれは埋伏《まいふく》の毒だ）

戦争に綺麗も汚いもないが、放置すれば身内を蝕む毒になる。そう直感したからこそ、黒妖精族《ダークエルフ》の暗殺者たち（そもそも亜人の力を借りること自体、ケンドラート伯爵の主義に反していた）を使ったのは必勝を期した初戦の一度きりで、そのあとは通常通り部隊をいくつかに分けて斥候を出す形で、ここまで進撃してきたのである。

「不確定要素を当てにすると、いざというときに足を掬われかねんからな。それもたかだか冒険者ギルド如き下賤の輩《やから》が手配した、人族でもない暗殺者集団など到底信用ならん。第一、領民になんと言って説明するつもりだ？　あのような者たちが、栄えあるメンシツ聖王国の騎士であると言えというのか？」

「……確かに。連中のことが知られれば、我らの栄光にも傷が付こうというもの。申し訳ござらぬ。浅慮でありました」

吐き捨てるようなケンドラート伯爵の断定に、生粋の貴族であるバレンスエラ子爵も己の不明を恥じて詫びを入れた。

なお、オーランシュ・グラウィオール連合軍を自称する彼らだが、名目上の主力であるオーランシュ軍（実体はジェラルド王子の私兵と、シモネッタ妃が手配した傭兵や冒険者などの混成集団）四千のほとんどは、国内の治安とジェラルド王子の身辺警護にあたっている。

一部はこの連合軍に参加しているものの、はっきりいえばお客様扱いであり、ケンドラート伯爵を筆頭に、メンシツ聖王国軍は彼らをまったく戦力に数えていなかった。

また今後の布石として、占領下に置いたビートン伯爵領内の領民に対しては、先遣隊の騎士たち並びに従軍治癒術師が分散して、治安維持と食糧支援、そして負傷者の治癒に当たり、懐柔と、なによりも難民を出さないように腐心している。

「戦争は綺麗事では済まんが、我がメンシツ聖王国軍は高潔で有徳の士であるという面目を民衆に示すことが肝要だ。そうでなければ、占領後の統治が難しいからな。綱紀粛正に努め、万一にも軍律を乱す者がいた場合、厳正な処罰を下すよう、末端の兵卒に至るまで警告は何度でも行え」

「「「「「は！」」」」」

ケンドラート伯爵の指示に、部下たちが謹厳な態度で頷いた。

そうして、名目としては（現在はクルトゥーラにいる）ジェラルド王子を盟主とした、オーランシュ王国・グラウィオール帝国連合軍――実態はほぼメンシッツ聖王国軍によって構成されている――は、無理な強行軍を避け、十分な休養を取り、翌日の早朝にビートン伯爵領の中心部に位置する領都ガルバ市へと到着したのである。


ガルバ市は昔ながらの城塞都市で、当然ながら向かいくる連合軍に対して籠城戦の構えを取り、城門前では先遣隊二千との睨み合いが続いている……と、予想していたケンドラート伯爵ら。

だが、彼らがそこで目にしたのは、死屍累々たる有様で打ち捨てられたかのように転がる先遣隊の成れの果てと、その中心に彫像のように佇む、機械仕かけの甲冑のようなものに身を包み、大型の三叉戟《さんさげき》を手にした異様な存在であった。

「なんだあれはっ⁉」

二千の精鋭が全滅――戦術的には兵力の三割が失われた状態を『全滅』と言うが、目の前にあるのは文字通りの全滅である――という、あり得ない光景に目を疑うケンドラート伯爵。

刹那、その叫びに応えるかのように、動甲冑の首が動いて視線が連合軍の本隊に向けられた――。

ゾクッとする戦場の勘とともに、ケンドラート伯爵が急ぎ警戒を促す声を張り上げるよりも早く、動甲冑の手にした三叉戟《さんさげき》が頭上に掲げられた――と見て取った瞬間、突如として北国特有の曇天の空から雷《いかずち》が、連合軍の後方へ轟音とともに雪崩《なだれ》落ちる。

一瞬のことゆえ定かではないが、ケンドラート伯爵にはその雷の形が鳥のように見えた。

「――くっ、魔術か⁉」

轟音と閃光で痛む目と耳を庇い、恐慌状態に陥りかける愛竜を力尽くで鎮めながら――周囲では、軒並み走騎竜《ランドドラグ》や馬に振り落とされる騎士が続出している――そう歯噛みしたケンドラート伯爵だが、その声が聞こえたのかそれとも単なる偶然か、近くにいた従軍魔術師長が狼狽した叫びを上げた。

「閣下、これは儀式魔術ではありません！　おそらくは精霊魔術……あの三叉戟に雷の精霊が宿っているものと思われます！」

そこへさらに追加の凶報がもたらされる。

「いまの雷で、竜騎士隊並びに飛竜《ワイバーン》が全滅しましたっ‼」

「バ、バカな⁉　我が国の保持する飛竜《ワイバーン》の三分の二にあたる六騎が全滅だとぉ⁉⁉」

ケンドラート伯爵同様、どうにか走騎竜《ランドドラグ》からは振り落とされなかったものの、切り札が真っ先に失われたのを知って取り乱すバレンスエラ子爵。

「――はい、この寒さで一カ所に固まっていたところに直撃を受け……」

詳細な報告を受けて、ケンドラート伯爵は奥歯を噛み締めつつも、

「狼狽えるな！　訓練を思い出せ！　戦場であるぞっ！」

泰然たる姿を崩すことなく、檄《げき》を飛ばすのだった。

それを受けて、とにもかくにも混乱から立ち直って、部隊を落ち着かせる連合軍の将校たち。

そんな彼らに向かって、動甲冑が全身から蒸気の煙を噴き上げつつ、地面を揺らして迫りくる。

「――くっ。敵の足は遅い！　魔術師隊及び弓兵隊は、攻撃範囲内に入り次第攻撃しろ！　タイミングは各自の判断でいいっ！」

部隊長の指示に従って、矢や魔術が雨霰と、動甲冑へ向かって解き放たれた。

だが、相手は気にした素振りもなく、ケンドラート伯爵らがいる本陣へと向かって直進してくる。

周囲には倒れている味方の先遣隊の兵士たちもいるのだが、本能的な恐怖から生死の確認もせずに、矢の雨と必殺を期した魔術が放たれ、動甲冑を直撃するのが遠目にも窺えた。

「「「「やったーーっ!!!」」」」

爆音とともに吹き上がった炎と煙を前にして、喝采する兵士たち。

無邪気に喜ぶ彼らとは対照的に、ケンドラート伯爵の頬に汗が一筋垂れた。

（……手応えが浅い……）

そう直感したケンドラート伯爵。

そしてそれを証明するかのように、土煙の向こう側から規則的な金属音とともに、多少の汚れや煤はあるものの無傷の動甲冑が現れ、まるで無人の野を行くが如く迷いのない足取りで、自軍に迫ってくる。

そんな、まるで子供の頃に見た悪夢のような光景を前にして、

「「「「ひっ！？！？」」」」

連合軍兵士たちの間から戦慄とともに、軒並み、声にならない驚愕と恐怖の叫びが湧き起こる。

「怯《ひる》むなっ。多少頑丈だろうが敵は単騎のみ！　囲んでしまえばどうということはない。魔術師隊、前線の兵士に雷撃に対する防御魔術を施せ！　それと、可能であれば敵を弱体化させるのだ！　治癒術師隊は兵たちの精神の安定に努めよ！」

すかさず鼓舞する部隊長の指示に従って、魔術師隊から強化《バフ》効果を伴う魔術が動甲冑の進行上に位置する兵士たちへと飛び、同様に弱化《デバフ》効果を持つ魔術が迫りくる動甲冑へと放たれた。

「――駄目です、抵抗《レジスト》されました！　材質か、あるいはなんらかの刻印魔術か。詳細は不明ですが、あの甲冑は魔術に対して、恐ろしく強固な魔術抵抗を有しているようです！」

全力を振り絞ったのだろう、魔術媒介である魔術杖《スタッフ》に取り縋《すが》るようにして、フラフラになりながらそう結果を伝える魔術師の言葉に歯噛みをする部隊長たちであった。しかしその間にも『肉体強化《ブースト》』や『堅牢《ブロック》』といった強化効果《バフ》に加え、精神の安定を促す『異常回復《コモンキュア》』（初級回復術）を併用されたことで恐慌状態を脱し、闘争心を取り戻した兵士たちが、

「「「「うらーーーっ!!!!」」」」

直進してくる動甲冑を迎え撃つべく、各自が剣や槍を手に怒涛の勢いで殺到する。

最初のインパクトが大きかったせいか、巨人のように巨大な甲冑に見えたソレだが、案外中身は小柄なのか、冷静な目で観察してみれば、横幅はともかく、身の丈は大の大人程度のものであった。

当然のように、押し寄せる人波に呑み込まれる動甲冑。

動きが止まったところへ、戦意に燃える兵士たちの攻撃が、ガンガン、ドンドンと、四方八方から動甲冑に叩き込まれる音が響き渡る。

「……物理攻撃にもかなりの耐性があるようだな」

攻撃を受け流したりカウンターを取るといった、武術のイロハを知らない素人丸出しの動きで、手足を振り回して応戦する動甲冑――ただし相当の膂力《りょりょく》があるのか、触れただけでも大の男が木っ端のように吹き飛ばされる――の様子を、魔術師長が展開してくれた『遠目《ズーム》』の魔術で眺めながら、ケンドラート伯爵が幾分か落ち着いた声で吟味した。

「左様ですな。しかしながら先ほどと違って、攻撃を重ねられた部分に着実に傷や凹凸《おうとつ》が散見できますので、このまま手を休めることなく波状攻撃を加えれば、ほどなく攻撃の蓄積で鎧を破壊できるか、もしくは疲弊して動けなくなるでしょう」

同じく『遠目《ズーム》』で確認しながら、バレンスエラ子爵が安堵の吐息を放つ。

「……油断は禁物だ。あからさま過ぎる。アレは囮で、本命はほかにいる可能性が高いであろう。騎士隊はいつでも動けるようにしておけ」

内心で同意しながらも、先遣隊が全滅したのを目の当たりにした時点で、すでに負け戦――これ以上の戦闘継続は不可能と判断し、後退のタイミングを計りながら、そう指示を飛ばすケンドラート伯爵。

と、その瞬間、角砂糖に群がる蟻のように動甲冑を囲んでいた兵士たちが、短い悲鳴を上げて吹き飛ばされた。

同時に、動甲冑が手にする三叉戟から広範囲に雷が飛ぶ。

「し、痺れ――」

「ががががーーっ‼」

「ぐあっ⁉」

「ちっ、あがきよる！　網を放てっ！」

これまでの様子から、人間というよりも猛獣や魔物を相手にしているのに近い、と判断したケンドラート伯爵の指示に従って金属製の投網が投げられ、動甲冑を搦め捕る。

同時に網がアースの役目を果たして、雷撃が霧散するのだった。

網から逃れようとして、ジタバタと無様に慌てる動甲冑の有様を眺め、ケンドラート伯爵はここが勝負の決め時と即座に決断し、手にした走騎竜《ランドドラグ》の手綱を力一杯引っ張りつつ、従者に合図を送って先祖伝来の突撃槍《ランス》を受け取る。

「絶好の機会だ。騎馬・騎竜隊はこのまま一気に押し込むぞ！　総員、我に続けっ‼‼」

突撃槍《ランス》を掲げて口上を発するや否や、弾けるように飛び出したケンドラート伯爵。

大将に遅れじと、周囲の騎竜と騎馬の騎士たちも突撃槍《ランス》を手に、網の中でバタバタと暴れる――当初に比べてかなりみすぼらしく汚れ凹み、おかしなところから蒸気も漏れている――動甲冑目がけて、見事な楔形陣形《パンツァーカイル》を作って全力の突進をする。

「死にたくなければどけーーーっ！」

殺気立った騎士団の怒声を受けて、進路上にいた兵士たちがワラワラと血相を変えて逃げるのを横目に見ながら、あっという間に彼我の距離をゼロにしたケンドラート伯爵の手から、愛用の突撃槍《ランス》が動甲冑目がけて放たれた。

ガンッ！

鈍い音を立てて、動甲冑の冑《かぶと》が大きく凹む。

一撃離脱でその場を離れたケンドラート伯爵に続いて、バレンスエラ子爵が……さらに続く騎士たちが、半ば棒立ちになった動甲冑の全身へ突撃槍《ランス》を矢継ぎ早に叩き込む。

全騎が駆け抜けたそのあとには、走騎竜《ランドドラグ》の速度と質量、力の逃げようがない斜め上からの攻撃を続けざまに受け——半ば蹂躙である——さしもの動甲冑もボロボロに砕け、全身にヒビが入っていた。

動力部分も破損したのか、ダラダラと血のように水銀のような循環液が漏れ、噴き出す水蒸気も止まった動甲冑《ソレ》を見て、ケンドラート伯爵は部隊の再編成をしつつ、撤収の指示を口に出しかけた——ところで、ガルバ市を囲む城壁の上に、いつの間にかずらりと見覚えのある黒装束の連中が陣取って、自軍に向けて弓を向けているのに気付いた。

「黒妖精族《ダークエルフ》……っ、しまった！」

バレンスエラ子爵が呻くように呟く。

なぜあそこに？　という疑問以上に、明らかに自分たちを狙っている矢の射程内に、確実に誘導されていたことに気付いた戦慄が、その一言の大部分を占めていた。

「——っっっ！」

それは、ケンドラート伯爵も同様であった。動甲冑の相手をするのに夢中になるあまり、主力部隊のほとんどがガルバ市へかなり近いところまで接近していたことに、いまさらながら気が付いたのだ。

いや、通常であれば矢が届く距離ではないのだが、黒妖精族《ダークエルフ》の矢に限っては通常の倍の距離を飛ばせて、なおかつ途轍もない命中率を誇ることを、誰よりも知っているのは彼ら自身であった。

（どうする――!?）

ある程度の被害を覚悟してこのままガルバ市へ突撃するか、この場で回頭をして一目散に撤退するか……!?

煩悶するケンドラート伯爵を嘲笑うかのように、城壁の上に、見慣れた片眼鏡《モノクル》をかけた紳士が進み出てきた。

「貴様っ、エグモント・バイアー！　クルトゥーラ冒険者ギルド長の貴様がなぜそこにいる?!　これはどういうことだ!?」

傲然としたケンドラート伯爵の問いかけに、エグモントはニヤニヤとした嗤いを絶やさずに、慇懃な態度で応じる。

「なぜもなにも、ご覧の通り、我が愛するリビティウム皇国を守るために、我が敬愛する正統なオーランシュ王国の後継者の命に従い、義と忠によって馳せ参じたというわけですよ、グラウィオール帝国の走狗にして侵略者であるイグナーツ・ケンドラート伯爵」

売国奴がなにをいまさら……と喚きたいのをこらえて、ケンドラート伯爵は忌々しげに吼える。

「正統なオーランシュ王国の後継者だと⁉　貴様、ライムンド……第一王子についたのか、この蝙蝠が！」

その罵声に対して失笑するエグモント。

「まさか！　あのような腑抜けに誰が従うものですか。今頃はほかの兄弟と揃って、城の一室で震えていることでしょう」

「……ならば、央都にいるトンマーゾ第二王子側か？」

「あはははっ、あのような阿呆を担ぎ上げてどうなるというのです？　ケンドラート伯爵、この混乱が起きて我々オーランシュ王国の民が知ったのは、六人いる王子の誰も次の王位を継ぐに値する器ではない……誰を立てても、大国グラウィオール帝国に呑み込まれるだけ、ということですよ」

「………………」

敵味方、誰が聞いても反論のしようがない事実の羅列に、ケンドラート伯爵は黙り込み、同時に「こやつ、なにを言うつもりだ？」と思考を巡らせるのだった。

エグモントはまるで舞台上の役者のように、大仰な仕草で朗々と歌うように続ける。

「だが、天は我らを見捨てなかった！　そう、誰もが忘れていた御方が、長き雌伏の時を経て、ついに表舞台に立つときが来たのです！　誰よりもリビティウム皇国正統の血を受け継ぎ、最もコルラード・シモン王に愛された寵児！　カトレアの遺児にして現〈聖女〉とも血の繋がりがある王女――すなわちシルティアーナ・エディス・アグネーゼ姫、その方です‼」

そう堂々と宣言されたケンドラート伯爵だが、咄嗟には誰のことかピンとこずに首を捻った。

「……シルティアーナ？　ブタクサ姫だと……⁇」

傍らから漏れ聞こえてきた唖然としたバレンスエラ子爵の言葉に、ようやくその存在を思い出した——そこへ、ガラガラと崩れ落ちる金属音がして、反射的に音のするほうを見てみれば、辛うじて立っていた動甲冑が完全にバラバラになった様子が目に入った。

「見よ！　あれこそが我らが主君！　無敵の戦女神にして姫将軍シルティアーナ様である‼」

と、それに合わせて、エグモントの興奮した叫びが最高潮に達する。

慇懃に一礼をするエグモントと黒妖精族《ダークエルフ》たち。

「あの娘が、ブタクサ姫だと……？」

崩れた動甲冑の下から現れたのは、年の頃なら十五歳ほどの、水色のドレスを着た娘であった。

素直で癖のない朱色がかった金髪と、しっとり潤んだような碧眼、磁器のように滑らかで白い肌。嫋《たお》やかな姿態。整った顔立ちをしているが、どこか俗世を離れた中性的な雰囲気を纏った怜悧な美貌。


『この世のものとは思えないほど愚鈍で醜いブタクサ姫』

そのような風聞とはまったく異なるその姿に、連合軍の兵士や騎士たちに困惑が広がる。

そんな相手の戸惑いなど知ったことではないとばかり、シルティアーナ姫と呼ばれた乙女は無表情に、それだけは傷ひとつない三叉戟を騎馬・騎竜隊へと巡らせたのだ。

「しまったっ‼」

城壁の弓兵とシルティアーナ姫。完全に挟撃された形になっていることに気付いたケンドラート伯爵が臍《ほぞ》を噛んだ瞬間、手にした三叉戟から迸る雷光を全身に纏ったシルティアーナ姫が、まさに電光石火の勢いで、突撃の勢いを失くし、さらにはこの気温の中で無理をしたため、完全に息が上がった走騎竜《ランドドラグ》と、それを駆る騎士目がけて躍り込んできた。

「「「「ぐあああああああああああああああっ⁉」」」」

そうして先ほどの意趣返しとばかり、シルティアーナ姫による一方的な反撃が始ったのだった。

先ほどよりも鋭さを増した三叉戟が翻るたびに、強靭な外皮に覆われているはずの走騎竜《ランドドラグ》の巨体がほぼ一刀両断に断ち切られ、そのついでというように、金属鎧を着た騎士たちが、枯草のようにまとめて刈り取られる。

それをなした当人は眉ひとつ動かさず、紫電を放ちながらまるで瞬間移動をするかのように――体に纏った雷撃の斥力によって――弾けるような跳躍を繰り返しては、瞬く間に連合軍の騎士や兵士たちを屠るのだった。

「くっ――退避っ。各自クルトゥーラまで退避するぞ！　歩兵と騎馬隊は魔術師隊と治癒術師隊を守りつつ後退しろ。騎竜隊はこの場にとどまって応戦する。一カ所にとどまるな！　動き回れ‼」

ここに至って圧倒的な不利を悟ったケンドラート伯爵が矢継ぎ早に指示を飛ばす――が。

「「「「ぐああああああああああああああああああああ」」」」

「背後から矢が、矢が――⁉」

「城壁に向かって盾を向けろ！」

「バカな、そんなことをしたら今度はブタクサ姫に――ぎゃああああああっ!?」

それと同時に、城壁の上に陣取っている黒妖精族《ダークエルフ》たちが一斉に矢を放ってきた。

対抗しようとすると、今度はシルティアーナ姫が背後を取って、兵たちをまとめて薙ぎ倒す。

前後どちらにも対応することができなくなり、混乱する連合軍。

と――。

「降伏する！　俺はグラウィオール帝国の貴族だ。身代金として相応の価値があるぞ」

バレンスエラ子爵が、持っていた突撃槍《ランス》と腰の剣を地面に捨てて両手を上げた。

副将格のバレンスエラ子爵が降伏する姿勢を見て、彼の陪臣や子飼いの部下、目端の効く騎士たちが、櫛の歯が抜けるように、次々に武器を捨てて丸腰になった。

だが、それを前にしてもシルティアーナ姫はまったく躊躇することなく、その他大勢と同じように、彼らにも平等に刃を向けるのだった。

「そ、そんな――俺を人質にすれば金貨五百……いや、一千枚は――」

命乞いの言葉を言い切ることなく、バレンスエラ子爵の首が飛ぶ。

ここに至っても、シルティアーナ姫のガラス玉のような碧色の瞳に感情の色は見えない。だが、それは冷淡でも傲慢でもなく、超然――ただ当然のように他者を見下し、その存在価値も命も歯牙にもかけないがゆえと、ケンドラート伯爵には思えた。

あるいは『姫君』という言葉で人々が最初に思い浮かべるのは、こういった目をした相手かも知れない。

「……いずれにしても、ここが儂の死地というわけか」

時流を見誤ったか、と自嘲しながら、ケンドラート伯爵は最後の抵抗をすべく武器を構え、そのときを待つのだった。

【終章】ふたりのブタクサ姫とオーランシュへの帰郷

「――とまあそんなわけで、連合軍っていうかメンシツ聖王国軍六千はほぼ全滅で潰走。指揮官のケンドラート伯爵も副将のバレンスエラ子爵も揃って討ち死に《ちょんば》。虎の子の飛竜《ワイバーン》六頭も、自慢の魔術師隊と治癒術師隊もまとめてお陀仏だにゃ」

場所を移して、再び聖女専用フロアにある貴賓室で、当人の希望により水牛の乳を温めたものが入ったカップを舐めながら、シャトンがまるで見てきたように詳細に語る戦絵巻に、その場に集まった面々が、思わず息を呑んで聞き入ってしまいました。

静まり返った室内に、まずはリーゼロッテ王女の嘆息が響きます。

「それはまた……自業自得とはいえ、いささかやりすぎであるな。いかに戦であれ、どこかに落としどころを設けないと、このままでは泥沼じゃぞ。面子を潰されたメンシツ聖王国――いや、事に寄れば、グラウィオール帝国本国が今度こそ本腰を入れるのではないか？　のう、ルーカス殿下」

水を向けられたルーク――属国とはいえ帝国の名を背負った正規軍六千名と、飛竜《ワイバーン》六頭を含む竜騎士が揃って全滅したという話に茫然自失の様子でしたが――は、それでハッと夢から覚めたような顔になり、すぐに言われた言葉の意味を推し量って深刻な表情になりました。

「……それが事実だとすると、確かに反発は必至でしょうね。特に飛竜《ワイバーン》を含めた竜騎士が全滅したというのは、帝国にとって看過できない重大事のはずです。斃された飛竜《ワイバーン》や将校の遺体は、どのように取り扱われたのかわかりますか？」

「町から離れたところにでっかい穴を掘って、死体は町民が手分けをして荷車に乗せてまとめて埋め、飛竜《ワイバーン》と走騎竜《ランドドラグ》は解体《バラ》して、皮は防具なんかの素材に、肉は食料になったにゃ。大方、今頃はブタクサ姫たちの血となり肉となり脂肪になっている頃合いにゃ」

途端にダニエルが頭を抱えます。

「最悪だな、そりゃ。貴族も雑兵もまとめて荷車に乗せて、穴掘って廃棄か。ただでさえプライドの高い貴族……特に特権意識が高いメンシツ聖王国の遺族が聞いたら、激昂どころじゃねーぞ。おまけに野生種ならともかく、帝国の象徴である飛竜《ワイバーン》と走騎竜《ランドドラグ》を勝手に食うとか、正面から喧嘩を吹っかけられたも同然だ！」

有名なアーサー王伝説に出てくるランスロットの逸話を例に出すまでもなく、この世界においても騎士や貴族にとって、荷車に乗るというのは最大の侮辱を示す行為にほかなりません。

おまけに身分に関係なく生ゴミのように遺棄するとは、侮辱のうえに侮辱を重ねられたも同然でしょう。というか、そんな雑な処理では、まず間違いなく霊魂が怨霊と化したり、魔力の強い魔術師や治癒術師ならば、遺体が魔物化して最悪動く死体《リビングデッド》の群れが発生したりする危険があります。

「まともな聖職者や知識人でしたら、そのあたりの可能性を真っ先に心配するものと思うのですけれど、誰も止める人はいなかったのですか⁉」

私の懸念に対して、シャトンがクッキーを頬張りながら、あっけらかんと首を横に振りました。

「貴族も聖女教団の神官も、まとめてガルバ市から放逐されたにゃ。いま現在、ガルバ市はシルティアーナ姫を信奉する市民の有志によって運営されているにゃ」

「「なんとまぁ……！」」

　市民が革命を起こして貴族や神官といった特権階級を排斥し、勝手に都市を占有した。あり得ざる話を聞いて絶句する、王侯貴族の代表者であるルーク、リーゼロッテ王女、ダニエル。

「つーか疑問なんですけど、『シルティアーナ姫』とやらは、仄聞するところではあのイライザの娘で、世間的にはトンチキ・ボンクラ・アホンダラ・ノータリン・出来損ないで豚面、足の臭いバケモノ令嬢と有名な――」

「そこまでひどくはないですわよっ！」

「ワタシたちとも皇華祭で遭遇した、世にも不細工な動甲冑を着込んだアレの中身ですよね？　あんな、すっとこどっこいのおたんちんに、そんな求心力があるんですか？」

　コッペリアの素朴な疑問に――途中、たまらず声を張り上げてしまいましたけれど――エレンとラナも思い出して頷いているのを見て、密かに傷付く私がいました。

「いや、それがですね～」

　普段は眠そうに半分とろーんと閉じている色違いの両目を開いて、シャトンが「よくぞ聞いてくれました！」と言わんばかりの勢いで、立て板に水でそれについて説明を始めます。

「いまオーランシュ近郊では、ブタクサ姫の株が爆上がりなんですにゃ。曰く『愚鈍だという評価《レッテル》をものともせず、来るべき日のために臥薪嘗胆。聡明で美しい真の姿を隠して艱難辛苦に堪え、ついに努力を実らせた麗しき蘭花《カトレア》の娘、護国の守護女神、オーランシュの姫将軍、その名はシルティアーナ姫！』と、悲劇から逆転ざまぁをした見事な美談に仕上がってますにゃ」

「〝日陰の豆も時が来れば爆ぜる〟ですね」

「そう……ですわね」

ついこの間まで、オーランシュの恥『リビティウム皇国のブタクサ姫』と、嘲笑と侮蔑の代名詞にしていた世間の掌返しに、どうせだったら私がシルティアーナをやめる前《ドロップアウトをす》る前にそうしてほしかったわね、とか。ちょっとボタンのかけ違いがなければ、それって本来私が受けるはずの称賛だったのかしら？　とかグルグルと思いながら、モニカの感想におざなりな相槌を返す私でした。

「そんなわけで、シルティアーナ姫を虐げていた三人のお妃と異母兄弟姉妹は一転して悪玉に転落し、ガルバ市からも這う這うの体で放逐されたにゃ。快哉を叫んだ民衆の勢いはとどまるところを知らず、一番の元凶といわれる正妻のシモネッタ妃に復讐をしろ！　捕まえてギロチンにかけろ！と大盛り上がりで、次々に義勇兵が集まっているにゃ。ついでに、シルティアーナ姫を守る女ばかりの親衛隊『カトレアの娘子軍《じょうしぐん》』っていうのも結成されて、こちらも続々と規模を広げているにゃ」

「「「「へぇーーーーっ」」」」

素直に感心するエレン、ラナ、プリュイ、ノワさん。

リビティウムでは女性騎士を登用している国はありませんし、魔術師や治癒術を使う巫女ならともかく、一般には冒険者の女戦士や女剣士を下に見る機運が高いです（というか、同性である大部分の保守的な女性が「女が家庭にも入らず戦うなんて、頭のおかしい、血に餓えた変人」と陰で悪し様に罵っている状況です）。

ですが、以前に皇華祭でエステルのチームでプレイされた皆さんのように、ある程度の富裕層や騎士階級の子女にも、女性として騎士や戦士を志す新進気鋭の乙女たちがいたように、潜在的にはそれなりの希望者がいる……それが今回の騒ぎで表面化したということなのかも知れません。

とはいえ――。

「う～ん……。復讐とか報復とか恨み骨髄とか、あまり前向きな動機とは思えませんわね。そんな理由で騒乱を起こすなど、やっていることの本質はオーランシュの問題児たちと変わらないような気がしますけれど……」

少なくとも、私は虐げられていた過去とか、殺されかけた遺恨など、とっくに過ぎたことなので気にしていませんが。というか、いまが幸せなので、どうでもいいというのが忌憚のない心境ですわ。

だいたいにおいて、不幸や悲しみもひっくるめての幸せなのですから、それだけに拘泥して負の連鎖にとらわれるなど、本末転倒のような気がするのですけど……。

「はン。〝驢馬《ろば》が旅に出たところで馬になって帰ってくるわけではない〟と言いますからね～。にわかには信じられませんね、ワタシは」

世間の風評を頭っから疑ってかかっているコッペリアに、エレンが怪訝な口調で尋ねました。

「その驢馬が旅に……って、どういう意味なの？」

「人間旅に出たりすると、未知の体験を経て、自分では一回りも二回りも成長した気になりますが、他人から見れば中身はまったく変わらない、という意味の諺《ことわざ》ですよ、驢馬先輩」

「あんた、事あるごとにあたしを引き合いに出して、驢馬扱いするわね！」

「驢馬がお嫌いでしたら、将来の〝鮒令嬢《ふな》〟ってのはどうでしょう？」

「……鮒ァ？　どういう意味よ？」

「泥臭くてドタバタ騒ぐだけの、ヘッポコ田舎者ってことです。いやぁ、我ながらエレン先輩にピッタリの形容詞ですね」

鮒じゃ鮒じゃ、鮒貴族令嬢じゃ……と囃し立てるコッペリアに掴みかかろうとして、エレンがモニカやラナに押さえられます。

これ、将来的に禍根を残して、刃傷沙汰にならないか心配ですわ。

「ま、実のところ宮廷や社交界にデビューすれば、この程度の聞こえよがしの悪口雑言など、日常茶飯事ではあるのだがのぉ」

コッペリアの余計な一言に激昂するエレンの様子を眺め、微妙な表情でマカロンを口に運びながらぼやくリーゼロッテ王女。

当のコッペリアは悪びれることなく、言いたい放題を続けます。

「ま、とにかく。なんぼ取り繕っても、ブタクサブタクサと言われていた下衆な人間の本質なんざ、変わりませんよ――って、どうしたんですかクララ様。突然立ち上がってタコ踊りを始めて？」

鼻で嗤うコッペリアに反射的に蹴りを入れそうになって、私は思わずその場で徒手空拳での演武をして誤魔化しました。

「い、いいえ、なんでもありませんわ。それよりも今後の展望が随分と混沌としてきたのですけれど、どう予想されますか、リーゼロッテ様？」

一通り型をなぞったところで席へ戻った私の、気持ちを切り替えての問いかけに、リーゼロッテ王女が軽く目を閉じて小考をしたのち、私とルークとを交互に見据えながら複雑な表情で口を開きました。

「状況が流動的でなんとも言えないところであるな。この件に関してグラウィオール帝国の報復があるのか、オーランシュを実効支配しているシモネッタ妃と独立勢力となったシルティアーナ姫の動向、放逐されたパッツィー妃やエロイーズ殿の思惑……いずれにしても、シレント央国の意向としては、グラウィオール帝国との全面戦争はもとより、国内の内戦状態など絶対に避けたいというのが切実な願いである」

「そーは言っても、ここまでのっぴきならなくなっては、矛を収めて終わらせるってのは難しいでしょう」

ダニエルの忸怩たる口調での合いの手を受けて、ルークも深く頷きながら、私の顔を真正面から見詰めて言い切ります。

「確かに。それができるとすれば第三者の仲介……理想としては超帝国〈神帝《ドミュナス》〉様の鶴の一声があれば収まるでしょうが、地上のことにはよほどでない限り介入されない御方だけに、それは慮外する……となれば、それを可能とできる人材で、残るは〈聖女《ジル》〉くらいでしょうね」

「つまり、ジル殿が動くときが、事態が大きく動くときというわけであるな」

どこか痛快そうな表情で、最後にそう結論付けるリーゼロッテ王女。

私的にはこの問題はいろいろと因縁深くて、すでに気疲れしているのですが……。
そうため息をついた私ですが、案の定、ほどなくして騒動の渦中へと飛び込むことになったのでした。

（第十三巻　了）

【キャラクターデザイン公開】

「羽虫の羽音など
いちいち気にも留めないものですぞえ」

空穂《うつほ》

真紅帝国《インペリアル・クリムゾン》の四凶天王と呼ばれる緋雪の臣下のひとりで調停役。魔獣・神獣の頂点である【白面金毛九尾の狐】。

キャラクターデザイン：高瀬コウ

刻耀《こくよう》

四凶天王のひとり、【暗黒騎士長《ダークナイト》】。死霊族の頂点で、真紅帝国の騎士団総団長。

アチャコ

〈神聖妖精族《サンクトゥスエルフ》〉。幻の都・封都インキュナブラを統べる〈聖母〉で〈神子〉ストラウスの母。セラヴィにストラウスとの同化を提案をする。

「私に手を貸しなさい。あなたが欲しくて欲しくてたまらないものをあげるわ」

あとがき

お待たせいたしました。『リビティウム皇国のブタクサ姫』第十三巻をお届けいたします。

予定ではもうちょっと早く発売するはずだったのですが、作者の健康上の問題で延びてしまいました。誠に申し訳ございません。

一応定期的に病院にはかかっていたのですけど、病気というのは思いがけずに罹患するものですね～。いや、まあ定期検査のお陰で症状が軽いうちに発見されたとも言えますが、それでも手術が必要ということで高一の盲腸以来、久方ぶりの手術となりました。それも初の全身麻酔！ どのくらい麻酔に耐えられるか、と密かにチャレンジするつもりでいたのですが、ほぼ一瞬で意識を失って、次に気が付いた時には手術台の上で、「は～い、終わりましたよ」という言葉を聞いて愕然としたものです。

あれは耐えられませんね。

あと関係ないですが、職場の上司によっては、「病気にならないように体調管理をするのも仕事だ」とか、たわけたことを抜かす人間もいますけれど、毎日浴びるほどお酒を飲むとか、一日に煙草を三箱吸うとかいう自堕落な生活をしているならともかく、普通に日常生活を営んでいても罹るのが病気というもので、言われるたびに「ふざけるな！」と内心で憤慨していたものです。そういう人間は病気にかかったことがないんでしょうね。多分。

ともあれその後もリハビリなどで時間を取られて、また精神的にもいっぱいいっぱいだったため、このあとがきを書いている少し前まで小説のアイデアがまったく出ない状態でした。

　このあたりは病気を理由にはできませんが、創作にはメンタルの安定も必要というところで、絶不調の状態で軽快なギャグやアイデアはなかなか出てこないので、お許しくださいとしか言えません。

　それはさておき、『ブタクサ姫』も残すところ、あと二巻となりました。なるべく間を空けずに発売したいところですが、前述のような状況のため、またもやお待たせすることになりそうですが、なんとか頑張って続きに取り掛かりたいと思っておりますので、皆様には最後までお付き合い願えれば幸いです。

　そのようなわけで、出版延期の無理を聞いていただいた編集並びに出版に携わった皆様、誠に申し訳ございません。また、せっかく当初の締め切りに合わせて、すべてのイラストを描いてくださった高瀬コウ様。申し訳ございません&ありがとうございました。

　そしてこの本をお手に取ってくださった読者の皆様。お待たせして申し訳ございませんでした。心より陳謝と感謝を捧げます。本当にありがとうございます。

　物語はいよいよもってオーランシュを舞台に、物語冒頭に出てきたあの人たちとか、偽シルティアーナとか出てきます。そしてすべての決着をつけるべくジルもかの地へ――。

　ちょっと手間取るかも知れませんが、皆様の期待を裏切らないよう頑張りますので、どうぞまた次巻をお手に取っていただきたく、お願い申し上げます。

佐崎一路

リビティウム皇国《こうこく》のブタクサ姫《ひめ》 13

2021年6月28日 初版発行

【著　者】佐崎一路

【イラスト】高瀬コウ
【キャラクター原案】まりも
【地図イラスト】福地貴子
【編　集】株式会社 桜雲社／新紀元社編集部／堀 良江
【デザイン・DTP】野澤由香

【発行者】福本皇祐
【発行所】株式会社新紀元社
〒101-0054　東京都千代田区神田錦町1-7　錦町一丁目ビル2F
TEL 03-3219-0921 ／ FAX 03-3219-0922
http://www.shinkigensha.co.jp/
郵便振替　00110-4-27618

【印刷・製本】株式会社リーブルテック

ISBN978-4-7753-1906-2

※本書は、「小説家になろう」(http://syosetu.com/)に掲載されていたものを、改稿のうえ書籍化したものです。